Verena Dahms
Charlotte
Sehnsucht nach Leben

Verena Dahms

Charlotte

Sehnsucht nach Leben

Impressum
1. Auflage

Coverdesign: Irene Repp htpps://daylinart.webnode.com
Bildnachweis: © rh2010 - stock.adobe.com; © fergregory - 123rf.com; © f4f - 123rf.com; © belchonock - 123rf.com
Lektorat und Buchsatz: Elsa Rieger
Korrektorat: Enya Kummer

Imprint: Independently published
ISBN 9798364039323

Inhaltsverzeichnis

Paris Indiana Café 9
Früher / die Aufnahmeprüfung 12
Cécile 22
Maman 30
Guillaume 34
Indiana Café 41
Im Service 45
Ein neuer Plan 58
Guillaume und die Frauen 70
Ein Neuanfang 77
Geschafft 83
Die Veränderung 93
Ein Wort, das alles verändert 106
Die Theaterschneiderei 110
Die Chance 122
Freude und Leid 130
Die Entscheidung 139
Jedem Anfang wohnt ein Zauber inne 148
Aussicht auf Erfolg 155
Die zweite beste Freundin 163

Schreiben ist ein einsamer Job 168
In Paris kann man sehr einsam sein 176
Die Nacht der Seele 180
Die große Leere 189
Eine rote Rose 198
Langsam geht es aufwärts 209
Madagaskar 226
Zweifel 233
Die Begegnung 239
Die Genugtuung 245
Zwei Männer und die Erkenntnis 250
Sie könnte meine Tochter sein 258
Sehnsucht nach dem Leben 266
Aus heiterem Himmel 276
Das Outing 279
Das Date 286
Ein Jahr danach 295
Danke 299
Meine Bücher 303

Mut steht am Anfang des Handelns,
Glück am Ende
(Demokrit)

Paris Indiana Café

Charlotte wippt unruhig mit dem Fuß. Wo bleibt Guillaume? Zum x-ten Mal schaut sie auf die Uhr an der Wand gegenüber, dann auf die Billardtische, an denen um neun Uhr früh noch keiner spielt. Ausgerechnet heute ist er zu spät. Eine ›Le Matin‹ liegt auf dem Nebentisch. Mit fahrigen Händen greift Charlotte danach und sucht nach der Feuilletonseite. Natürlich fehlt genau diese Seite – herausgerissen. Wann kommt er nur, vor Aufregung steigt ihr Puls, sie kann sich nicht erinnern, jemals dermaßen nervös gewesen zu sein.

Die Tür öffnet sich. Charlotte hebt den Kopf.

Es ist Guillaume, endlich.

Erleichtert springt sie auf.

Er trägt eine lässige schwarze Lederjacke, Jeans und ein hellblaues Hemd.

»Du hast es geschafft, Charlotte.« Lächelnd legt er einen Stapel Zeitungen auf den Tisch, reicht ihr die erstbeste zu. »Im ›Figaro‹, in der ›Le Parisien‹, in fast allen Zeitungen wirst du erwähnt. Deine Kostüme wurden wahrgenommen, da, lies.«

Ihre Hand zittert, während sie zum Feuilleton blättert. Es ist immerhin der ›Figaro‹, bekannt für die manchmal genüsslichen Verrisse des Kulturjournalisten.

Doch als sie den Artikel liest, schnauft sie selig auf.

Die neue Designerin, Charlotte Petit, hat mit den prächtigen Kostümen nicht unerheblich zum Erfolg der Neuaufführung des Othellos beigetragen. Ein Feuerwerk an Farben war auf der Bühne zu sehen.

Nun ist sie dort angekommen, wo sie schon immer hinwollte. Glücklich legt sie die Zeitung auf den Stapel. »Ich werde sie zu Hause in aller Ruhe lesen, sie sind doch für mich?«

»Deshalb bin ich auch zu spät. Ich musste sie in ein paar Kiosken zusammensuchen. Sie waren in den meisten Verkaufsstellen bereits ausverkauft.«

»Danke. Vielen Dank, ohne deine Hilfe hätte ich es nicht geschafft«, Charlotte streicht über seine Hand.

»Was denn?«

»Erfolgreich zu werden, du hast mich so unterstützt.«

»Nichts zu danken, ich hab dir nur gepredigt, wie gut du bist, dass du an dich glauben sollst.« Guillaume winkt dem Kellner, der gelangweilt an der Theke lehnt. »Einen Espresso bitte«, dann wendet er sich wieder Charlotte zu. »Ich bin sehr stolz auf dich.«

Sie fühlt, das ist nicht alles, was er sagen will, so, wie er sie betrachtet. »Was ist? Hab ich einen schwarzen Fleck im Gesicht?«

Er lacht. »Aber nein. Mir gefällt, wie deine wunderbaren blauen Augen strahlen. Dennoch sehe ich die Müdigkeit, die über deinem Gesicht liegt.«

»Dir entgeht nichts, Guillaume. Ja, bin müde.«

Sanft tätschelt er ihre Hand. »Das geht vorbei, du schaust trotzdem immer noch wie ein junges Mädchen aus. Die dreißig Jahre sieht man dir weiß Gott nicht an, trotz allem … nun, was du schon durchgemacht hast.«

Der Kellner stellt den Espresso auf den Tisch. »Haben Sie noch einen Wunsch?«

Guillaume drückt ihm drei Euro in die Hand. »Danke, nein, stimmt so.« Sofort wendet er sich wieder an Charlotte. »Auch ohne meine Hilfe wärst du jetzt da, wo du bist, da bin ich mir sicher.«

Charlotte lächelt ihn an und steht auf. »Ich muss, der Regisseur will noch etwas besprechen. Sie beugt sich hinunter, gibt ihm einen flüchtigen Kuss auf die Wange und verschwindet leichtfüßig durch die Tür nach draußen.

Früher / die Aufnahmeprüfung

Charlotte ist aufgeregt. Heute ist der große Tag. Ein wichtiger Tag. Der wichtigste in ihrem Leben überhaupt. Heute ist die Aufnahmeprüfung an der Schauspielschule, die exakt mit ihrem zwanzigsten Geburtstag zusammenfällt. Nach wochenlangen Diskussionen hat Maman endlich eingewilligt. Sie hat lange darauf bestanden, dass in dem Berufswunsch keine Zukunft liege. So gab es viele Auseinandersetzungen. Natürlich wusste Charlotte, dass sie alt genug war, Entscheidungen ohne Maman treffen zu können, doch war ihr wichtig, ihre Zustimmung zu bekommen.

In den letzten Wochen hat sie hart für diese Prüfung gearbeitet. Immer und immer wieder hat sie Sprechübungen gemacht. Den Text wieder und wieder gesprochen. Sie fühlt sich sicher, ist dennoch aufgeregt, muss es schaffen. Ihr ganzes Sehnen gilt dem Theater. Sich verwandeln. In ein anderes Wesen zu schlüpfen, ein Traum, der sie begleitet, seit sie das erste Mal auf der Bühne stand, auf den Brettern, die die Welt bedeuten – auf der Schulbühne.

Es war in der zweiten Oberstufe. Die Klassenlehrerin organisierte eine Theateraufführung. Charlotte meldete sich sofort. Schon im Kindergarten verkleidete sie sich und zu Hause spielte sie mit ihren Puppen Theater.

Sie bestand das Auswahlverfahren. Madame Huot war begeistert ob ihrem Auftreten und ihrer Gestik.

An ihre Rolle kann Charlotte sich noch gut erinnern. Sie war ein Dienstmädchen in einer französischen Komödie. Cécile, eine gleichaltrige Schülerin aus der Parallelklasse, spielte die Hausherrin.

Das Theaterspielen schweißte sie beide zusammen und bald wurden sie enge Freundinnen. Sie besuchten sich so oft sie konnten. Übten zusammen die Szenen ein. In der Schule wurden sie die ›ungleichen Zwillinge‹ genannt. Charlotte, die Zierliche, und Cécile, die etwas Robustere.

Beide wohnen noch in derselben Straße, dem Boulevard Edgar Quinet im Quartier Montparnasse, einem bunten Viertel, in dem sich viele Künstler niedergelassen haben.

Charlotte lebt mit ihrer Mutter in einem Altbau in einer engen Dreizimmerwohnung, die direkt über dem Bistro Odessa liegt, und Cécile mit ihren Eltern zwei Häuser weiter in einer geräumigen Fünfzimmerwohnung.

Die École supérieure d'art dramatique de Paris ist bekannt für ihre professionelle Schauspielausbildung, aber auch für die strenge Auswahl der Schülerinnen und Schüler.

Charlotte schlüpft in Jeans und zieht ein langärmliges T-Shirt über. Barfuß geht sie in die Küche. Maman ist bereits weg. Auf dem Tisch steht eine Thermoskanne mit Kaffee, daneben liegen zwei Croissants und eine handschriftliche Notiz: *Toi, toi, toi, mein Kind, ich denke an dich. Bis heute Abend.*

Ihre Mutter. Charlotte lächelt. Trotz der harten Diskussionen um den Beruf Schauspielerin, bei denen auch manchmal Tränen geflossen sind, wünscht sie ihr nun alles Glück auf Erden.

Charlotte gießt Kaffee in ihre Lieblingstasse ein, die mit den aufgemalten bunten Herzen, und beißt in ein Croissant. Ein Hustenanfall schüttelt sie, der Kaffee schwappt über. Wieder einmal hat sie zu hastig gegessen, eine typische Marotte von ihr. Nachdem sie die Kaffeelache weggewischt hat, geht sie mit der Tasse in ihr Zimmer zurück. Es ist noch früh, sie hat genug Zeit, den Text, den sie vorsprechen will, erneut durchzulesen; einen Monolog der Agnès aus ›Die Schule der Frauen‹ von Molière.

Mit dem Textheft in der Hand geht Charlotte ans Fenster und beginnt mit der Rezitation. Sie braucht nicht mehr nachlesen, sie hat den Text bereits im Kopf, aber sich an dem Buch festzuhalten, gibt ihr Sicherheit.

Das brauchte sie schon immer. Durch all die Schuljahre musste sie einen Zettel mit dem von ihr verfassten Text bei Referaten zumindest zerknüllt in der Hand halten. Ohne fühlte sie sich unsicher. Cécile hat sie deswegen oft gehänselt.

Mit einem tiefen Seufzer legt Charlotte das Büchlein zur Seite und trinkt ihren Kaffee aus. Er ist in der Zwischenzeit kalt geworden und schmeckt bitter. Zeit, sich fertigzumachen. Charlotte tauscht das T-Shirt mit der weißen Bluse, die mit dem Rüschenkragen, die sie so liebt. Die Jeans kann bleiben. Sie ist neu, nur zweimal getragen.

Nun noch den dunkelblauen Blazer. Sie hat ihn gestern im Monoprix gekauft. Ein Schnäppchen; der letzte zum halben Preis. Normalerweise ist sie eher leger angezogen, doch heute will sie erwachsen auftreten. Kleider machen halt doch Leute. Sorgfältig zieht sie die Lippen mit einem rosa schimmernden Lippenstift nach, bürstet die Haare durch und betrachtet sich im Spiegel. Ja, so kann sie gehen.

Mit der Tasche über der Schulter steigt sie die Treppe hinunter. Aus dem Bistro hört sie das Gemurmel der Gäste, die Kaffee trinken, und das Klappern der Töpfe und Pfannen. Ein leichter Knoblauchduft wabert durch das Treppenhaus. Mario, der Koch, bereitet das Mittagessen vor.

Charlotte öffnet die Tür zum Bistro und winkt Mario zu. »Drück mir die Daumen.«

»Mach ich, viel Glück. Der Champagner liegt im Kühlschrank.«

Charlotte schließt lächelnd die Tür und eilt in Richtung Metrostation.

Mario! Er gehört zum Inventar des Bistros. Als Maman vor zehn Jahren in die Wohnung gezogen ist, war er schon da. Nach der Schule schaute Charlotte als Erstes bei ihm vorbei. Immer hatte er ein gutes Wort für sie und ihr entweder ein Stück Kuchen, eine Tasse Suppe oder etwas Gebäck serviert. Wenn nicht allzu viele Gäste im Bistro waren, setzte er sich an einen Tisch und hörte ihr zu, wenn sie vom Schulunterricht erzählte. Er sprach ihr Mut zu, wenn sie eine Arbeit in den Sand gesetzt hatte, lobte sie, wenn sie eine gute Note heimbrachte. Mario hat sie angespornt, ihren Traum, Schauspielerin zu werden, nicht aufzugeben.

Er ist ein väterlicher Freund. Ihren Vater hat sie nie kennengelernt.

Der dumpfige Metrogeruch steigt ihr in die Nase, als sie die Treppe zur Station Vavin hinuntersteigt. Der Zug fährt ein. Charlotte rennt die letzten Stufen und den langen Korridor entlang, die Tasche fest unter den Arm geklemmt. In letzter Sekunde schafft sie es. Die Tür schließt sich mit einem leisen Zischen.

Die Metro-Linie vier ist eine der Hauptlinien in Paris. Sie ist die Verbindung vom Gare Montparnasse via Châtelet-Les Halles zum Gare de l'Est und Gare de Nord. Porte de Clignancourt ist die Endstation. Entsprechend proppenvoll mit Menschen ist diese Linie zu fast jeder Tageszeit. Charlotte steht eingeklemmt zwischen zwei Baumstämmen von Männern. Das ist einfach ekelhaft, wie die sich an sie drücken. Krampfhaft versucht sie zu entkommen, doch die beiden bleiben wie festgeleimt stehen. Sie hätte sich zu gerne aufs Vorsprechen konzentriert, stattdessen atmet sie den Männergeruch ein und es schaudert sie.

Die Fahrt zum Châtelet-Les Halles dauert zum Glück nur sechzehn Minuten. Charlotte atmet auf, als sie draußen auf dem Bahnsteig steht und lässt sich von der

Menschenmenge mittreiben, die zu einem der vielen Ausgänge strebt. Wie in Trance stolpert sie die Treppe zum Place du Châtelet hinauf. Von da sind es nur noch ein paar Meter bis zur École supérieure d'art dramatique. Sie hat noch Zeit für eine Verschnaufpause und entdeckt ein kleines Eckbistro. Drei Tische stehen auf dem Gehsteig und eine bunt gestreifte Markise schützt vor der Sonne. Obwohl erst zehn Uhr, ist es bereits sehr warm. Für April viel zu warm.

Sie bestellt ein Wasser ohne Kohlensäure, zieht das Theaterstück aus der Tasche und vertieft sich nochmals in den Text. Jetzt steigt ihre Nervosität. Heftig. In einem Zug trinkt sie das Glas aus, so hastig, dass sie sich verschluckt. Ein Niesanfall schüttelt sie, sodass der ältere Herr am Nebentisch seine Zeitung senkt.

»Ist Ihnen nicht gut?«, fragt er und schaut sie prüfend an.

»Doch, doch, geht schon wieder«, japst Charlotte und winkt dem Kellner, um zu bezahlen.

Immer noch hustend steht sie auf und geht weiter. Ihre Schritte werden schleppender. Verdammte Aufregung! Vor dem Eingangstor der Schule bleibt sie kurz stehen, bevor sie die schwere Eichentür aufdrückt.

Tief atmet sie ein, richtet sich auf und geht den langen Korridor hinunter. Vor der Tür mit der Nummer fünfundvierzig zieht sie die Einladung aus der Tasche und vergleicht die beiden Nummern. Passt, hier muss es sein. Noch ein letztes Mal tief einatmen, ausatmen. Einatmen und los. Sie klopft und betritt das Zimmer. Der Raum ist riesig. Zwei Frauen und ein Mann sitzen vor einem erhöhten Podest, das eine Bühne darstellen soll. Alle drei heben die Köpfe, als Charlotte eintritt.

Der Mann schaut auf die Uhr, auf eine Namensliste vor sich. »Wer sind Sie?«

»Charlotte Petit, Monsieur«, antwortet sie, heiser vor Aufregung.

»Sie sind zehn Minuten zu früh, Mademoiselle Petit. Nehmen Sie doch bitte draußen vor der Tür Platz, wir rufen Sie, wenn wir so weit sind.«

Charlotte schleicht wie eine Sünderin hinaus. Hat sie es jetzt schon verbockt? Sie sucht den Stuhl, auf dem sie Platz nehmen soll. Aber da ist keiner. Also bleibt sie stehen. Außer ihr ist eine weitere, sichtlich nervöse junge Frau im Flur.

Sehnsüchtig wünscht sich Charlotte, dass Cécile bei ihr wäre, aber die ist erst morgen an der Reihe.

Unruhig tigert sie auf und ab. Leises Gemurmel dringt durch die Tür. Die werden wohl meine Vorgängerin beurteilen. Himmel, weshalb bin ich so aufgeregt, ich bin doch gut vorbereitet! Sie stampft auf.

In diesem Moment öffnet sich die Tür und der Mann tritt heraus, übergibt der Wartenden ihr Ergebnis. »Herzlichen Glückwunsch, Sie haben bestanden.« Dann winkt er Charlotte. »Sie können jetzt hereinkommen. Mein Name ist Monsieur Mineure.« Er streckt ihr die Hand entgegen und hält ihr die Tür auf.

»Das sind Madame Balard und Madame Degrave. Nun, welchen Text tragen Sie uns vor?«

»Einen Monolog der Agnès aus ›Die Schule der Frauen‹ von Molière.«

»Bravo«, ruft Monsieur Mineure, »da haben Sie sich etwas Anspruchsvolles ausgesucht. Texte von Molière haben es in sich. Gehen Sie nach oben. Wenn Sie bereit sind, können wir anfangen.«

Charlotte nickt, nimmt die drei Holzstufen aufs Podest. Ihre Hand zittert, während sie einen Schluck Wasser aus dem Glas trinkt, das auf dem Tischchen vor ihr bereitsteht. Dann stellt sie sich in Positur, holt tief Luft und legt los.

Die ersten Sätze spricht sie langsam und betont die entsprechenden Stellen. Doch plötzlich, wie aus heiterem Himmel, verhaspelt sie sich, ist dadurch nicht in der Lage, ihre Körpersprache einzusetzen.

»Entschuldigung«, flüstert sie, schluckt, beginnt von vorn und hat an derselben Stelle ein Blackout. Sie versucht, sich zu konzentrieren, kommt ins Stottern. Den Tränen nahe macht sie weiter, doch die Luft ist raus, sie kann nicht mehr.

»Mademoiselle Petit«, Monsieur Mineure ruft ihr mit irritierter Miene zu, »sind Sie krank? Was ist mit Ihnen?«

Charlotte hebt den Kopf. Jetzt laufen Tränen über ihre Wangen. Sie wischt sie mit dem Jackenärmel weg.

»Tut mir leid«, flüstert sie, »ich möchte gehen.«

Monsieur Mineure schaut sie an. »Möchten Sie es nicht

noch einmal probieren? Es wäre doch schade. Die ganzen Vorbereitungen.«

Charlotte schüttelt den Kopf. Madame Balard zieht die Augenbrauen hoch und Madame Degrave runzelt die Stirn. Die beiden Damen betrachten sie mitleidig.

»Schade.« Monsieur Mineure schlägt die Beine übereinander. »In einem Jahr können Sie sich nochmals melden, da haben wir wieder Aufnahmeprüfung. Alles Gute für Sie.«

Mit hängenden Schultern verlässt Charlotte den Raum. Das war's. Der Traum ist ausgeträumt. So schnell kann es gehen.

Mit schleppenden Schritten verlässt sie die Stätte der Demütigung. Ja, es ist eine Demütigung. Das selbst verschuldete Versagen, das sie sich nicht erklären kann. Ist Molière schuld? Was musste sie sich auch gerade diesen Text aussuchen. Es gibt doch andere, leichtere Texte. Aber nein, sie hat sich auf diesen Monolog versteift, obwohl Cécile sie gewarnt hat. »Nimm was Leichteres, Charlotte, wenn du dich verhaspelst, findest du nie mehr rein. Sie nehmen dich auch mit einem anderen Text.«

Aber sie, Charlotte Petit, wollte nicht. Sie wollte sich und der ganzen Welt beweisen, dass sie fähig ist, auch ohne Schauspielschule einen anspruchsvollen Text vorzutragen.

Die Sonne blendet. Inzwischen ist es noch wärmer geworden. Die Zunge klebt ihr am Gaumen. Wie ferngesteuert marschiert sie zurück zum Bistro, in dem sie vor zwei

Stunden ein Glas Wasser getrunken hat. Sie steuert denselben Tisch an und lässt sich auf den Stuhl fallen. Der Mann mit der Zeitung sitzt nicht mehr da. Tja, weshalb sollte er, Charlotte lacht kurz auf, es klingt mehr wie ein Schluchzen, stellt sie fest. Die Zeitung hat er in den vergangenen zwei Stunden wohl ausgelesen.

Sie bestellt einen Espresso. Jetzt darf sie das. Vorhin hat sie Wasser ohne Kohlensäure getrunken, damit ihre Stimme ja nicht leidet. Sie hat nicht gelitten, die Stimme, ihr Hirn war es, das gelitten hat.

Der Kellner stellt den Espresso hin. Ihr kommt es vor, als schaue er sie mitleidig an. Hastig trinkt sie den Kaffee, legt das Geld auf den Tisch und verlässt das Bistro.

Die Metro ist um diese Zeit nicht so voll wie zuvor. Sie findet einen Sitzplatz, zieht das Büchlein aus der Tasche und liest den Text, muss herausfinden, weshalb sie versagt hat.

Cécile

Das Handy vibriert. Charlotte zieht es aus der Tasche. Céciles Avatar grinst sie an. *Kommst du heute? Wir müssen feiern.*

Typisch Cécile. Ihre WhatsApp-Nachrichten sind immer im Telegrammstil gehalten, während sie selbst am liebsten ›ganze Romannachrichten‹ in den Messenger tippt.

Ich sitz in der Metro und bin in circa zehn Minuten bei dir.

Charlotte steckt das Handy zurück und widmet sich wieder der Agnès, was eigentlich vergebliche Mühe ist, das weiß sie. Aber ihr Dickkopf lässt es nicht zu, das verpatzte Vorsprechen einfach hinzunehmen.

»Ich könnte noch an einer anderen Schule einen Versuch wagen. Genügend Zeit hätte ich«, murmelt sie. Energisch schüttelt sie den Kopf. »Nein, das mach ich nicht.« Dieses Mal nicht mehr flüsternd.

Die ältere Dame vis-à-vis schaut sie verständnislos an.

»Verzeihung«, sagt Charlotte.

Die Bahn hält abrupt. Charlotte, die im Begriff ist aufzustehen, kann sich im letzten Moment am seitlichen Sitzgriff festhalten und so verhindern, dass sie auf den Knien der älteren Dame landet. Sie entschuldigt sich nochmals, presst ihre Tasche unter den Arm und stolpert auf den

Bahnsteig. Manchmal sehnt sie sich danach, woanders zu sein, nur nicht in dieser Stadt. Wo die Menschen immer hektisch und manchmal aggressiv sind. Wo man sich auf die Füße tritt. Wo man keine Zeit füreinander hat. Aber wo sie sein möchte, da hat sie keine Ahnung.

Viel weiter als in die Pariser Umgebung hat sie es noch nie geschafft. Das Geld ist nicht sehr üppig. Maman ist Alleinverdienerin. Ihr Einkommen als Sekretärin entsprechend klein. Paris ist ein teures Pflaster. Charlotte musste dennoch nie finanzielle Not leiden. Sie konnte an allen Schulausflügen teilnehmen. Das Mensa-Essen wurde von der Schule bezahlt. Die Schulbücher ebenso. Nur die Schauspielausbildung hätten die Mutter oder sie selbst finanzieren müssen. Dieses Problem hat sich nun erledigt.

Mit ausholenden Schritten geht sie in Richtung Bd. Edgar Quinet, wo sie und auch Céciles Eltern wohnen. Die Nummer 256 ist im Stil der Belle Époque gebaut. Cécile wohnt in der zweiten Etage. Hier befinden sich die herrschaftlichsten Wohnungen. Die beeindruckende Höhe der Stuckdecken des Ess- und Wohnzimmers fasziniert Charlotte immer wieder. Céciles Eltern kommen beide aus wohlhabendem Hause. Der Vater arbeitet als leitender Angestellter bei der Banque Populaire, die Mutter war Schauspielerin. Cécile hat einen Bruder, der allerdings zehn Jahre älter ist und im Moment in London an der Börse arbeitet.

»Komm herauf.« Cécile steht im Treppenhaus und winkt aufgeregt. »Ich bin allein zu Hause. Ich hab eine

Flasche Champagner im Kühlschrank. Maman ist auf einer Kaffeegesellschaft und Papa arbeitet noch.« Sie zieht Charlotte in den Korridor. »Wie schaust du denn aus?«

»Hab es versaut.«

»Was?«

»Ja.«

»Nein!« Cécile schaut Charlotte entgeistert an. »Und wir haben doch so viel geprobt. Erzähl.«

»Da gibt es nicht viel zu erzählen. Der Anfang lief gut, und plötzlich hatte ich ein Blackout, kam ins Stottern. Ich durfte nochmals von vorn beginnen, aber …« Charlotte hebt die Schultern.

Ihre Freundin nimmt sie in den Arm. Eine Weile stehen die beiden still da. Sogar das Plappermaul von Cécile schweigt.

»Den Champagner trinken wir trotzdem, oder gerade erst recht. Als Seelentröster.« Cécile schaut Charlotte prüfend an.

Die nickt zögernd und windet sich aus der Umarmung.

»Warte hier, ich hole die Gläser.« Sie drückt Charlotte auf einen Sessel und verschwindet in Richtung Küche.

Céciles Zimmer ist vollgestopft mit Büchern und allerlei elektronischem Kram.

Aufnahmegeräte, zwei Computer, ein Laptop. Auf dem kleinen Tisch stapeln sich Hefte, Magazine, eine Mappe, Zeichenpapier und bunte Stifte. An den Wänden hängen Poster von ihrer Mutter, als die noch als Schauspielerin aufgetreten ist. Weitere Schauspieler, die Charlotte nicht kennt. Auf dem Bett türmen sich Stofftiere und Puppen.

Cécile erscheint mit der Flasche Champagner und zwei langstieligen Gläsern. Sie setzt sich in den anderen Sessel, wischt die Magazine und Hefte vom Tisch, stellt die Gläser und die Champagnerflasche ab. »Komm, es ist nicht aller Tage Abend, Süße.«

»Wenn du meinst.«

Der Champagner perlt. »Auf dich, Charlotte. Auf uns.«

Charlotte nippt nur am Getränk, Cécile leert das Glas in einem Zug.

So ist sie immer. So gierig. In allem. Charlotte stellt das Glas auf den Tisch zurück. Ihr ist nicht nach Champagner. Sie betrachtet Cécile. Ausladende Hüften, schmale Taille, lange Beine. Alles in allem gut proportioniert. Wenn sie beide um die Häuser ziehen, ist es Cécile, die die Blicke der Männer auf sich zieht. Mit ihren schwarzen Locken und dem olivfarbenen Teint, den sie von ihrer Mutter hat, den dunklen Augen, die blitzen, aber auch verloren in die Weite blicken können. Sie ist eine Traumfrau, ohne Zweifel.

Ganz anders Charlotte. Eine zarte Figur. Blaue Augen, die leuchten können, aber manchmal auch schwermütig in die Welt blicken. Braune Haare mit dem rötlichen Schimmer, die, wie ihr mal gesagt wurde, in Kombination mit blauen Augen eine Seltenheit wären.

Sie hat es nicht so mit den Männern, und wenn Cécile ihr von ihren Abenteuern erzählte, hörte sie mit gesenktem Kopf zu.

»Du solltest dir auch mal einen flüchtigen Bekannten zulegen und ein wenig Spaß mit ihm haben«, sagte sie dann, als könne sie Charlottes Gedanken lesen. Die schüttelte wie oft schweigend den Kopf.

»Wie geht es jetzt weiter mit dir?«

»Keine Ahnung.«

»Was musstest du auch so einen schweren Text zum Vorsprechen aussuchen. Hab ich dir ja gleich gesagt.«

»Keine Ahnung.«

»Ich weiß es. Du wolltest brillieren mit einem besonders anspruchsvollen Stück, du wolltest die Beste sein. Wieder einmal. Das hast du nun davon.«

Charlotte hebt den Kopf. »Ja sicher, ich wollte brillieren. Aber den Monolog mochte ich auch, sehr sogar. Wann musst du denn morgen vorsprechen?«

»Erst am Nachmittag. Mein Text ist leichter, ich nehme den von unserem Schulstück.« Sie gießt Champagner nach. »Und ich weiß schon jetzt, dass ich es schaffe.«

»Du mit deiner Mutter, ist doch klar.« Etwas wie Neid steigt in Charlotte hoch, den sie aber rasch unterdrückt. »Schreib mir eine WhatsApp, wenn du fertig bist, ich komm dich abholen.«

Cécile nickt, schaut Charlotte sichtlich nachdenklich an. »Du, die du so versessen bist aufs Theaterspielen. Was mach ich jetzt mit dir? Willst du es nicht woanders versuchen?«

»Daran hab ich auch schon gedacht. Aber wenn ich es wieder nicht schaffe?« Charlotte senkt den Kopf. »Ich denke, dass ich es bleiben lasse. Man muss nichts erzwingen. Und noch etwas, ich hätte sehr wahrscheinlich die finanzielle Situation nicht gestemmt. Im Carrefour, wo ich die Regale aufgefüllt habe, haben sie mir gekündigt. Sie brauchen mich nicht mehr, haben sie mir gesagt. Keine Ahnung weshalb.« Sie hält Cécile das Glas zum Nachfüllen hin. Plötzlich hat sie doch Lust auf Champagner. »Aber ich werde Mario fragen, ob er mich im Bistro brauchen kann, bis … bis ich weiß, wie es mit mir weitergeht«, ergänzt sie, als sie Cécile entsetzten Blick sieht.

»Wäre eine Möglichkeit, aber du solltest nicht zu lange warten, um das herauszufinden.«

»Ja, ja, ich sollte jetzt nach Hause. Danke für den Schampus und morgen hole ich dich ab.«

»Ja.« Cécile steht auf und nimmt sie in den Arm. »Mach's gut, meine Liebe. Bis morgen.«

»Ich drück dir beide Daumen, dass es wenigsten bei dir klappt.« Charlotte nimmt die Tasche. Sachte schließt sie die Tür hinter sich.

Als Charlotte das erste Mal zusammen mit Cécile auf der Schulbühne stand, hatte sie gleich ein gutes Gefühl. Sie musste im ersten Akt unablässig Staub wischen und erinnert sich noch gut daran, wie sie mit einem Staubwedel den imaginären Staub von Tisch und Stuhl und Anrichte wischte. Cécile stand am Fenster und telefonierte mit einer Freundin. Dabei gab sie ihr unablässig Zeichen, wo noch Staub lag.

Beide konnten das Lachen kaum unterdrücken, sodass die Lehrerin sie irgendwann ermahnte, wenn sie jetzt nicht ernst wären, würde sie sie austauschen.

Nach der Probe kam Cécile auf Charlotte zu, streckte ihr die Hand entgegen und sagte: »Auf eine gute Zusammenarbeit.«

Charlotte schaute sie zögerlich an, aber Cécile meinte es offenbar ernst. »Ich bin aus der Parallelklasse, meine Mutter ist Schauspielerin und ich werde das auch werden. Und du, wer bist du?«

»Mein Name ist Charlotte und ich werde auch Schauspielerin.« Kaum hatte sie das ausgesprochen, wurde ihr das erste Mal bewusst, dass dieser Wunsch schon lange in ihr schlummerte.

Beide waren dreizehn Jahre alt und sind bis heute unzertrennlich. Charlotte erinnert sich, dass Cécile schon damals viel schneller auswendig lernte als sie. Aber sie wollte nicht aufgeben.

Nach der Schule ging sie manchmal zu Francois, Mamans Bruder, um sich von ihm abfragen zu lassen. Er wohnte auch im Montparnasse-Quartier, in der Rue Daguerre, in einem der modernen Hochhäuser ohne jeglichen Charme. Dritter Stock, Wohnzimmer mit Küchenecke und Schlafzimmer. Jedes Mal, wenn Charlotte die kleine dunkle Wohnung betrat, schlug ihr der Muff der Armut entgegen. Kalter Zigarettenrauch, abgestandene Luft, in der noch der Kohlsuppengeruch vom Mittagessen waberte.

Francois war Künstler, Comiczeichner. Er arbeitete bis kurz nach dem Anschlag 2015 als freier Mitarbeiter bei einem Satireblatt. Von dem Attentat hat er sich nie mehr erholt. Er kündigte und fiel in eine tiefe Depression.

Maman

Mutter ist noch nicht zu Hause, als Charlotte die Tür aufschließt.

Sie wirft die Tasche in eine Ecke und geht schnurstracks in ihr Zimmer, wirft sich aufs Bett und vergräbt den Kopf im Kissen. Nun fließen die Tränen, die sie so lange zurückgehalten hat. Alles dahin. Der Traum von den Brettern, die für sie die Welt bedeuten, hat sich in nichts aufgelöst. Alles umsonst. Die Diskussionen mit Maman, das elendige Lernen, das immer Dranbleiben. Erneutes Schluchzen steigt in ihr auf. Was soll sie jetzt tun? Vielleicht bis ans Lebensende in einem Bistro kellnern, wenn sie überhaupt genommen wird, oder als Putzfee bei irgendeiner reichen Familie arbeiten und das für einen Hungerlohn? Am Fließband in einer Fabrik stehen? Für elf Euro die Stunde oder noch weniger? Nein, das kann es nicht sein. Charlotte setzt sich auf, wischt die Tränen von den Wangen.

Fast hört sie Mutter wie früher, wenn sie wegen schlechter Noten verzweifelt aus der Schule kam: »Du bist doch mein starkes Mädchen.«

Schluss mit Heulen! »Ich werde für meinen Traum kämpfen«, sagt sie zur Zimmerwand. Nur, wie sie das machen soll, ist ihr nicht klar.

Charlotte hört Maman im Flur, sie ist nach Hause gekommen.

»Charlotte, bist du schon da?« Schon öffnet sich die Tür. »Was ist? Hast du geweint?«

Sie nickt und wirft sich in Mamas Arme. »Ich habe alles verpatzt«, stößt sie hervor. »Mein Traum, dahin!«

Mutter setzt sich aufs Bett. »Erzähl.«

Und Charlotte erzählt. Offen und schonungslos. Dass es allein ihre Schuld gewesen ist und dass sie ja nicht Molière hätte vorsprechen müssen. »Ich wollte hervorstechen, brillieren. Mit einem einfacheren Text hätte ich es vielleicht geschafft«, schließt sie die Selbstanklage.

»Vielleicht auch nicht«, entgegnet Maman. »Du hattest schon immer mehr Mühe mit dem Textlernen als Cécile. Und Schultheater ist etwas komplett anderes als das richtige Theater. Du hättest sehr großen Aufwand betreiben müssen, mit der Ausbildung zurechtzukommen, Schritt halten zu können.«

Charlotte schluckt. So harte Worte hat Maman noch nie gegenüber ihr in den Mund genommen. Nicht einmal bei den hitzigen Diskussionen, als es um die Aufnahmeprüfung ging.

Sie strafft die Schultern. »Was soll ich deiner Meinung nach jetzt machen?«

»Du könntest etwas Anständiges lernen. Einen handwerklichen Beruf zum Beispiel.«

»Ich frag den Mario, ob er mich brauchen kann.«

»Wenn du meinst. Aber das ist nichts für deine Zukunft.

Du hast künstlerische Fähigkeiten wie Francois. Überlege, was du gerne tun würdest, denn ein Beruf muss Spaß machen.«

Beim Namen ›Francois‹ taucht sein Gesicht vor Charlotte auf. Seine Augen, wie er sie anschaute, als er mit ihr für die Schulaufführung geübt hat. Sie schaudert.

»Mach ich. Ich möchte jetzt allein sein, Maman.«

Die Mutter steht auf. »Alles wird gut, ich glaub an dich, das habe ich immer getan, an dich geglaubt.« Sie drückt ihr einen Kuss auf die Haare und geht leise aus dem Zimmer.

Charlottes Vater verließ Mutter, als sie mit ihr schwanger war, hat sich nie nach ihr erkundigt. Maman hat ihr einmal erklärt, da war sie zehn, dass George, so hieß er, nach Amerika ausgewandert sei.

Als sie Charlotte davon erzählte, schloss sie mit: »Das war in Ordnung, denn du warst immer mein Trost, mein ganzes Glück. Wir zwei haben es gut hinbekommen, stimmt's?«

Charlotte schaut ihr nachdenklich nach. Maman hat in letzter Zeit sehr an Gewicht verloren. Ihre grazile Figur ist noch schmaler geworden. Zerbrechlich. Das Haar hat den Glanz verloren und ihre Augen schauen manchmal traurig in die Ferne. Hat sie eventuell Ärger mit ihrem Vorgesetzten? Sie verliert nie viele Worte über ihre Arbeit. Geht jeden Morgen aus dem Haus und kommt am Abend zurück. Mit ihrem Dasein scheint sie zufrieden zu sein. Weshalb habe ich nie nach Mamans Befinden gefragt?, überlegt Charlotte. Selbstsüchtig hat sie nur an sich gedacht, ihre kleine Welt in den Vordergrund gestellt. Sie denkt dabei an die ziemlich heftigen Diskussionen, die sie mit Maman vor der Prüfung hatte, als die sich Sorgen machte, ob Charlotte an die Schwierigkeiten in so einem Beruf dachte. »Es ist so schwer, im Schauspielbetrieb weiterzukommen, Kind«, sagte sie einmal, und Charlotte rannte wütend davon.

Und jetzt? Sie legt sich aufs Bett, verschränkt die Arme hinter dem Kopf und starrt an die Decke.

Guillaume

Das ist es gewesen. Guillaume und Monique sind kein Paar mehr.

Die Liebe hat sich weggeschlichen, unbemerkt, leise. Guillaume schaut in Moniques Gesicht, versucht, eine Regung darin zu erspähen. Nichts, gar nichts ist zu sehen. Ihre Gesichtszüge sind ausdruckslos wie immer, seit sie ihm gesagt hat, dass sie nichts mehr für ihn empfindet.

Unten an der Treppe vor dem Gerichtsgebäude streckt Monique ihm die Hand hin. »Mach's gut, Guillaume. Wir hatten trotz allem eine gute Zeit zusammen.«

Guillaume nimmt ihre Hand und drückt sie. »Ja, das hatten wir. Schade, dass es so enden musste. Wenn du noch was brauchst, dann lasse es mich wissen.«

Er dreht sich um und geht die Straße hinunter. Es ist ein milder Frühlingstag. Das nächste Bistro, das er entdeckt, steuert er an. Er muss unbedingt einen Pastis haben, bevor er in die Redaktion zurückgeht. Die Scheidung hat ihm doch mehr zugesetzt, als er zugeben will.

Zusammen wollten sie alt werden. Weshalb nur hat das nicht geklappt? Vielleicht waren sie doch zu unterschiedlich, obwohl immer behauptet wird, dass Gegensätze sich anziehen. Guillaume setzt sich und bestellt.

Monique, die Quirlige, er der Ruhige, sie haben scheinbar gut zusammengepasst. Hatten auch gute Gespräche, obwohl sie nicht immer einer Meinung gewesen sind. Er zieht seine Jacke aus und hängt sie über die Stuhllehne.

Guillaume hat Monique auf einer Party bei Freunden kennengelernt. Sie war ihm sofort aufgefallen, als er das Zimmer betrat. Wie sie aufrecht bei einer kleinen Gesprächsrunde stand, das Weinglas in der Hand. Als er unschlüssig stehen blieb, nickte sie ihm zu. Er ging auf sie zu und stellte sich vor. Monique nahm ihn gleich in Beschlag. Alles wollte sie über seine Tätigkeit als Kunst- und Kulturjournalist wissen. Plaudernd verließen sie die Runde und vertieften ihr Gespräch über Kunst im Allgemeinen und Theater im Speziellen. Es stellte sich heraus, dass beide ausgesprochene Theater- und Opernliebhaber waren.

Der Kellner stellt den Pastis auf den Tisch. Guillaume nimmt einen Schluck und lässt den typischen Anisgeschmack im Gaumen explodieren. Langsam entspannt er sich. Es ist kurz vor vier Uhr. Er sollte eigentlich nochmals in der Redaktion erscheinen, aber er hat absolut keine Lust dazu.

Das Handy vibriert in der Jackentasche. Guillaume zieht es heraus. Es ist Patrick, sein Journalisten-Freund, der beim ›Figaro‹ arbeitet. Sie tauschen sich öfters über gewisse Artikel aus. Aber das kann warten bis morgen. Er drückt die Verbindung weg und nimmt einen weiteren Schluck.

Patrick ist auch in der Kultur- und Kunstabteilung tätig. Und sie haben beide beinahe die gleichen Interessen. Der einzige Unterschied ist das Alter, denn Patrick ist ein aufsteigender Stern am Journalistenhimmel. Mit knapp dreißig leitet er bereits ein Team und scheut sich nicht, heiße und unbequeme Themen anzufassen. Meist setzt er sich bei seinen Vorgesetzten damit durch.

Mit dreißig habe ich Monique geheiratet, sinniert Guillaume. Er nimmt einen weiteren Schluck. Und jetzt ist alles vorbei. Zum Glück haben wir keine Kinder und Monique ist finanziell nicht abhängig von mir.

Er tippt die Nummer seines Vorgesetzten ins Smartphone. »Ich komme heute nicht mehr ins Büro.«

»Wie lief es?«

»Wie geplant. Ich bin wieder für die Damenwelt verfügbar.« Guillaume lacht gequält. »Meldest du mich bitte ab.«

»Mach ich. Schönen Nachmittag, trotzdem.«

Guillaume steckt das Handy zurück. Unschlüssig ob er sich einen zweiten Pastis bestellen soll, schaut er sich um. Das Bistro hat sich inzwischen mit fröhlichen Menschen gefüllt. Junge Frauen, Männer in den typischen Banker-Anzügen. Dunkelblaue, dunkelgrau gestreifte. Weiße Hemden, dezente Krawatten.

Die Bankenwelt musste trostlos sein. Da lobt er sich die bunten Hunde im Journalismus.

Trotz Scheidungstermin hat er sich nicht in einen Anzug gestürzt. Anstelle einer blauen Jeans eine schwarze und ausnahmsweise ein Hemd. Nicht weiß, sondern hellblau.

Darüber die obligatorische und heiß geliebte sandfarbene Wildlederjacke.

Er winkt dem Kellner für einen zweiten Pastis zur ›Feier des Tages‹, legt ihm ein recht opulentes Trinkgeld hin. Der Kellner scheint solche Großzügigkeit nicht gewohnt zu sein. Jedenfalls bedankt er sich mit einem tiefen Bückling. Guillaume lächelt in sich hinein. Wenigstens einer, dem er heute eine kleine Freude bereitet hat.

Er trinkt das Glas mit ein paar großen Schlucken leer. Plötzlich hat er es eilig, nach Hause zu kommen. Wie hat er das vergessen können? Sein elektronischer Kalender meldet sich doch immer zuverlässig. Merkwürdig.

Mit der Lederjacke lässig über der Schulter eilt er mit ausholenden Schritten die Straße entlang. Bei der Metrostation ›Châtelet‹ angekommen, stürmt er über die Rolltreppe hinunter, immer zwei Stufen auf einmal. Heute Abend ist er mit einer Sängerin von der Opera zu einem Interview für die ›Le Monde‹ verabredet.

Die Metro ist um diese Zeit wie jeden Tag hoffnungslos überfüllt. Guillaume muss eine Bahn auslassen. Die nächste, die einfährt, ist auch nicht leerer, aber er kann sich gerade noch hineinquetschen.

Wie gerne würde er auf dem Land leben. Das Umland von Paris hat einiges zu bieten und relativ gute Bahnanschlüsse. Auch sein Job lässt ihm die Möglichkeit, von zu Hause aus zu arbeiten.

Er wollte das schon lange, aber Monique hat abgeblockt. »Wir müssen nicht auf unsere Theater und Opernabende verzichten, wir können uns eine kleinere Wohnung mieten und in der Stadt übernachten,« hat er argumentiert, doch sie blieb stur und er hat sich gefügt.

An der Metrostation drängelt er sich durch die Menschen, hastet die langen Gänge entlang und die Treppe hinauf ans Tageslicht. Beim Kiosk oben am Ausgang kauft er ein paar Zeitungen, klemmt sie unter den Arm und rennt nach Hause. Hundert Meter können unendlich lang sein.

Außer Atem schließt er die Tür zur Wohnung auf. Ohne Monique ist die Wohnung leer. Normalerweise war sie meistens vor ihm zu Hause.

Hastig kleidet er sich um. Eine Stoffhose, ein weißes Hemd und die Lederjacke. Die Interviewfragen hat er gestern bereits zusammengestellt und überfliegt sie nochmals, steckt sie in die Mappe. Verlässt die Wohnung und eilt die Treppe hinunter. Er möchte rechtzeitig am Treffpunkt sein, am besten ein paar Minuten zu früh.

Das Restaurant ›La Pascade‹ an der Rue Daunou ist noch nicht sehr besetzt, als Guillaume eintritt. Er fragt die Kellnerin nach dem reservierten Tisch. Die Diva hat ihm ausrichten lassen, dass ein stiller Platz für das Interview reserviert ist. »Dort in der Nische im hinteren Teil des Restaurants. Bitte folgen Sie mir.«

Guillaume setzt sich und nimmt die Blätter mit den vorbereiteten Fragen aus der Mappe, legt sie auf den Tisch und kontrolliert den Akku von seinem Smartphone.

Obwohl er die Fragen vorformuliert hat, lässt er gerne Spielraum offen. Er hasst es, nach genauem Plan vorzugehen. Solche Interviews wirken nicht lebendig, sondern steif und gekünstelt.

Die Sängerin betritt das Restaurant. Guillaume sieht sie zum ersten Mal privat. Auf der Bühne hat er sie schon öfters erlebt. Jedes Mal war er begeistert von ihrer Stimme. Besonders die Zauberflöte singt sie seiner Meinung nach unübertroffen. Sie rauscht an den Tisch. Begrüßt ihn mit einem strahlenden Lächeln und setzt sich.

»Ein Wasser, ohne Kohlensäure, bitte«, ruft sie der Bedienung zu, die soeben vorbeiläuft. Ihr Französisch hat einen italienischen Akzent. Solidarisch bestellt Guillaume auch ein Wasser, jedoch mit Kohlensäure.

Er legt das Smartphone auf den Tisch, schaltet die Aufnahmefunktion ein und legt einen Notizblock daneben. »Sind Sie bereit?« Schon gefühlte tausend Mal hat er das gemacht, aber jedes Mal ist es anders.

Sie sei Italienerin, lebe mit ihrem Mann die meiste Zeit in den USA, New York, und liebe Frankreich über alles.

Dann schwärmt sie vom delikaten französischen Essen, dem Charme der ›Monsieurs‹, von der Leichtigkeit und natürlich von der Mode, die besonders in Paris alles an Eleganz übertreffe, was sie bis jetzt gesehen habe.

»Die Leute sind hier nicht so verkrampft wie in anderen Ländern. Sie lieben das Leben und die Liebe.«

Guillaume lächelt. »Das freut mich. Wie lange bleiben Sie dieses Mal in Frankreich?«

»Leider nur ein paar Tage, dann geht es weiter nach Russland und danach wieder zurück in die USA.«

»Das Leben einer Berühmtheit eben. Wann dürfen wir Sie wieder hier erwarten?«

»In einem Jahr erst wieder. Zu lange.« Sie wirft theatralisch die Arme hoch. »Dann bleibe ich länger. Ich werde reisen und das Land mit seinen Schönheiten kennenlernen.«

Sie plaudern noch eine Weile über das Leben und Lebenlassen, über die Welt und natürlich über die Oper und wie die Diva zum Singen gekommen ist. Sie gibt bereitwillig Auskunft, ist offen und manchmal auch richtig witzig. Sie erzählt Anekdoten aus ihrem Theaterleben, und als sie fertig sind mit dem Interview, speichert Guillaume zufrieden die Aufnahme.

»Ich danke Ihnen für Ihre Offenheit. Möchten Sie meine Zusammenfassung nochmals lesen, bevor sie gedruckt wird?«

»Ich vertraue Ihnen. Es war nett, Sie kennengelernt zu haben.« Sie streckt ihm die Hand entgegen und rauscht, ganz Diva, dem Ausgang zu.

Indiana Café

Guillaume will noch nicht nach Hause. Er hat keine Lust auf die leere Wohnung. Mit der Mappe unter dem Arm verlässt er das Restaurant. Draußen überlegt er, wohin er gehen könnte, schlendert die Straße entlang. Es ist immer noch angenehm warm.

Vor dem ›Indiana Café‹ bleibt er stehen. Das Bistro ist proppenvoll, drinnen und auch draußen auf der Terrasse. Guillaume dreht sich um und will gehen, da zupft ihn ein Kellner am Ärmel. »Monsieur, neben den Billardtischen finden Sie noch einen Platz. Es ist zwar laut, aber …«

»Danke, das macht nichts.«

Der Kellner dirigiert ihn an einen kleinen Tisch direkt an der Wand. Guillaume zwängt sich an den eng stehenden Tischen vorbei und setzt sich auf einen Stuhl ohne Lehne. Etwas unbequem, aber das stört ihn nicht.

Er schaut sich um. Junges Volk belagert die Billardtische. Der Lärm ist wirklich beachtlich. An einem Billardtisch in der Nähe wird nach jedem Stoß, gelungen oder nicht gelungen, geklatscht und gejohlt.

Guillaume denkt an seine Jugend zurück. Er hat weder Billard gespielt noch einen anderen Sport ausgeübt. Sein Interesse galt den Büchern. Die hat er verschlungen. Mit sechzehn kannte er die meisten wichtigen französischen

Schriftsteller. Er war ein richtiger Bücherwurm. Oft haben ihn seine Schulkameraden damit gehänselt. Das hat ihm nichts ausgemacht. Bücher waren seine Freunde.

»Was möchten Sie trinken?«

»Ein Bier. Ich möchte auch etwas zum Essen. Etwas Kleines nur. Was haben Sie zur Auswahl?«

»Es gibt Tacos, Avocados mit Shrimps, Burritos, Club Sandwiches und Nachos.«

»Bringen Sie mir bitte ein Club-Sandwich mit Huhn.«

»Kommt sofort, Monsieur.«

Guillaume zieht das Handy aus der Mappe und steckt die Air Pods in die Ohren. Nur mehr gedämpft dringt der Lärm aus dem Raum zu ihm durch und das Interview ist klar zu hören. Die Frau ist eine Wucht, sowohl als Sängerin als auch als Gesprächspartnerin. Guillaume hat Lust, sie nochmals zu treffen. Dieses Mal aber privat und nicht als Journalist. Mit ihr könnte er über Gott und die Welt diskutieren.

Das hat er mit Monique nie gekonnt. Sie hat abgeblockt, sobald er mit Themen über die Weltlage, über die Situation in Afrika und über Politik diskutieren wollte. Sie hatte damit nichts am Hut. »Politik«, sagte sie, »ist eine große Lüge.«

Der Kellner platziert das Bestellte auf den Tisch. »Ich wünsche guten Appetit.«

Guillaume hört sich das Gespräch zu Ende an. Das wird dieses Mal ein ganz besonders interessanter Beitrag. Zufrieden steckt er das Handy und die Kopfhörer weg und wendet sich dem Sandwich zu. Er klappt es auseinander und schneidet es mit dem Messer in mundgerechte Happen. Jetzt merkt er erst, welchen Hunger er hat. Seit dem frühen Morgen hat er nichts mehr gegessen, das Frühstück ist auch nicht üppig gewesen. Einen Kaffee und ein Pain Chocolat. Und die zwei Pastis nach der Verhandlung waren nicht gerade hungerstillend.

Während er das Sandwich verzehrt, beobachtet er wieder das Geschehen an den Billardtischen. In der Zwischenzeit sind noch ein paar Spieler dazugekommen. Männer mit grauen Bärten, grauen Haaren und faltigen Gesichtern. Jung und Alt vergnügen sich gemeinsam und genießen das Spiel mit den Kugeln. Amüsiert schaut Guillaume zu. So sollte es sein. Verschiedene Generationen in Einheit zusammen. Leider kann er ihre Diskussionen, die sie nach jedem Stoß haben, nicht hören, dazu ist es zu laut.

Das Café gefällt ihm, obwohl es eigentlich kein Café ist, sondern ein Bistro mit Spielbetrieb. Es ist groß, laut und doch gemütlich. An der einen Wand hängt ein großer Bildschirm, auf dem entweder der französische Sportkanal ›Canal+‹ und ›Sky‹ oder der Musiksender ›NRJ‹ ihre Sendungen ausstrahlen. Die Leute an den Tischen sind bunt gemischt. Sie genießen das Leben. Sind aufgestellt, als gäbe es kein ›draußen‹ mit all den Schwierigkeiten.

Guillaume winkt, um zu bezahlen. Fast zwei Stunden hat er hier verbracht. Er ist sich sicher, dass es nicht das letzte Mal gewesen ist.

Wenig später schließt er die Tür zu seiner Wohnung auf und sofort schlägt ihm eine kalte Stille entgegen, an die er sich nun gewöhnen muss.

Im Service

Mario schaut auf, als Charlotte das Bistro betritt. »Du? Willst du einen Kaffee?« Umständlich hantiert er an der Kaffeemaschine. »Wird Zeit, dass die Neue bald geliefert wird. Das Ding will nicht mehr«, er schlägt mit der Hand gegen die Seite, »so, wie ich will.«

»Kann ich dich kurz etwas fragen?« Charlotte nagt verlegen an der Unterlippe.

»Klar, setz dich. Was hast du auf dem Herzen? Nein«, er schlägt sich mit der flachen Hand an die Stirn, »du hast bestanden. Wie konnte ich das vergessen. Glückwunsch. Ich hab es gewusst. Du wirst einmal eine berühmte Schauspielerin. Der Champagner liegt im Kühlschrank.« Mario steht auf.

Charlotte hält ihn am Ärmel zurück. »Nein, ich habe es verpatzt.«

Mario lässt sich auf den Stuhl zurückfallen. Er schaut sie sichtlich entgeistert an. »Das ist nicht wahr. Du hast den Text doch so gut gekonnt. Das sind die Prüfer. Die wollten nicht. Das ist immer so, wenn sie jemanden in der Nase haben. Hast du Einspruch eingelegt?«

»Das war ich, Mario, das waren nicht die Prüfer. Ich hab es verbockt. Schlicht und einfach verbockt. Und die hatten nichts gegen mich, sie kannten mich nicht, nur meinen

Namen.« Charlotte schnieft. »Du musst keinen Champagner holen. Mein Traum ist ausgeträumt.«

»Sag das nicht, Charlotte, du wirst noch jede Menge Chancen in deinem Leben bekommen.« Er legt die Hand auf ihren Arm, sie zuckt zusammen, atmet dann tief durch, spricht sich innerlich Mut zu.

»Ich wollte dich fragen, ob ich hier eine Anstellung bekommen kann? Irgendwas. In der Küche. Im Service oder als Putzfrau. Ich kann nicht zu Hause sitzen und warten. Dann werde ich verrückt.«

»Hm.« Mario schaut sie nachdenklich an. »Ich brauche im Moment niemanden, aber ich überleg es mir. Vielleicht kann ich dich auf Abruf einstellen, wenn mal viel los ist und meine Mädels nicht mehr nachkommen. Wäre das in Ordnung?«

Charlotte nickt. »Danke Mario.« Sie will aufstehen.

Mario hält sie zurück. »Kopf hoch.« Wieder tätschelt er ihren Arm. Dieses Mal zuckt sie nicht zusammen, aber sie zieht den Arm weg.

Auf der Straße bleibt sie unschlüssig stehen. Überlegt, was sie nun mit dem angefangenen Tag machen soll. Sie mag nicht zurück in die leere Wohnung. Cécile hat heute das Vorsprechen.

Menschen eilen an ihr vorbei. Außer ihr scheint jeder ein Ziel zu haben. Mit gesenktem Kopf schlendert sie in Richtung Rue de la Gaité, die Straße, in der sich ein Kleintheater ans nächste reiht und es fast ebenso viele Bistros und kleine Restaurants gibt. Jetzt, am Morgen, ist die kleine Straße noch nicht belebt. Ein Kellner säubert den Gehsteig vor dem Restaurant und rückt die Bistrotische und Stühle zurecht. In der Sandwicherie legt die Verkäuferin die gefüllten Sandwiches und kleine runde Pizzen in das Schaufenster. Für die Eiligen, die keine Zeit haben, sich hinzusetzen. Lecker schauen die Snacks aus. Charlotte läuft das Wasser im Mund zusammen. Im Gegensatz zu den Eiligen hat sie Zeit. Alle Zeit der Welt.

Am Ende der Rue de la Gaité biegt sie nach links in die Avenue du Maine ab. Vor dem ›Indiana Café‹ bleibt sie stehen. Auch hier ist nicht viel los. Ein paar ältere Männer lesen den ›Figaro‹ und trinken Kaffee.

Ein Bettler hat es sich in der Ecke neben dem Café auf ein paar Decken bequem gemacht, einen alten Hut vor sich wartet er geduldig, dass die vorbeieilenden Menschen sich seiner erbarmen. Charlotte sucht nach einem Geldstück und wirft es zu den anderen Münzen in den Hut. Der Bettler bedankt sich mit einem leichten Kopfnicken.

»Armer Kerl«, murmelt sie und geht weiter, bis sie vor dem Eingang des Friedhofs ›Montparnasse‹ an der Avenue L'Ouest steht.

Gedankenverloren geht sie durch das imposante Portal. Ein Schild mahnt zur Ruhe. Sie war schon oft hier und liebt diesen stillen Ort inmitten der tosenden Stadt. Wie aus weiter Ferne dringt der Autolärm in die Ruhe des Friedhofs.

Sie will wieder einmal das gemeinsame Grab von Jean-Paul Sartre und Simone de Beauvoir aufsuchen, das große Liebespaar der französischen Literatur. Besonders von Simone de Beauvoir ist sie begeistert. Ihr Feminismus, ihr liberales Denken und die freie Art zu leben haben sie tief beeindruckt. So möchte sie auch gerne sein.

Jemand hat zwei rote Rosen auf den schlichten Stein gelegt. Lange steht Charlotte davor. Sie sucht Ruhe, doch in ihrem Kopf wirbeln die Gedanken. Langsam geht sie zum Ausgang zurück.

Draußen wird sie direkt wieder ins Leben katapultiert. Kolonnen von Autos. Hektische Menschen. Undefinierbare Gerüche.

Der Hunger meldet sich. Sie bummelt zurück in die Rue de la Gaité zum Sandwichladen und kauft ein Baguette Parisienne. Das mag sie am liebsten. Knuspriges Baguette, belegt mit Butter und einer Scheibe Schinken. Genussvoll beißt sie in das weiße Brot mit der krossen Kruste. Es ist noch lauwarm. Die Butter schmilzt und tropft auf ihre Hand.

Das Smartphone vibriert in ihrer Handtasche. Hastig wischt sie die Finger an ihrer Jeans ab und holt das Telefon raus. Céciles Avatar lacht ihr entgegen.

»Bist du schon durch?« Charlotte presst das Handy ans Ohr.

»Soeben fertig geworden.«

»Ich kann dich nicht verstehen, hier ist der Teufel los.«

»Wo bist du?«

»In der Rue de la Gaité«, schreit Charlotte.

»Ich komme hin, kannst du im ›La Liberté‹ auf mich warten?« Jetzt schreit auch Cécile.

»Okay. Ich klemm jetzt ab. Der Lärm ist unmöglich.« Charlotte steckt das Telefon weg und isst rasch das Sandwich auf.

Das Leben in der Rue de la Gaité hat inzwischen zugenommen. Autos fahren im Schritttempo durch die enge Straße. Einige der Restaurants und Brasserien haben jetzt geöffnet. Menschen eilen irgendwohin. Mittendrin Charlotte, die sich zwischen ihnen durchdrängelt, ihre Neugier ist kaum zu stillen, hat Cécile es geschafft?

Das ›La Liberté‹ liegt am Ende der Straße. Es ist bekannt für seine Happy Hour am Wochenende und auch für seine Pizzen, die wagenradgroß sind. Von Freitagabend bis Sonntagabend sind der Innenraum und die überdachte Terrasse bis auf den letzten Platz besetzt. Aber heute ist erst Mittwoch.

Nach einem kurzen Rundumblick, nein, Cécile ist noch nicht da, sucht Charlotte einen Platz auf der Terrasse und findet ihn sogar. »Mittwoch eben.« Sie grinst. Dem Kellner gibt sie zu verstehen, dass sie noch auf jemanden wartet. Immer wieder schaut sie sich um, ob sie ihre Freundin kommen sieht, wo bleibt sie nur?

Endlich steht Cécile atemlos vor ihr und lässt sich auf den Stuhl gegenüber fallen. »Puh«, sie streicht ihre schwarzen Locken aus dem Gesicht, »es ist fürchterlich«, schnauft sie, »einfach fürchterlich.«

»Was ist fürchterlich?«

»Die Metro. Überfüllt.« Sie schaut auf die Uhr. »Eine ganze Stunde, nein, mehr habe ich gebraucht, um vom ›Châtelet‹ hierher zu kommen. Ich musste mehrere Züge vorbeifahren lassen, so brechend voll waren sie. Einfach ätzend.«

»Was darf ich den Damen bringen?«, fragt die Bedienung.

»Ein Wasser, ein großes Glas bitte und einen Espresso.« Cécile ist immer noch außer Atem.

»Mir nur einen Espresso.« Charlotte legt die Hand auf den Arm von Cécile. »Und sag schon! Wie ist es gelaufen?«

»Ich habe bestanden.« Sie strahlt über das ganze Gesicht. »Aber das habe ich vorher gewusst.«

»Gratuliere! Du Glückskind, ich freue mich mit dir. Wir sollten einen Champagner trinken.« Charlotte unterdrückt den Hauch von Neid augenblicklich.

»Lass mal, der ist hier viel zu teuer, das holen wir irgendwann nach.«

»Was machst du jetzt? Ich meine, bis du mit der Ausbildung anfängst?«

Cécile hebt die Schultern und nimmt einen großen Schluck Wasser, das der Kellner gebracht hat. »Keine Ahnung. Herumgammeln. Und was machst du?«

»Ich habe heute Mario gefragt, ob er jemanden brauchen kann. Entweder im Service, als Putze oder als Küchenhilfe. Er überlegt noch. Falls ja, dann höchstens als Aushilfe auf Abruf. Natürlich nur vorübergehend. Denn eins ist klar, ich möchte unbedingt etwas mit dem Theaterbetrieb zu tun haben. Daran hängt mein Herz. Wenn es nicht direkt auf der Bühne ist, dann etwas anderes, verstehst du? Vielleicht bekomme ich ja noch eine Chance. Allerdings weiß ich derzeit nicht, was ich dort tun könnte.«

»Das ist nicht gut.« Cécile runzelt die Stirn, legt für einen Moment den Finger an die Lippen. »Hm, was könnte mit dem Theater zu tun haben? Lass uns nachdenken. Auf jeden Fall etwas Kreatives. Wie wär es, wenn du dich in die Maske einarbeitest. Meines Wissens kannst du vorher einen Schnellkurs im Schminken machen und danach gleich einsteigen. Anlernen, sozusagen.«

Charlotte zieht die Augenbrauen zusammen, schürzt die Lippen. »Du machst einen Scherz, gell? Ich schminke mich ja kaum. Abgesehen davon ist dein Wissen falsch, ein Schnellkurs, nein, der bringt einen niemals ans Theater, sorry. Das ist zudem nichts, was ich machen will.«

»Meine Mutter hat mal so was erzählt. Sie wurde von einer jungen Frau geschminkt, die aus der Kosmetikbranche gekommen ist und ohne Theatervorkenntnisse die Truppe geschminkt hat. Mutter sagte, sie hätte das sehr gut gemacht.«

»Ich komme ja nicht aus der Kosmetikbranche wie diese junge Frau. Da braucht es eine ordentliche Ausbildung, aber lieb, dass du eine Möglichkeit für mich suchst. Die ist es jedenfalls nicht.« Charlotte senkt den Kopf. Cécile soll ihre Tränen nicht sehen.

»Lass uns noch etwas bummeln.« Sie steht auf und zieht Cécile vom Stuhl hoch.

Arm in Arm laufen sie in Richtung Galerie Lafayette am Gare Montparnasse, einer Filiale des Modetempels.

Vor zwei Tagen bekam Charlotte einen Anruf von Mario.

Sie kann für ein paar Tage die Vertretung im Service übernehmen. Ein Stein fällt ihr vom Herzen. Wenigstens ein kleiner Lichtblick in ihrem öden Dasein. Aufgeregt bindet sie die Schürze um, die Mario bereitgelegt hat. Es ist eine von diesen Kellnerschürzen, die fast bis zum Boden reichen. Sie ist bordeauxrot. Die Farbe gefällt ihr.

»Du kannst das Paar dort in der Ecke bedienen. Sie wünschen zwei Kaffee und zwei Croissants.«

Es ist elf Uhr am Vormittag. Das Bistro ist noch fast leer. Also keine Hektik. Charlotte lässt die beiden Kaffee in die Tassen laufen, legt zwei Croissants auf einen Teller. Das Tablett auf der Hand balancierend, geht sie zum Tisch Nummer 41. Es ist ein junges Paar und sehr verliebt, denn sie schauen nicht auf, als sie das Gewünschte vor die beiden hinstellt.

Zurück am Tresen betrachtet Charlotte die Räumlichkeit. Mario hat sich inzwischen in die Küche abgesetzt und hantiert hörbar mit Pfannen und Töpfen. Es ist, als sähe sie das Bistro zum ersten Mal. Jetzt, da sie hier arbeitet, sieht sie es mit anderen Augen. Die Tische und Stühle stehen etwas zu eng beieinander. Bei großem Andrang gleicht ein Durchkommen mit einem Tablett auf der Hand einem Balanceakt im Zirkus. Sie kann sich kaum vorstellen, dass eine Servierkraft es schafft, alle Gäste zu bedienen, wenn es voll ist. Kurz überschlägt sie die Anzahl Tische; circa zwanzig müssen es sein, die draußen auf dem Gehsteig hat sie nicht mitgezählt.

Heute ist es zum Glück ruhig, nur die beiden Verliebten am Tisch 41. Charlotte gießt sich ein Glas Wasser ein.

Die Tür geht auf und ein junger Mann tritt ein. Er setzt sich in die Nähe des Tresens. Seine langen blonden Haare hat er zu einem Knoten zusammengebunden. Jeans, ein weißes Hemd, das lässig über den Jeansbund hängt. Weiße Sneakers und ein dunkelblauer Pullover, den er locker über die Schultern gelegt hat.

»Einen Kaffee bitte«, ruft er Charlotte zu und legt seine Mappe auf den zweiten Stuhl am Tisch. Sie serviert den Kaffee zusammen mit einem Glas Wasser und fragt, ob er noch einen Wunsch habe.

Er blickt kurz zu ihr auf und schüttelt den Kopf. »Nein, vielleicht esse ich nachher noch einen kleinen Happen. Was gibt es denn?«

»Ich muss kurz fragen.« Charlotte eilt in die Küche, berichtet dann: »Wir haben Schnitzel mit Pommes und grünen Bohnen oder Omelette gefüllt mit Käse und Hack, und zu beiden Gerichten können Sie eine Gemüsesuppe haben.«

»Haben Sie keine kleinen Happen wie ein Croque Monsieur oder so was in der Art?«

»Ich kann Ihnen gerne die Karte bringen.«

»Ja, bitte.« Er zieht einen Notizblock und einen Kugelschreiber aus der Mappe.

Sie eilt geschäftig an den Tresen, holt eine der Speisekarten und legt sie auf den Tisch.

»Danke, ich bestelle später was«, murmelt er, schlägt die Kladde auf und beginnt zu schreiben.

Charlotte zögert. Fühlt sich unsicher, wartet einen Moment. War es das jetzt? Kann sie gehen?

»Ich melde mich, wenn ich was brauche.«

Blöder aufgeblasener Typ. Die Hände in der Schürze vergraben geht sie an den Tresen zurück. Sie betrachtet den Mann. Er ist noch jung. Schätzungsweise gegen dreißig. Und er schaut sehr intellektuell aus. Ein Lehrer vielleicht. Seine Hände fallen ihr auf. Gepflegt bis in die Fingerspitzen. Er nippt am Kaffee und schreibt dabei weiter. Oder er ist einer von den jungen Schreiberlingen, die sich im Quartier niedergelassen haben.

Seit einiger Zeit kann man im Montparnassequartier relativ preiswerte Studios mieten. Sie sind ziemlich heruntergekommen und klein. Zimmer ohne jeglichen Komfort. Trotzdem sie sind bei den Künstlern sehr beliebt. Das Quartier hat für diese Art Spezies einiges zu bieten. Der Schmelztiegel verschiedener Herkunft und sozialem Gepräge, die unzähligen Bistros, Theater, Kinos. Montparnasse hat in letzter Zeit dem Montmartrequartier den Rang abgelaufen. Montmartre ist hip geworden und deshalb sind die Preise dort nach oben geschossen. Charlotte wendet sich ab und geht in die Küche.

»Wir haben nur das Paar am Fenster und einen Mann, der vielleicht hier essen möchte.«

»Keine Angst, es ist nicht mal zwölf, die kommen schon noch. Wenn dir langweilig ist, kannst du mir in der Küche helfen. Bohnen schnippeln zum Beispiel.« Mario grinst sie an.

»Nein, nein, mir ist nicht langweilig. Ich geh schon wieder, ich wollte nur wissen ...« Sie dreht sich um.

Die beiden Verliebten winken, um zu bezahlen. Der Schreiberling sitzt noch immer über seiner Kladde und macht Notizen.

Gegen halb eins kommt plötzlich Leben ins Bistro. Die Leute strömen herein. Handwerker, noch in der Überkleidung. Feine Pinkel mit dunkelblauen Anzügen und auf Hochglanz geputzten spitzen Schuhen. Junge Frauen in kurzen Röcken und mit lackierten Fingernägeln. Sie alle wollen was zum Mittagessen. Entweder etwas Kleines oder das Menü.

Charlotte kommt ins Schwitzen. Sie flitzt, so gut es geht, durch die eng gestellten Tische. Nimmt die Bestellungen entgegen, eilt wieder zurück. Serviert, kassiert, putzt die Tischplatte, wenn die Gäste bezahlt und das Bistro verlassen haben.

Nach zwei Stunden ist der Spuk vorbei und Charlotte lässt sich erschöpft auf einen Stuhl fallen. Nur der Schreiberling ist noch da und schreibt seelenruhig vor sich hin. Siedend heiß durchfährt es sie. Sie hat ihn vergessen. Er wollte doch auch zu Mittag essen. Zerknirscht geht sie an den Tisch. Er hebt kurz den Kopf und schaut sie fragend an. »Was möchten Sie denn nun essen?« Sie tippt auf die Menükarte, die vor ihm liegt.

»Oh, entschuldigen Sie, ich habe total vergessen hineinzuschauen. Kann ich jetzt noch etwas bestellen?«

»Ja klar. Wenn Sie nur einen Snack wollen, könnte ich Ihnen ein Croque Monsieur empfehlen, nach dem Sie vorhin gefragt haben, oder ein Sandwich. Mario macht wunderbare Sandwiches, gefüllt mit Schinken, Eier und Käse.«

»Mario?«

Charlotte lacht. »Das ist der Koch und gleichzeitig betreibt er das Bistro.«

»Dann lass ich mich gerne mit einem Sandwich überraschen.« Er wendet sich wieder seinem Notizbuch zu.

Charlotte geht in die Küche und gibt die Bestellung auf. »Für den komischen Kerl da«, sie deutet mit dem Kopf zum Tisch.

Mario grinst. »Der komische Typ ist Journalist und schreibt hier manchmal seine Kolumnen für die Zeitungen.«

»Ach so. Ich dachte, dass er Schriftsteller ist.«

»Journalisten sind so etwas wie Schriftsteller, mit dem Unterschied, dass sie kein fünfhundert Seiten langes Epos schreiben. Hier ist das Sandwich, ich habe es mit einer extra Scheibe Schinken belegt, Journalisten und Schriftsteller müssen essen. Danach kannst du nach Hause gehen.«

Charlotte stellt dem Journalisten – nun ist klar, weshalb er so eifrig schreibt – den Teller mit dem Sandwich hin. Er nimmt es, beißt hinein und wendet sich wieder seinem Notizbuch zu. Danke hätte er sagen können.

Müde öffnet Charlotte ihre Schürze, legt sie fein säuberlich zusammen. »Ich geh dann jetzt«, ruft sie in die Küche.

Ein neuer Plan

»Ich hab's«, ruft Cécile.

»Pst«, zischt es aus der Reihe hinter ihr.

Cécile beugt sich zu Charlotte und wispert: »Ich weiß, was du machen kannst.«

»Was denn?«, wispert Charlotte zurück.

»In der Pause, jetzt müssen wir still sein, sonst werden wir noch rausgeschmissen.«

Es ist Sonntagnachmittag. Die Sonne, die in den letzten Tagen von einem wolkenlosen blauen Himmel schien, hat heute Pause. Kühler Wind wirbelt den Großstadtdreck durch die Straßen. Der Frühling hat sich zurückgezogen. Ursprünglich wollten Charlotte und Cécile am Seine-Ufer spazieren. Doch da das Wetter nicht mitspielt, haben sie kurzerhand beschlossen, ins Theater zu gehen. Im Théâtre de la Gaité wird die Komödie ›L'Embarras du Choix‹ aufgeführt.

Im Foyer drängen sich die Leute an der Bar, nutzen die kurze Pause nach dem ersten Akt, um einen Drink zu ergattern.

Charlotte fühlt sich wie immer unwohl bei solcher körperlichen Nähe rundum. »Was wolltest du mir sagen?«

Cécile holt tief Luft, schnauft. »Wie wär es, wenn du Kostümdesignerin wirst?«

Endlich haben sie ein stilles Eckchen erreicht.

Kostümdesignerin? »Hm.« Charlotte nimmt eine Handvoll Chips aus der Tüte. »Ich weiß nicht recht. Meinst du, das wäre was für mich. Kostüme nähen?«

»Nicht nähen. Entwerfen. Für die großen Opern zum Beispiel. Meine Güte, erinnerst du dich denn nicht mehr, wie du früher mit ein paar Tüchern und Fetzen tolle Verkleidungen gezaubert hast? Und auch klasse Skizzen von Klamotten hast du gezeichnet, das kannst du wirklich.«

Charlotte fällt es wieder ein, sie lacht. »Ja, klar, hat mir immer großen Spaß gemacht. Aber dazu muss ich zuerst eine Ausbildung im Nähen machen. Ich weiß nicht, ob ich das möchte.«

»Bah, die dauert nur drei Jahre, wo du auch alles über die Kostüme der jeweiligen Zeit lernst.«

Nachdenklich folgt sie Cécile zu ihren Plätzen.

Im zweiten Akt wandern Charlottes Gedanken erneut zu Céciles Idee. Vielleicht hat sie ja recht, überlegt sie, aber was ist, wenn ich das auch nicht kann?

Sie nimmt das Ende des Stückes erst wahr, als das Publikum im Saal lacht, klatscht und johlt. Die Schauspieler verneigen sich immer wieder. Cécile stupst sie in die Seite und bedeutet ihr, auch zu klatschen.

In der Bar neben dem Theater finden sie einen der letzten Plätze. Cécile bestellt einen Gin-Fizz. »Geht auf meine Rechnung. Schau nicht so erstaunt, als würde ich nie was bezahlen«, frotzelt sie. »So, und nun reden wir mal über deine Ausbildung. Was ich vorhin im Foyer gesagt habe, das meine ich im vollen Ernst. Du willst doch im Theater arbeiten wie ich? Nun hat es leider mit deinem ursprünglichen Vorhaben nicht geklappt. Was soll's, es gibt Schlimmeres im Leben.« Sie nimmt einen Schluck. »Es gibt da eine Modeschule, Esmod, an der Rue Catherine de la Rochefoncauld, da könntest du dich schlaumachen.«

»Kennst du die?«

»Ich habe mal darüber etwas gelesen. Sie soll verschiedene Angebote haben und bei der Gewerkschaftskammer anerkannt sein. Ich an deiner Stelle würde mich erkundigen.«

»Aber so etwas ist doch teuer.«

»Du kannst ja nach einem Stipendium fragen und nebenbei kellnern. Das machen viele so.« Cécile hält ihr die Chipstüte hin.

»Ich weiß nicht so recht. Soll ich da einfach hingehen, nach einem Stipendium fragen? Ich hätte halt doch lieber die Schauspielerei gelernt.«

»Glaub ich dir sofort und du bist auch nicht schlecht. Wenn ich an unser Stück denke, das wir in der Schule aufgeführt haben.« Sie lacht laut auf, sodass die Umstehenden die Köpfe nach den beiden umdrehen. »Du, wie du mit dem Mopp den imaginären Staub weggewedelt hast. Köstlich! Und ich als feine Hausdame.« Ihr erneutes Lachen ist ansteckend. Einige Leute in der Nähe ziehen auch die Mundwinkel nach oben. Cécile bestellt nochmals eine Runde Gin-Fizz.

Charlottes Abwinken übersieht sie. »Ich hab eine Idee!«

»Du und deine Ideen.«

»Falls dich deine Mutter nicht zu deiner Vorstellung bei dieser Modeschule begleiten kann, ich könnte meine fragen. Erstens kennt sie sich ein bisschen in dieser Sparte aus, und es ist wohl besser, wenn nicht du selbst nach einem Stipendium fragen musst, sondern einen Beistand, in diesem Fall meine Mutter, an deiner Seite hast. Santé, auf uns.« Ihre zwei Gläser stoßen klirrend zusammen.

Eine Woche später ist es so weit. Charlotte und Céciles Mutter wollen heute die Modeschule besuchen.

Auf dem Küchentisch liegt die Zeichenmappe mit Charlottes Skizzen. Zehn Zeichnungen. Klamotten, bunt und schräg. Ohne Plan vom Kopf direkt in die Finger und von dort aufs Papier. Es sind für Charlotte ihre besten Skizzen. Lange hat sie ausgesucht, welche sie mitnehmen soll, und immer wieder verglichen, bis sie zufrieden war.

Die Küchenuhr zeigt kurz vor acht. Céciles Mutter wird sie um acht Uhr dreißig abholen. Noch schnell ein Glas Milch. Nun spürt sie doch eine gewisse Unruhe, ist aufgeregt. Was, wenn es wieder nicht klappt? Ein tiefer Seufzer, doch dann strafft sie den Rücken. Es muss einfach hinhauen. Sie nimmt die Mappe mit den Skizzen und steckt sie in ihren Rucksack. Ein letzter Blick in den Spiegel. Ja, so kann sie gehen. Charlotte hat eine schwarze weite Hose angezogen, darüber trägt sie eine bunte lange Bluse und ein kurzes schwarzes Gilet. Schwarze feste Stiefel vervollständigen die Garderobe. Sie schließt die Wohnungstür hinter sich.

Maman war sehr froh, dass sich Céciles Mutter bereit erklärt hat, ihre Tochter bei dem Vorstellungsgespräch zu begleiten. »Ich kann nicht freinehmen«, hat sie erklärt, als Charlotte ihr von ihrem Anliegen erzählte.

Im Treppenhaus riecht es nach frisch gebrühtem Kaffee, vermischt mit dem Duft von Croissants. Ich könnte jetzt nichts essen, keinen Bissen, denkt sie. Sogar das Glas Milch liegt ihr noch schwer im Magen.

Als sie die schwere Eingangstür aufstößt und auf den Gehsteig tritt, weht ihr ein kalter Wind ins Gesicht, der ihre Haare verwirbelt. Charlotte streicht sie aus dem Gesicht und wischt sich über die Augen.

»Hübsch siehst du aus.« Céciles Mutter küsst sie auf die Wange. »Wir sind früh dran, wollen wir noch einen Kaffee trinken?«

Charlotte zögert. »Ich habe das Gefühl, dass ich keinen Schluck herunterbringe. Aber wenn Sie möchten, ein Wasser wäre okay.«

»Gut, gehen wir dort drüben ins ›La Liberté‹.«

Im Bistro sitzen nur wenige Leute. Ein paar Studenten, zwei Frauen und einige Touristen, die sich lautstark unterhalten.

»Willst du wirklich nur ein Glas Wasser?« Madame Bernard setzt sich und winkt der Bedienung.

»Ja, ich bin zu aufgeregt.«

»Ein Wasser und einen Espresso, bitte.«

Charlotte betrachtet sie. Elegant wie immer. Ein dunkelblaues Kostüm. Die schwarzen Haare im Nacken zu einem lockeren Dutt gebunden. Das Gesicht dezent geschminkt. Sie muss früher eine Schönheit gewesen sein, viel hat sie davon nicht verloren. Charlotte denkt an ihre Mutter. Dünn, fast schon mager, und immer schaut sie etwas verhärmt. Wie eben Menschen schauen, wenn sie fürs tägliche Brot kämpfen müssen.

»Du musst nicht aufgeregt sein.« Madame Bernard schiebt ihr das Wasser hin. »Das schaffst du, da bin ich überzeugt. Cécile hat mir von deinem Talent, Kleider zu skizzieren, erzählt.«

Charlotte hebt die Schultern und nippt an ihrem Wasser. »Danke, dass Sie mich begleiten.«

»Ist schon in Ordnung. Wenn ich helfen kann, gern.«

Am Bahnhof Montparnasse drängeln sich wie jeden Tag Menschen auf der Rolltreppe und hasten durch die langen Metrogänge zu ihren Zügen.

Die M12 hält mit einem lauten Quietschen. Schweigend sitzen sie auf der Bank und lassen sich durchschütteln.

Kurz vor der Station Place Pigalle räuspert sich Madame Bernard. »Ich habe mit einer Madame Chantier gesprochen, als ich uns angemeldet habe. Sie ist die Direktrice der Schule, so habe ich sie jedenfalls verstanden.« Sie steht auf. »Komm, wir müssen hier aussteigen.«

Stumm gehen sie die steile Treppe hoch. »Bis zur Schule müssen wir noch ein paar Schritte laufen. Bist du okay?«

Charlotte nickt und klemmt ihre Mappe mit den Skizzen unter den Arm. Ihr Herz hämmert, ihr Kopf ist leer. Sie schluckt.

»Hier muss es sein.« Madame Bernard drückt auf die Klingel.

Wie von Geisterhand öffnet sich die schwere Eichentür. Sie treten ein. Eine vornehme Stille liegt über der Eingangshalle.

»Wo ist denn hier die Anmeldung?« Madame Bernard schaut den langen Korridor hinunter.

Da öffnet sich eine Tür und heraus tritt eine vollschlanke Dame. Sie kommt auf die beiden zu. »Sie sind Madame Bernard, herzlich willkommen. Ich bin die Schulleiterin Madame Chantier. Und Sie sind Charlotte Petit?« Sie streckt ihnen die Hand entgegen. »Kommen Sie, wir gehen in ein Besprechungszimmer. Dort werden wir nicht gestört. Bitte folgen Sie mir.«

Trotz ihres leichten Übergewichtes bewegt sich Madame Chantier sehr elegant und ihre Kleidung ist alles andere als langweilig. Sie trägt ein wadenlanges auberginefarbenes Etuikleid aus einem leichten Wollstoff. Um den Hals hat sie ein farblich abgestimmtes buntes Seidentuch geschlungen. Die hochhackigen Schuhe haben die gleiche Farbe wie das Kleid. Ein kurzer Bob umrahmt das runde Gesicht. Das alles nimmt Charlotte wie in Trance wahr. Madame Chantier öffnet eine Tür und bittet sie einzutreten. Es ist ein heller Raum mit einem breiten Tisch und stoffbezogenen Stühlen. An der Stirnseite befindet sich ei-ne Wandtafel, auf der Hieroglyphen geschrieben sind.

»Nehmen Sie doch bitte Platz. Möchten Sie einen Kaffee, Tee oder Wasser?«

»Danke, oder möchtest du etwas?«, wendet sich Madame Bernard an Charlotte.

Sie schüttelt stumm den Kopf.

»Dann können wir beginnen. Ich möchte Ihnen zuerst unser Programm vorstellen.« Madame Chantier legt eine Broschüre vor sie hin. »Im ersten Jahr legen wir außerordentlich viel Wert darauf, dass unsere Auszubildenden die Grundlagen der Schneidereitechnik, die verschiedenen Materialien der Stoffe und die Anatomie des menschlichen Körpers kennenlernen. Im zweiten Jahr wird das Erlernte dann an Büsten angewendet. Das heißt, die Schüler und Schülerinnen zeichnen Skizzen, fertigen Schnittmuster an, welche sie dann an den Schneiderpuppen mit den Stoffen direkt zum Produkt weiterverarbeiten. Im dritten Jahr wird das alles vertieft und erweitert. Eigene Kreativität ist gewünscht. Nach jedem Jahr gibt es eine Prüfung des Stoffes, und wer bestanden hat, kann weiter studieren.« Sie spricht und spricht und spricht.

Charlotte ist überwältigt. Was sie hier in dieser Schule alles lernen kann!

Madame Chantier breitet Fotos von Arbeiten ehemaliger Schüler auf dem Tisch aus. Was Charlotte sieht, lässt ihr Herz hüpfen. Kleider, bunt und weit. Röcke aus Flickenstoffen oder Schrumpfstoffen. Hüte mit

Pfauenfedern.

»Unsere Studenten sind sehr kreativ und aus dieser Kreativität entsteht dann die Mode, die wir auf der Straße sehen.«

»Wie ist das mit der Finanzierung?« Céciles Mutter nimmt die Broschüre in die Hand und blättert darin.

»Wir selbst vergeben keine Stipendien, aber wir arbeiten mit den bekannten Bankhäusern zusammen. Dort können Sie ein Stipendium beantragen, sobald wir übereingekommen sind, dass wir Charlotte aufnehmen. Kann ich mal die Skizzen sehen und Ihr Baccalauréat?«

Charlotte legt die Mappe auf den Tisch und holt das Zeugnis aus der Tasche. Ihr Herz klopft bis zum Hals, als Madame Chantier sich in ihre Skizzen vertieft.

Weshalb sagt sie nichts? Hilfesuchend blickt sie zu Céciles Mutter. Die nickt ihr beruhigend zu. Endlich! Madame Chantier richtet sich auf.

»Kompliment. Hier und da stimmen die Proportionen noch nicht ganz, aber deshalb wollen Sie ja bei uns studieren.«

Der Kloß in Charlottes Hals löst sich. »Ich möchte nach der Ausbildung gerne am Theater arbeiten. Das ist mein größter Wunsch.«

»Das ist nach dem Studium alles möglich.« Madame Chantier steht auf. »Ich möchte Sie jetzt noch durch die Räume führen und danach können wir das Administrative erledigen. Wenn Sie einverstanden sind.«

Charlotte staunt, was sie alles zu sehen bekommt.

Große helle Zimmer, in denen ausladende Zuschnei-detische stehen. Studenten, die Stoffe zuschneiden, Skizzen zeichnen oder an Büsten die Stoffe abstecken. Sie schauen kurz auf, nicken ihnen zu, um sich dann wieder ihren Arbeiten zu widmen.

»Beeindruckend«, murmelt Céciles Mutter.

Als sie den Rundgang beendet haben, setzen sie sich wieder in den Besprechungsraum.

Madame Chantier legt eine Mappe auf den Tisch. »Hier sind alle Unterlagen, die Sie für eine Anmeldung benötigen. Auch eine Liste mit den Bankinstituten, mit denen wir zusammenarbeiten. Mademoiselle Petit, Sie haben sehr viel Talent, ich würde mich freuen, wenn Sie an unserer Schule studieren.«

Madame Bernard nimmt die Unterlagen an sich. »Vielen Dank für die Führung. Sie hören von uns.«

Draußen holt Charlotte erst einmal tief Atem.

Céciles Mutter gibt ihr die Mappe. »Gratuliere, du bist angenommen. Aber zuerst musst du die Finanzierung mit deiner Maman besprechen, respektive müsst ihr so bald wie möglich Kontakt mit einem der Bankinstitute aufnehmen.«

Charlotte schaut sie ängstlich an.

»Ich denke, dass du die Finanzierung bekommst. Du bist gut, das habe ich bereits gesagt, und Madame Chantier hat es bestätigt.«

Telefonklingeln reißt sie aus dem Schlaf. Es ist Mario.

»Kommst du heute noch?« Seine Stimme klingt ärgerlich.

Charlotte schaut auf die Uhr und ist hellwach. »Ich habe total verschlafen. Tut mir leid.«

Eine halbe Stunde später steht sie zerknirscht im Bistro und bindet sich hastig die Schürze um. »Ich habe noch ein bisschen gefeiert, mit Cécile. Bitte entschuldige.«

»Die Gäste dort«, Mario zeigt auf zwei Tische in der Nähe des Eingangs, »habe ich bereits bedient. Den Rest übernimmst jetzt du. Aber das kommt nicht mehr vor«, brummt er unwirsch und verschwindet in der Küche.

Charlotte eilt von Tisch zu Tisch und nimmt die Bestellungen für das Mittagessen auf. Heute ist das Restaurant bereits um zwölf Uhr gut besetzt. Ihr Blick wandert zum Tisch, an dem das letzte Mal der Journalist gesessen hat. Heute sitzen dort zwei Arbeiter. Sie gestikulieren wild mit den Händen. Einer hebt den Kopf, als er sie sieht, winkt er ungeduldig. »Wir haben es eilig, können wir endlich bestellen.«

»Klar.« Charlotte zückt den Bestellblock und schreibt die Wünsche auf. »Kommt sofort.« Sie eilt in die Küche. »Zweimal das Menü«, ruft sie Mario zu, dreht sich um und zwängt sich durch die Tische zu den nächsten Gästen, die ungeduldig warten. Eine geschlagene Stunde rennt sie zwischen der Küche und den Tischen hin und her. Gerade holt sie an der Theke etwas Luft, da tippt jemand auf ihre Schulter. Sie dreht sich um, der ungeduldige Arbeiter steht vor ihr und grinst sie an.

»Ich möchte zahlen, beide Menüs, mein Kumpel ist

schon gegangen.«

Charlotte bückt sich und hebt eine heruntergefallene Speisekarte auf. Da spürt sie seine Hand auf ihrem Po. Sie erschrickt, erstarrt kurz, spürt, wie sich alles in ihrem Inneren verkrampft. Sekunden. Dann richtet sie sich auf und gibt dem Kerl eine Ohrfeige.

»Das verbitte ich mir«, zischt sie. Bilder steigen in ihr auf. Bilder, die sie schon lange in den Tiefen ihres Herzens vergraben hatte. Eng ist es in ihrer Brust, sie meint, kaum Luft zu bekommen. Wirbelt herum, geht in die Küche. »Mario, der Herr an der Theke möchte zahlen.«

»Das ist doch dein Job.« Mario runzelt die Stirn, zieht die Mundwinkel hinunter. »Zuerst kommst du viel zu spät zum Dienst und dann muss ...«

»Ich bediene den nicht mehr. Er hat mich betatscht«, unterbricht Charlotte ihn.

Mit einem Seufzer lässt Mario den Kochlöffel fallen und geht an die Theke. »Weiber, bitte entschuldigen Sie. Die sind manchmal ... Sie wissen schon.« Die beiden Männer lachen hämisch.

Wütend, enttäuscht und frustriert schleicht Charlotte ins Restaurant zurück, wo sie in sich gekehrt bis zum späten Nachmittag ihrer Arbeit nachgeht. Sie fühlt sich erniedrigt. Das hämische Lachen der beiden Männer und wie sie sie angeschaut haben und dabei dreckig gefeixt haben. Und Francois kommt ihr in den Sinn. Der hat sie auch so angeschaut. Lüstern.

Guillaume und die Frauen

Die kalte Stille ist immer noch da. Guillaume versucht sie zu ignorieren. Manchmal gelingt es ihm, aber meistens gelingt es ihm nicht.

Zudem fehlt ihm der Sex. Trotz des Auseinanderlebens, die Lust auf den Körper von Monique war da. Und auch Monique war dem Sexspiel nicht abgeneigt. Es ist die Liebe, die sich davongeschlichen hat, und die hat nichts mit den körperlichen Bedürfnissen zu tun.

Im Büro stürzt er sich in die Arbeit. Am Abend ist er der Letzte, der den Büroraum verlässt, am Morgen der Erste, der ihn betritt. Es ist einer von diesen Abenden, da sich in den Straßen von Paris nur Liebespaare zu tummeln scheinen. Die Luft fühlt sich mild an, beinahe weich. Die Fensterscheiben des Tour Montparnasse funkeln durch die untergehende Sonne in einem zarten Rosa. Fröhliche Menschen bevölkern die Terrassen vor den Bistros. Alle genießen den Feierabend.

Guillaume will noch nicht nach Hause. Vor einem Bistro bleibt er stehen, seine Augen suchen nach einem freien Platz. Doch er hat kein Glück. Alle Stühle draußen sind besetzt und drinnen mag er sich nicht hinsetzen. Er schlendert weiter. Die Liebespaare scheinen immer mehr zu werden.

In einer Seitenstraße entdeckt er ein Café. Zwei verlassene Tische und vier leere Stühle stehen auf dem Gehsteig.

Guillaume setzt sich und fingert eine Zigarette aus der Packung. Seit der Scheidung hat er wieder damit angefangen. Ersatz für die verloren gegangene Liebe.

Eine Frau mittleren Alters fragt nach seinen Wünschen. Das dunkle strähnige Haar hat sie im Nacken zu einem unordentlichen Dutt geknotet. Der obere Blusenknopf fehlt und gewährt tiefen Einblick auf einen Büstenhalter mit ausgefranster Spitze.

»Einen Espresso, und wenn Sie haben, einen Schnaps.«

»Haben wir, Monsieur.« Die Bedienung verzieht den Mund. Ihre Zähne haben schon lange keinen Zahnarzt mehr gesehen.

Guillaume zündet die Zigarette an und nimmt einen tiefen Zug, so tief, dass er husten muss. »Verdammt.« Er legt den Glimmstängel in den Aschenbecher.

Die Bedienung stellt das Tässchen und das Glas auf den Tisch. »Kann ich gleich kassieren? Macht fünf Euro fünfzig.«

Guillaume legt das Geld auf den Tisch und leert Espresso und Schnaps in einem Zug. Anschließend lehnt er sich zurück und raucht die angefangene Zigarette zu Ende.

Kaum Menschen, die am Café vorbeibummeln und die er beobachten könnte. Eine Leidenschaft von ihm. Deshalb steht er auf. Er will nicht allein sein. Gerade heute nicht. Heute ist ihm nach Menschenkontakt.

Die Hauptstraßen sind inzwischen weniger belebt. Die Liebespaare haben sich wohl in ihre Wohnungen verzogen. Guillaume zündet sich erneut eine Zigarette an und schlendert weiter. In einer Nebenstraße sieht er von Weitem eine blinkende Leuchtreklame. Neugierig geht er darauf zu.

Es ist ein Nachtclub. *Pink Paradise – Strip Club & Lap Dance* verheißt die Leuchtschrift.

Genau das, was er jetzt braucht. Guillaume bezahlt den Eintritt von achtzig Euro und wird von einer leicht bekleideten Dame mittleren Alters an einen Tisch geführt.

Auf der erhöhten Bühne bewegen sich zwei schöne Tänzerinnen. Die Herren, Guillaume kann im heruntergedimmten Licht außer den Tänzerinnen keine Frauen erkennen, klatschen begeistert, als eine der beiden den Po in Richtung der Zuschauer hält und dabei das Nichts von einem Röckchen hochhebt.

»Im VIP-Raum können Sie für fünfunddreißig Euro zusätzlich einen privaten Lap Dance genießen«, sagt die Bedienung.

Guillaume winkt ab. »Vorerst nicht. Bringen Sie mir bitte einen Whiskey.«

»Gern, Monsieur. Wenn Sie es sich anders überlegen, melden Sie sich bei mir.« Sie stöckelt davon.

Minuten später steht das Gewünschte vor ihm, zusammen mit ein paar Knabbereien, schön arrangiert auf einem Glasteller. Er lehnt sich entspannt zurück und verfolgt den Strip auf der Bühne. Nicht schlecht.

Die Tänzerinnen sind ziemlich jung. Lange schlanke Beine, schlanke Körper, mit Rundungen an den Stellen, die in jedem Mann das Kopfkino ankurbeln. Er nimmt einen Schluck Whiskey. Vielleicht sollte ich mir zum Abschluss des heutigen Tages doch noch eine private Show gönnen, überlegt er.

War Monique in Stimmung, führte sie ihm auch einen Strip vor. Aus der eher spröden Lehrerin wurde plötzlich ein verführerischer Vamp. Der anschließende Liebesakt war wild und hemmungslos.

Guillaume winkt der Bedienung. »Ich interessiere mich nun doch noch für diese private Vorstellung.«

»Aber gern, ich schicke Ihnen gleich ein Mädchen an den Tisch. Sie können zuerst mit ihr plaudern. Wenn sie Ihnen passend erscheint, reserviere ich einen VIP-Raum für eine Stunde.«

Nun lehnt sich Guillaume noch entspannter zurück. Nach dreißig Minuten kommt eine junge Frau an seinen Tisch.

Er schätzt sie auf Mitte zwanzig. Lange blonde Haare. Ein ausdrucksvolles Gesicht mit blauen Augen und einem vollen Mund. Sie trägt ein eng anliegendes blaues Kleid, das ihre Körperformen gekonnt unterstreicht.

Er bedeutet ihr, sich zu setzen. »Ein Glas Champagner?«

Sie nickt.

»Wie ist Ihr Name?«

»Madeleine«.

»Ich heiße Guillaume.«

Madeleine hebt das Glas, das die Bedienung inzwischen auf den Tisch gestellt hat, und prostet ihm zu. Schweigend sitzen sie eine Weile und schauen dem Treiben auf der Bühne zu. Dort tummeln sich unterdessen vier Tänzerinnen und vier Tänzer. Die Formation, die sie aufs Parkett legen, ist erotisch und künstlerisch zugleich. Die Tänzerinnen tragen durchscheinende lange Kleider, die Tänzer stecken in hautengen glitzernden Ganzkörper-Anzügen.

»Die sind vom Ballett«, bemerkt Madeleine.

»Weshalb vom Ballett?«

»Ach wissen Sie, die verdienen sich ein Zubrot, müssen sie auch, bei der Bezahlung am Theater.«

»Verstehe. Die Gruppe ist gut. Und Sie, sind Sie jeden Abend hier?«

»Fast jeden Abend. Nur zweimal pro Woche, wenn ich meinen Abendkurs habe, dann nicht.«

»Was für einen Kurs?«

»Ich studiere Englisch und Spanisch an einer Abendschule. Ich möchte später mal etwas mit Fremdsprachen machen. Nachdem ich leider meinen Schulabschluss in den Sand gesetzt habe, bin ich hier gelandet. Ich muss ja Geld verdienen. Aber mir war sehr bald klar, dass ich das nicht immer tun möchte.« Sie hebt die Schultern. »Ich mach das hier aber nicht so ungern. Ich lerne viele nette Leute kennen.«

»Männer«, ergänzt Guillaume.

»Nicht nur, manchmal sind auch Frauen hier.« Madeleine lächelt. »Die suchen ab und zu auch Entspannung.«

Die Bedienung tritt an den Tisch. »Ihre VIP-Lounge ist nun frei, Monsieur. Darf ich bitten.« Sie geht ihnen voran durch einen schmalen Korridor. »Hier, bitte.« Sie öffnet eine Tür und lässt sie eintreten. »Machen Sie es sich bequem.« Leise zieht sie die Tür ins Schloss.

Guillaume schaut sich um. Das Zimmer ist nicht groß, aber auf eine Art gemütlich. Dunkelrote Samtvorhänge, die schwer auf den Boden fallen. Auf einem Tisch stehen kleine elektrische Leuchten, die ein warmes Licht ausstrahlen. Daneben eine Flasche Champagner in einem Kübel mit Eis und zwei Gläser. Eine bequeme Liege und ein Sessel vervollständigen die Einrichtung.

Voller Erwartung lässt sich Guillaume in den Sessel fallen. Leise Musik aus einem Lautsprecher hüllt ihn ein. Madeleine, die sich hinter einem Paravent umgezogen hat, steht vor ihm und bewegt ihren Körper langsam nach dem Takt der Musik.

Nun trägt sie nur ein schwarzes Stringhöschen und Strapse, die die schwarzen Netzstrümpfe halten. Das Oberteil ist aus schwarzen Spitzen, umhüllt locker den Körper und lässt die kleinen festen Brüste durchscheinen.

Sie setzt sich mit gespreizten Beinen auf seine Knie. Ihre Bewegungen werden immer lasziver.

Guillaume schließt die Augen. Eine wohlige Wärme durchfährt ihn. Die Musik wird schneller und Madeleine passt ihre Bewegungen dem Tempo an.

Guillaume stöhnt leise, als sie seine Hände an ihre Brüste legt.

»Chérie, wollen wir ein Glas Champagner trinken?« Madeleines Stimme holt ihn zurück. Er nickt und sie füllt zwei Gläser mit dem perlenden Getränk. »Hast du es genossen?« Ihr Mund ist ganz nah an seinem. Wieder nickt er.

Sie stoßen an. Das prickelnde Getränk perlt in Guillaumes Mund. »Und jetzt?«, fragt er.

»Jetzt ist die Stunde um.« Sie küsst ihn auf den Mund.

Ihre Lippen schmecken nach roten Kirschen.

»Können wir uns wiedersehen?«

Madeleine lächelt. »Jederzeit. Du lässt mich wissen wann, dann reserviere ich eine Stunde für dich.« Sie verschwindet hinter dem Paravent, um sich umzuziehen.

Ein Neuanfang

Charlotte ist seit zwei Wochen in der Modeschule in Ausbildung.

Wie ein Schwamm saugt sie alles auf. Die Zusammensetzung der Stoffe, oder die Anfertigung eines Schnittmusters. Sie ist lernbegierig wie noch nie in ihrem Leben. Allerdings hat sie Mühe, das Gelernte zu verarbeiten. Auch mit dem Anschluss an die anderen Studenten tut sie sich etwas schwer, traut sich nicht, auf sie zuzugehen, und in den Pausen ist sie lieber allein und chattet mit Cécile. Das bringt ihr bald den Namen ›die Unnahbare‹ ein.

Vor drei Wochen hat Charlotte von der Bank die Zusicherung für eine finanzielle Unterstützung bekommen. Sie hat in der Küche einen Luftsprung gemacht, die Tassen und Teller auf dem Bord haben gescheppert. Sofort schrieb sie Cécile eine WhatsApp. *Wir müssen feiern, heute Abend im ›La Liberté‹, hast du Zeit?* Vor Aufregung hat sie sich pausenlos vertippt.

Die Rückantwort von Cécile kam postwendend. *Jaaa, wir feiern. Was denn?*

Das erzähle ich dir heute Abend.

Du und deine Geheimnisse, bis heute Abend.

Als Charlotte ihr dann von ihrem Glück erzählte, stand Cécile auf, zog sie vom Stuhl hoch und umarmte sie.

»Jetzt wird alles gut, Charlotte. Ich freue mich so sehr für dich.«

Die Anwesenden im Bistro nickten ihnen lächelnd zu, offensichtlich hatte sie die Freude, die Charlotte und Cécile ausstrahlten, angesteckt.

Seit dem letzten Treffen, an dem sie ihrer Freundin die frohe Botschaft überbrachte, sind vier Wochen vergangen. Cécile ist mit der Schauspielschule beschäftigt. Charlotte mit ihrer Ausbildung und den Einsätzen im Bistro, die sehr unregelmäßig und nicht planbar sind.

Es ist ein regnerischer Abend, doch das stört Charlotte nicht im Geringsten. Leichtfüßig läuft sie zum ›La Liberté‹.

Sie setzt sich draußen hin, denn obwohl es regnet, ist es nicht kalt, und bestellt ein Wasser. Cécile ist noch nicht da. Charlotte betrachtet die vorübereilenden Menschen. In dieser Stadt gibt es keine Ruhe. Alle sind immer auf Hochtouren wie die kleinen Blechspielzeugmännchen, wenn sie aufgezogen sind.

Plötzlich wird es dunkel vor Charlottes Augen. Sie erschrickt, steht hektisch auf und dreht sich um.

»Ach du bist es«, entfährt es ihr.

Es ist Cécile, die ihre Hände auf die Augen gelegt hat.

»Warum bist du so schreckhaft?« Cécile schüttelt den Kopf. »Entschuldige, dass ich zu spät bin. Die verdammte Metro, du weißt schon.«

»Ich dachte, dass es jemand anderer ist.«

Erleichtert fällt sie Cécile um den Hals. »Setz dich. Oder wollen wir nicht hierbleiben?«

»Doch, doch.« Cécile winkt dem Kellner und bestellt einen Espresso. »Sag mal, was ist dir eben durch den Kopf gegangen? Ist was mit Mario?

Charlotte schüttelt den Kopf. »Ich möchte nicht darüber sprechen, aber es hat mit Mario am Rand zu tun.«

»Hm. Mit Mario? Ist er nicht anständig? Du solltest es mir sagen. Wir sind doch Freundinnen.«

»Ja, okay ... ein Gast hat mich betatscht. Am Po.«

»Oh scheiße. Hoffentlich hast du ihm eine geklebt.«

»Ja, hab ich. Darauf hat er sich bei Mario beschwert. Statt den Typen zu maßregeln, hat Mario gelacht und zu dem Kerl ›Weiber‹ gesagt. Das hat mich verletzt und wütend gemacht und ich habe mich geschämt.«

»Pfui! Typisch Mann. Aber mach dir nichts draus. Alle Männer sind so. Sie wollen immer nur das eine, du weißt schon. Wie gefällt es dir an der Schule?«

»Sehr gut. Obwohl, viel mehr als Stoffe anschauen, befühlen und beschreiben oder Maße an den Büsten nehmen, habe ich noch nicht gemacht. Und bei dir?«

Cécile lehnt sich zurück und erzählt ohne Punkt und Komma. Dass sie unheimlich viel lernen muss. Dass es gar nicht so einfach ist, sich durchzusetzen. »Weißt du, die männlichen Kollegen überwiegen. Da muss ich mich als Frau ganz schön behaupten, und es ist unheimlich schwierig, in die Rollen hineinzuschlüpfen. Es geht nicht nur ums Auswendiglernen, es ist schwieriger, als ich dachte.«

»Du kannst das doch, dich behaupten. Ich kann das nicht.«

»Das lernst du auch noch«, tröstet Cécile. »Aber komm, wir ziehen ein bisschen um die Häuser. Es hat aufgehört zu regnen.«

Nachdem sie bezahlt haben, schlendern sie Arm in Arm die Rue de la Gaité hinunter.

Vor jedem Theater bleiben sie stehen. Cécile studiert die Aufführungen und schwärmt von ihrem künftigen Beruf. Charlotte verdrängt den Neid, der in ihr aufsteigt.

»Hast du schon einmal Billard gespielt?« Cécile bleibt vor einem Bistro mit dem exotischen Namen ›Indiana Café‹ stehen.

»Nein, noch nie.«

»Wollen wir?«

Noch ehe Charlotte etwas erwidern kann, zieht Cécile sie ins Café.

Drinnen herrscht Hochstimmung. Alle Tische sind besetzt. Meistens Jungvolk. Cécile schubst Charlotte durch den Raum nach hinten, wo die Billardtische stehen. Auch hier herrscht lebhafter Betrieb. Cécile geht an den Counter. Die Freundin schüttelt den Kopf und Charlotte kann das erste Mal die schauspielerischen Fortschritte von ihrer Freundin sehen. Die zeigt eine theatralische Miene und auch der Körpereinsatz ist nicht ohne.

Verstehen kann sie nichts, dafür ist der Lärm zu groß. Nach einigen Minuten hält Cécile triumphierend einen Satz Billardkugeln in der Hand.

»Wir müssen noch zehn Minuten warten, dann können wir am Tisch Nummer sieben spielen. Eine Stunde habe ich gebucht.«

»Ich habe aber noch nie gespielt.«

»Einmal ist immer das erste Mal. Komm, wir trinken noch was zur Stärkung.« Sie setzen sich und bestellen Cola. »Auf uns«, prostet ihr Cécile zu, »auf unsere Freundschaft.«

Am Billardtisch zeigt ihr Cécile das Handling. »Es ist ganz wichtig, dass du eine ruhige Hand hast, also lass dir Zeit zum Stoß und fixiere die Kugel, dann geht es fast von allein.« Sie legt die fünfzehn farbigen Kugeln in die Mitte des Tisches. »Es gibt keine Reihenfolge, jede Kugel darf versenkt werden und für jede versenkte Kugel gibt es Punkte. Die weiße Kugel ist der Spielball. Ich fang mal an. Schau mir einfach zu.«

Sie nimmt den Queue, beugt sich, fixiert die weiße Kugel, lässt den Queue ein paar Mal durch die Hand gleiten und stößt zu. Die Kugeln verteilen sich auf dem Tisch und eine davon rollt in Richtung Öffnung an der linken Ecke, bleibt aber kurz davor stehen. Cécile geht um den Tisch, nimmt den Queue, fixiert erneut die weiße Kugel. Ein leichter Stoß, und die vor dem Loch liegende Kugel verschwindet in der Öffnung. »Nun du. Fang mal an. Ich erklär dir dann, wie es weitergeht.«

Charlotte macht es ihr nach. Gar nicht so einfach, vor allem das mit der ruhigen Hand. Aber am Ende versenkt auch sie eine Kugel.

Sie wird immer besser und bekommt von Runde zu Runde mehr Freude an diesem Spiel. Ihre Aufmerksamkeit gilt hundertprozentig der jeweiligen Kugel.

Nachdem die gebuchte Zeit abgelaufen ist, gehen sie.

»Das war ein schöner Abend.« Cécile umarmt Charlotte. »Das müssen wir wiederholen. Aber jetzt muss ich nach Hause. Text lernen. Molière.« Sie lacht.

Wieder verdrängt Charlotte den aufkeimenden Neid. »Ja, müssen wir.« Sie befreit sich aus der Umarmung. »Ich muss auch los. Wir telefonieren!«

Sie dreht sich um und eilt die Rue de la Gaité hinunter, an den Theatern und den Bistros vorbei. Seit Langem denkt sie wieder an die verpfuschte Prüfung, ihren verlorenen Traum, Schauspielerin zu werden. Tränen kommen, sie wischt sie mit dem Ärmel weg. Nur schnell nach Hause. In ihr Zimmer. In ihr Refugium.

Geschafft

Mit hochroten Wangen und glänzenden Augen nimmt Charlotte den Bachelor entgegen. Sie darf sich ab heute Modedesignerin-Stylistin nennen und ist ihrem Ziel Kostüm-Designerin einen Schritt nähergekommen.
Überglücklich geht sie an ihren Platz zurück.

Maman, die sie zur Diplomfeier begleitet hat, strahlt sie an. »Glückwunsch«, flüstert sie ihr zu. »Ich habe immer gewusst, dass du das schaffst.«

Charlotte nickt. Jetzt laufen Freudentränen über ihre Wangen.

Auch Cécile hat die Schauspielschule mit Erfolg absolviert, sie schrieb vor ein paar Tagen eine WhatsApp: *Ich habe soeben in einem kleinen Theater für die nächste Saison ein Engagement bekommen!*

Erstmals verspürte Charlotte keinen Stich des Neids, sie gönnte ihrer Freundin das Glück.

Die drei vergangenen Jahre waren hart. Maman und ganz besonders Cécile redeten ihr immer wieder zu, durchzuhalten. Manchmal war Charlotte nahe dran, alles hinzuschmeißen, wenn wieder einmal die Falten einer Bluse schräg geraten waren oder eine Skizze nach Vorlage für ein Kleid nicht hingehauen hat.

Wenn sie sich darüber bei Cécile ausheulte, sagte die: »Halte durch! Ich war manchmal auch nahe dran aufzugeben.«

Im Bistro lief ebenfalls nicht immer alles reibungslos. Mario hat sich als Macho entpuppt. Er belästigte sie immer öfter verbal mit sexistischer Anmache.

Charlotte hörte auf, sich zu wehren. Wie auch.

Wenn sie sich beklagte, lachte er nur und meinte, sie solle sich nicht so mimosenhaft benehmen. »Du bist ja nur eine Frau, und Frauen sind in jeder Beziehung dazu da, zu dienen. Die Frau ist dem Manne untertan, so steht es schon in der Bibel.«

Weder Cécile und schon gar nicht Maman erzählte Charlotte davon. »Es dauert nicht mehr lange«, sagte sie sich mehr als einmal und machte sich selbst Mut, durchzuhalten.

Die Diplomverleihung wird mit einer musikalischen Einlage beendet.

»Trinken wir noch etwas bei Mario? Ich habe mir den ganzen Nachmittag freigenommen.« Maman schlüpft in die Jacke und bindet einen bunten Schal um den Hals.

»Gerne, aber nicht bei Mario.«

»Weshalb?«

Charlotte hebt die Schultern. »Einfach so. Ich möchte nicht dorthin gehen, ich arbeite doch da, deshalb.«

»Gut, dann irgendwo, wo du gern hinmöchtest. Es ist dein Tag.«

Sie bummeln zur Metrostation ›Châtelet‹. An der Rue de la Gaité steigen sie aus.

»Wohin gehen wir?«

»Ins ›La Liberté‹, das ist das Bistro von Cécile und mir. Unser Treffpunkt sozusagen. Ich mag die Atmosphäre.«

»Das ist aber hübsch hier«, bemerkt Maman, als sie eintreten. Sie schaut sich um. »Das kannte ich gar nicht.«

»Da gehen auch nur junge Leute hin. Studenten und Schüler. Mehrheitlich. Manchmal sind auch ältere Leute hier. Rentner, die um die Ecke wohnen und am Abend nicht allein ihr Glas Wein trinken wollen.«

Mutter schaut auf die Uhr. »Es ist noch zu früh zum Essen. Hast du sehr Hunger?«

»Nein. Aber man kann hier rund um die Uhr etwas essen. Studenten sind immer hungrig.«

Maman lächelt. »Was man von dir nicht sagen kann. Du bist sehr dünn geworden, Charlotte.«

»Du auch.«

»Gut, dann bestellen wir jetzt etwas. Der Hunger kommt mit dem Essen, heißt es.« Maman holt eine Karte, die auf dem Nebentisch liegt. »Wie wär es mit einer Pizza? Ich hätte richtig Lust darauf.«

Charlotte nickt. »Die sind aber sehr groß hier«, gibt sie zu bedenken.

»Das macht nichts. Wir lassen uns einfach einpacken, was wir nicht schaffen.«

Nachdem sie die beiden Pizzen, eine mit Schinken, Käse und Mozzarella, die andere mit Chorizo und Artischocken bestellt hat, wendet sie sich wieder an Charlotte: »Was willst du jetzt tun mit deinem Diplom in der Tasche?«

»Mein Traum ist das Theater. Dort will ich arbeiten. Auch wenn es am Anfang nur in einem kleinen Theater ist, so, wie Cécile es macht.«

Der Kellner stellt die Pizzen, ein Kännchen scharfes Öl und eine Karaffe Rotwein auf den Tisch.

»Ich verstehe dich «, fährt Maman fort. »Bevor mich dein Vater verlassen hat, hatte ich auch Träume. Ich wollte Modezeichnerin werden. Kleider entwerfen. Ich wollte in einem der großen Modehäuser arbeiten. Dior oder Chanel, diese beiden Häuser liebe ich besonders. Und dann wurde ich schwanger, war allein gelassen und musste für uns den Lebensunterhalt verdienen. Ich hatte keine Zeit mehr für meine Träume. Mit deiner Ausbildung hast du wirklich etwas in der Hand, um dich direkt bei den großen Theatern und Opernhäusern zu bewerben. In diesen Kleintheatern wirst du nichts lernen. Die Schauspieler treten doch meistens in Straßenkleidern auf.«

Charlotte kennt Mamans Geschichte. Schon zu oft hat sie davon erzählt. Manchmal fühlt sie sich schuldig, dass Maman ihren Traum nicht verwirklichen konnte. Meistens schiebt sie diese Schuld weg. Sie seufzt. »Ich weiß, Maman, und es tut mir leid für dich.«

»Ja, ja, schon recht, mein Kind. Ich habe dafür dich. Du bist das größte Geschenk für mich.« Da ist es wieder, dieses ›mein Kind‹ und ›das größte Geschenk‹.

Charlotte spielt mit der Serviette, reißt sie in kleine Fetzen. Sie kann und will das nicht mehr hören. Schließlich ist sie kein kleines Kind mehr. Sie hat soeben eine gar nicht so leichte Gesellenprüfung bestanden. »Maman, ich weiß, du hast dir meinetwegen deine Träume nicht erfüllen können. Aber wenn du so mit mir sprichst, bekomme ich Schuldgefühle. Ich möchte dir helfen. Aber deine Träume kann ich dir nicht erfüllen.« Sie kommt sich plötzlich sehr erwachsen vor. So hat sie noch nie mit ihrer Mutter gesprochen.

»Tut mir leid.« Maman streicht über ihre Hand.

»Ist ja gut.« Charlotte schiebt den Teller weg. »Ich bin satt. Wollen wir nach Hause gehen? Ich treffe mich heute Abend noch mit ein paar Kollegen und Kolleginnen. Wir wollen unseren Abschluss feiern.« Sie steht auf. »Du bist eingeladen, ich bezahle.«

Zu Hause verschwindet sie in ihrem Zimmer. Grübelnd steht sie vor dem Kleiderschrank, sucht, nimmt ein einfaches Kleid heraus, betrachtet es prüfend und hängt es wieder zurück. Der ›Le Niki Club‹ in der Rue de Lappe ist bekannt für Schräges und Ausgefallenes.

Am Ende entschließt sie sich für einen engen schwarzen Rock und eine lange, weit schwingende Bluse mit weiten Ärmeln in Lila, die ihre Figur locker umspielt. Sie betrachtet sich im Spiegel. Die Haare bindet sie mit einem Seidentuch hoch. Dazu die schwarzen Slingpumps. »Ich geh jetzt, Maman«, ruft sie ins Wohnzimmer.

»Viel Spaß und amüsier dich. Hast du Geld für ein Taxi, falls es spät oder besser gesagt früh wird?«

»Ja, hab ich.«

Als das Thema ›Abschlussfeier‹ in der Schule besprochen wurde, wollte sie sich zuerst davor drücken. Sie war noch nie in einem Club, hatte immer viele Ausreden, nicht mitzugehen, als Cécile sie in solche Etablissements führen wollte. Da war einerseits ihre finanzielle Lage, zum anderen die Männer und der Alkohol genügend Hinderungsgrund.

Als sie im Club ankommt, begrüßen sie die Kolleginnen und Kollegen mit »unsere ›Unnahbare‹ ist auch schon hier« und nehmen sie in die Mitte. Alle sind in Hochstimmung.

Charlotte lässt sich darauf ein, doch allmählich überfällt sie ein unerklärliches Unbehagen. Es nimmt ihr fast den Atem. Nach der scheinbar freundlichen Begrüßung wird sie ignoriert, ausgeschlossen von der fröhlichen Unterhaltung, sie fühlt sich absolut fehl am Platz. Auch sind die Preise für sie viel zu hoch. Die Clubbesucher benehmen sich nicht gut, trinken, kiffen, grölen, sind übergriffig. Charlotte versucht, sich nichts anmerken zu lassen.

Ihre Kolleginnen und Kollegen kommen alle aus gehobenen Familien und müssen nicht jeden Cent umdrehen. Sie wünscht sich, dass Cécile da wäre, doch die hat selbst heute ihre Abschlussparty. Als dann an der Bar ein Typ sie massiv anmacht, hat sie genug und flüchtet hinaus, ruft ein Taxi. Sie will nur noch nach Hause. Im Taxi zirkulieren die Gedanken. Weshalb bin ich so anders?, fragt sie sich, weshalb kann ich nicht unbeschwert feiern? Tränen steigen ihr in die Augen, die sie schnell wegwischt.

»Alles gut, Mademoiselle?« Der Taxifahrer betrachtet sie im Rückspiegel.

»Ja, ich bin nur etwas müde.«

»Dann ist es gut«, brummt der Mann.

Es ist drei Uhr in der Früh, als Charlotte die Eingangstür zur Wohnung aufstößt. Auf Zehenspitzen huscht sie über den Korridor und schließt leise ihre Zimmertür. Sie lässt sich rücklings aufs Bett fallen und verschränkt die Arme hinter dem Kopf. Ihre erste Begegnung mit einem Club. Drogen. Laut. Alkohol. Exzessives Tanzen. Schweiß. Lüsternheit. Wie kann Cécile so etwas mögen?

Heute will sie mit Cécile nachfeiern.

»Nur wir zwei«, hat ihre Freundin am Telefon gesagt. »Um sieben Uhr im ›La Liberté‹, wir lassen es krachen!« Dann legte sie wieder auf.

Die Kleiderwahl ist heute nicht wichtig. Jeans, Bluse und die Slingpumps, die sie gestern getragen hat. Die Straßen von Paris sind zwar nicht für diese Dinger geeignet, aber wenn man geschickt über die unebenen Stellen balanciert, kann nichts passieren. Und Charlotte ist geschickt darin. Maman ist noch nicht zu Hause.

Maman, ich hab dich lieb, schreibt Charlotte auf einen Zettel und malt einen roten Kussmund dazu.

Sie fliegt förmlich die Treppe hinunter und die Straße entlang in Richtung Bistro. Sie freut sich auf ihre Freundin und ist gespannt, was sie alles zu erzählen hat. Charlotte schmunzelt. Cécile ist die wandelnde Zeitung. Sie weiß alles, und gibt ihr Wissen nur zu gerne weiter.

Sie ist bereits da, als Charlotte ins Bistro kommt und sitzt an dem Tisch, wo sie gestern mit Maman saß.

»Ich hab eine Stelle für dich«, überfällt Cécile sie. »Ich hab schon gesagt, dass du dich melden wirst.«

»Wie, was, wo?«

»In einem Theater.« Cécile schwenkt die Hand in Richtung Rue de la Gaité.

»Hier in der Straße?«

»Ja.« Cécile schiebt einen Zettel über den Tisch. »Sie suchen eine Näherin.«

Charlotte nimmt den Zettel. »Da soll ich hingehen?«

»Ich an deiner Stelle würde es. Sie suchen wirklich jemanden, und du hättest einen Fuß drinnen, auch wenn es nur ein kleines Theater ist und du nicht die fulminanten Kostüme entwerfen kannst, von denen du träumst.«

»Wie hast du davon erfahren?«

»Eine Studienkollegin wusste davon.«

»Mit meinem Abschluss kann ich mich aber doch direkt in einem der großen Häuser bewerben«.

»Du musst entscheiden, was du willst.«

Da ist sie wieder. Die selbstbewusste, manchmal schon fast dominierende Cécile. Die Freundin, die immer genau weiß, was sie will und es am Ende auch bekommt. Die

Freundin, die ihr jederzeit zur Seite steht, ihr hilft.

»Okay, ich werde anrufen oder noch besser, ich werde hingehen und mir das anschauen, gleich morgen Abend. Danke! Jetzt erzähl, wie geht es dir? Hast du bereits die Hauptrolle bekommen?«

Cécile schüttelt den Kopf. »Aber ich kann mich in einem kleinen Theater entwickeln. Meine Mutter hat auch klein angefangen. Hauptsache, man hat mal einen Fuß drin. Komm, wir trinken ein Glas Schampus und danach essen wir was. Wie war es gestern bei deiner Abschlussfeier?«

»Irgendwie beschissen. Am Schluss sind alle einigermaßen zu gewesen, vom Alkohol und wahrscheinlich auch vom Gras oder Kokain. Und als mich noch ein Typ an der Bar ekelhaft angemacht hat, bin ich nach Hause gegangen. Und bei dir?«

»War ganz okay. Wir haben bis in die Puppen getanzt. War ja eine private Party. Schade, dass du nicht dabei gewesen bist.«

»Ja, schade.« Die kleine Neidwelle ist doch nicht verschwunden, stellt Charlotte fest und wischt sie schnell weg.

Es ist weit nach Mitternacht, als Charlotte nach Hause kommt. Auf Zehenspitzen schleicht sie in ihr Zimmer. Maman soll nicht aufwachen. Lange kann sie nicht einschlafen. Sie wälzt sich im Bett herum.

Was soll sie tun? Auf Cécile hören und sich die Stelle in dem kleinen Theater anschauen? Als Näherin? Dafür hat sie nicht drei Jahre auf einer Modeschule studiert. Auf der anderen Seite ist es vielleicht nicht übel, einen ›Fuß drin zu haben‹, wie Cécile sagt. Aber als Näherin! Ihr größter Traum, Schauspielerin zu werden, ist eh schon geplatzt.

Sie dreht sich auf die Seite. Ich werde mir diese Stelle mal ansehen. Schaden kann es ja nicht, einen ›Fuß drin zu haben‹, denkt sie, bevor sie endlich einschläft.

Die Veränderung

Seit Guillaumes letztem Besuch im ›Pink Paradise‹ sind einige Wochen ins Land gezogen. Ab und zu denkt er an die aufregende Stunde, die er dort mit Madeleine verbracht hat. Ab und zu nimmt er das Handy zur Hand, um sie erneut zu buchen. Nach dem ersten Klingelton drückt er die Verbindung weg. Irgendetwas hindert ihn daran. Vermutlich hat er Angst, es könnte eine engere Verbindung daraus werden.

Außerdem hat er genügend andere Sorgen. Es wird gemunkelt, dass der Online-Bereich bei der ›Le Monde‹ erweitert werden soll, der Printbereich dagegen verkleinert. Guillaume hasst Veränderung.

Es ist grau und nieselt heute am Samstag. Guillaume sitzt in seiner Wohnung. Inzwischen ist die Stille nicht mehr kalt und unerträglich. Er hat sich dran gewöhnt und fängt an, sie zu mögen. Keine Unterbrechung durch Monique, wenn sie etwas wissen oder ihm den neusten Klatsch aus der Schule erzählen möchte.

Er sitzt an seinem Lieblingsplatz im Arbeitszimmer in seinem Lieblingssessel, auf den Knien die noch jungfräuliche Wochenendausgabe der ›Le Monde‹. Genüsslich faltet er sie auseinander.

Die Kultur kommt, wie immer, als Erstes dran. Die Spalten Theater und Kino interessieren ihn am meisten.

Heute allerdings findet er keine neuen Angebote, weder beim Theater noch bei den Kinos. Er wechselt in die Spalte Bücher und Ausstellungen. Auch bei den Büchern nichts Neues. Ein typisches Endsommerangebot. Nur die Kunstausstellungen überbieten sich mit Neuigkeiten.

»Für die Touristen«, murmelt er und will die Zeitung weglegen.

Doch da entdeckt er einen Artikel über sexuelle Belästigung an Frauen. Interessiert liest Guillaume weiter. Der Text ist anders geschrieben als diese MeToo-Geschichten, die von den USA nach Europa übergeschwappt sind. Sachlich aufgebaut, mit entsprechenden Recherchelinks und ganz ohne die reißerischen Schlagzeilen, die man oft bei diesem Thema liest.

Der Artikel ist von Patrick Cohen geschrieben, seinem Journalistenkollegen und Freund beim ›Figaro‹. Er hat mit seinem Mut, stets ein heißes Eisen anzufassen, auch diesmal ins Schwarze getroffen.

Nochmals liest Guillaume den Artikel durch und pfeift leise durch die Zähne. Erst kürzlich hat der Präsident Emmanuel Macron versprochen, dass er sich der Angelegenheit annehmen werde, da es auch in Frankreich noch immer zu viel sexuelle Belästigung an Frauen gibt und die Dunkelziffer sehr hoch ist.

Guillaume lehnt sich zurück. Das Thema interessiert ihn auch. Es ist dringend nötig, diese Situation zu verändern.

Draußen hat sich die Sonne durch die Wolken gekämpft. Es hat aufgehört zu regnen. Er will in seinem Bistro einen Kaffee trinken und dort in Ruhe die Zeitung zu Ende lesen. Seit Monique ausgezogen ist, hat er es sich zur Gewohnheit gemacht, am Wochenende den Kaffee in einem Bistro zu sich zu nehmen. Da ist er unter Menschen, kann aber in Ruhe die Zeitung lesen. Manchmal hat er das eine oder andere interessante Gespräch mit einem Tischnachbarn. Das Bistro ist nur einen Steinwurf von seiner Wohnung entfernt. Guillaume zieht einen leichten Pullover über, schlüpft in die Schuhe und klemmt die Zeitung unter den Arm.

Das Bistro ist gut besetzt. Der Kellner winkt ihm zu und dirigiert ihn an seinen Platz. »Extra für Sie reserviert, Monsieur Rakoto. Ich habe mir gedacht, dass Sie noch kommen.« Er rückt den Stuhl zurecht und wischt mit einem Lappen über den Tisch. »Das Übliche?«

Guillaume nickt und faltet die ›Le Monde‹ auseinander.

Der Kellner eilt, die Hüfte hin- und herschwingend, an die Theke. Guillaume schaut ihm nach, lächelt und schlägt die Spalte *Tagesaktuell* auf. Mit einer leichten Verbeugung stellt der Kellner den Kaffee zusammen mit einem Glas Wasser auf den Tisch.

Guillaume bedankt sich und überfliegt die Rubrik *Unglücksfälle und Verbrechen*.

Auch hier jeden Tag das gleiche Drama. Schmuckwarengeschäfte werden ausgeraubt. Bankautomaten gesprengt. Autos überfahren Fahrradfahrer. Wobei Fahrradfahrer in Paris noch nicht so oft anzutreffen sind. Doch sie sind, wie überall in den großen Städten, auch hier im Vormarsch. Die aufstrebende Grüne Partei sorgt dafür, dass die Franzosen anfangen, sich über den Klimawandel Gedanken zu machen.

Er blättert weiter und landet auf der Börsenseite. Der Dax steigt, das Gold sinkt, und der Dollar ist für einmal stabil. Die Weltlage ist ruhig. So kann es bleiben. Er faltet die Zeitung zusammen.

»Guillaume, Guillaume.« Eine Frauenstimme.

Er schaut auf. Es ist Madeleine. Sie sitzt unweit von seinem Tisch mit einer anderen Frau.

Erfreut steht er auf, geht zu ihr. »Madeleine, wie schön, dich wiederzusehen. Ich habe dich gar nicht bemerkt, als ich hereingekommen bin.« Er bückt sich und küsst sie auf die Wange. Bei Tageslicht sieht sie noch hübscher aus als im schummerigen Licht vom ›Pink Paradise‹. Das Gesicht bis auf die roten Lippen ungeschminkt. Die blonden langen Haare im Nacken zusammengebunden. Jeans, ein schwarzes T-Shirt und leichte Sandaletten lassen sie unendlich jung und verletzlich erscheinen.

»Das ist meine Kollegin Mara von der Abendschule. Wir haben zusammen Sprache studiert. Sie hat vor ein paar Wochen den Abschluss als Dolmetscherin gemacht.«

»Sehr erfreut.« Guillaume verbeugt sich leicht. »Ich will nicht stören. Können wir uns wieder einmal sehen, Madeleine? Vielleicht zum Essen?«

»Oh ja, das wäre nett.«

»Ich melde mich.« Erfreut, dass sie ihn außerhalb ihres Arbeitsplatzes treffen will, geht er zu seinem Tisch zurück und bedeutet dem Kellner mit der Hand, ihm noch einen Kaffee zu bringen.

Die beiden Frauen stehen auf. Madeleine nickt ihm zu und lächelt.

Eine Woche später sitzen Guillaume und Madeleine im ›Ernest-Samaritaine‹ einem hippen Restaurant im zweiten Arrondissement.

Madeleine schaut sich um. »Sehr schick.«

»Ich komme gern hierher. Das Essen ist vorzüglich. Der Koch hat erst vor ein paar Wochen in einem Gourmetmagazin eine Auszeichnung erhalten. Seine Suppenkreationen sind vom Feinsten. Auch die Tagesangebote können sich sehen lassen.«

»Ich nehme die Tagessuppe.« Madeleine legt die Karte zur Seite.

»Ich schließe mich an. Wenn wir danach noch Hunger haben, können wir immer etwas bestellen. Vielleicht eine Nachspeise, die sind hier auch mega, um es mal in der Jugendsprache auszudrücken.«

Schweigend löffeln sie die Suppe. »Arbeitest du noch im ›Pink Paradise‹?« Guillaume wischt sich mit der Serviette den Mund ab.

»Ja, aber nicht mehr jeden Tag. Ich muss ziemlich viel für die Dolmetscherprüfung lernen.«

»Hm, was empfindest du, nein, anders gefragt, hat dich schon mal jemand angemacht bei deinen privaten … du weißt schon. Also …«

»Du meinst, ob mich jemand zu sexuellen Handlungen gezwungen hat? Nein, noch nie. Nur das, was ich bei dir gemacht habe.« Sie lächelt. »Mehr gibt es nicht bei solchen privaten Vorführungen. Weshalb fragst du?«

»Nun, ich habe erst kürzlich einen Bericht gelesen, bei dem es um die Dunkelziffer des sexuellen Missbrauchs geht, und dass die Frauen sich immer noch nicht trauen, offen darüber zu sprechen. Ich denke, dass das in solchen Clubs auch vorkommt.«

»Kann sein. Bei mir jedenfalls noch nicht. In jedem Zimmer gibt es eine Alarmanlage. Die Mädchen können Hilfe holen, wenn sie bedrängt werden. Unser Club gehört ja in die gehobene Kategorie. Der Türsteher schaut jeden Kunden genau an, bevor er ihn hereinlässt.«

»Ist bei mir aber nicht so gewesen.«

Madeleine lächelt erneut. »Du hast halt seriös ausgesehen.«

»Also nochmals, du kennst solche Übergriffe nicht und auch die anderen Mädchen kennen das nicht?«

»Ja, bei uns ist das, soweit ich weiß, noch nie vorgekommen. Aber ich habe von anderen Clubs gehört, wo solche Dinge vorkommen, und das nicht nur einmal.«

»Kannst du mir die Namen von diesen Clubs nennen?«

Madeleine hebt die Schultern. »Diese Informationen habe ich vertraulich bekommen. Von einem Mädchen, das in einem dieser Clubs gearbeitet hat. Sie hat in der Zwischenzeit gekündigt. Ich möchte da keinen Wirbel veranstalten. Sag mal, willst du darüber einen Bericht schreiben?«

»Na ja, vielleicht. Macron hat gedroht, nein, versprochen, Ordnung zu schaffen, oder anders gesagt, schaffen zu lassen. In letzter Zeit liest man immer öfter von solchen Übergriffen.«

»Wahrscheinlich ist das eine ›never ending story‹ und kann nicht durch ein paar Artikel in Zeitungen und Magazinen in Ordnung gebracht werden. Aber du hast recht, wenn immer wieder darüber berichtet wird, kann das zumindest ein bisschen helfen. Meiner Meinung gehören diese Straftäter ins Gefängnis, so wie Epstein und Weinberg.«

»Ich werde jedenfalls dranbleiben, irgendwie.« Prüfend schaut er Madeleine an. »Darf ich dich dazu interviewen, wenn ich dabei bin, das Thema journalistisch zu bearbeiten? Am liebsten würde ich Patrick dabeihaben.« Nach einem Moment des Schweigens sagt er: »Lass uns von was anderem sprechen.«

Madeleine zerbröselt das Brot, das noch auf dem Tisch liegt. »Worüber möchtest du denn sprechen, und wer ist Patrick?«

»Ein Kollege und Freund, der beim ›Figaro‹ arbeitet, doch jetzt möchte ich gern über dich, über uns sprechen.«

»Was soll mit uns sein?«

»Ich mag dich. Können wir uns ab und zu sehen, nicht

im Club, sondern so wie heute?« Er fühlt sich dabei wie ein schwärmender Pennäler.

Madeleine streicht über seine Hand. »Wenn du akzeptierst, dass ich dabei frei bleiben kann.«

»Auf jeden Fall, voll und ganz. Das möchte ich nämlich auch, frei bleiben.«

Madeleines Gesicht erstrahlt in ihrem zauberhaften Lächeln. Guillaume fühlt, wie er rot wird. Wirklich wie ein Pennäler, denkt er erneut und streicht ihr sanft über die Hand.

Die Woche drauf ist hektisch. Guillaume hat keine Zeit, über den Artikel nachzudenken, den er zusammen mit Patrick schreiben will.

Er hetzt von einem Meeting zum anderen. Das Gerücht, das schon seit Wochen durch das Großraumbüro wabert, wird immer fassbarer. Die Abteilung ›Online-News‹ soll einen größeren Stellenwert bekommen.

Die Zahl der Abonnenten ist seit Jahren rückläufig. Man müsse mehr auf das Internet setzen, heißt es aus der Geschäftsleitung, und man könne mit dem Internet auch die jungen Leute erreichen.

Guillaume hasst diese Online-News. Sie sind schnell. Informieren nur oberflächlich und sind ebenso schnell wieder vergessen. Er hofft inständig, dass er nichts damit zu tun haben wird. Ende der Woche, Guillaume will gerade den Computer herunterfahren, leuchtet die rote Lampe an seinem Telefonapparat auf.

Es ist Maurice, sein Vorgesetzter. »Kannst du in mein Büro kommen?«

»Ja, bin gleich bei dir.« Guillaume drückt die Verbindung weg.

Maurice ist ein angenehmer Vorgesetzter. Er lässt seinen Mitarbeitern meistens freie Hand bei ihren Beiträgen. Der Pitch muss stimmen, und sie müssen untereinander abgestimmt sein, das ist alles, was er verlangt. Dass sie auch qualitativ top sind, ist für ihn selbstverständlich.

»Setz dich«, fordert Maurice ihn auf, als er den Raum betritt. »Möchtest du einen Whiskey?«

Guillaume bleibt stehen.

»Ich habe ein Rendezvous, dauert es länger?«

Maurice nickt und zeigt auf den Stuhl vor dem Schreibtisch.

Zögernd nimmt Guillaume Platz, hofft, dass da keine miese Neuigkeit auf ihn zukommt, während Maurice die zwei Whiskey einschenkt.

»Hier.« Maurice setzt sich ihm gegenüber. »Du hast bestimmt gehört, dass die Geschäftsleitung beschlossen hat, die Online-News auszubauen.« Er nimmt einen Schluck. »Ich habe gedacht, dass du mit deinen journalistischen Erfahrungen der richtige Mann für diesen Bereich wärst. Du wärst für die Erweiterung verantwortlich. Wie findest du das? Eine echte Herausforderung.«

Also doch eine miese Neuigkeit. »Maurice, du weißt, dass ich das Onlinezeug nicht mag. Es verfälscht die Berichterstattung, die Leute lesen nur noch die Schlagzeile und den Pitch. Und du weißt auch, dass ich Veränderungen nicht mag.«

»Die ganz oben haben beschlossen, dass wir diese Abteilung ausbauen. Wir verlieren Kunden, besonders die jungen Leute. Die lesen heute nur noch online. Überlege es dir. Ich wünsche dir einen schönen Abend und ein erholsames Wochenende. Am Montag werden wir zusammen das weitere Vorgehen besprechen. Vor der Teamsitzung.« Maurice nickt ihm zu. Das Gespräch ist beendet.

Guillaume verlässt das Büro mit hängenden Schultern. Er will nicht in diese Abteilung, sie schon gar nicht übernehmen. Die Oberflächlichkeit in diesem Medium widert ihn an. Keine langen Texte mehr, alles husch, husch, mit Schlagworten, die jenseits von Gut und Böse sind. Er will seiner Schreiblust weiterhin frönen können.

Die Lust, jetzt Madeleine zu treffen, ist ihm vergangen. Er wollte sie heute ins Theater ausführen, ›La Traviata‹. Die Tickets hat er bereits gekauft. Er zieht das Handy aus der Hosentasche, wählt ihre Nummer und drückt sie wieder weg. Nein, denn vielleicht sind ihre Gesellschaft und die Musik heute Abend gut für seine Stimmung.

Das Theater ist bis auf den letzten Platz besetzt. Die fröhlichen Menschen ziehen Guillaume in den Bann. Langsam fällt das schale Gefühl von ihm ab.

Madeleine plaudert unentwegt und trägt dazu bei, dass er auf andere Gedanken kommt. Außerdem schaut sie verdammt gut aus. Ein Kleid in intensivem Blau umspielt ihre schlanke Figur. Die blonden Haare sind hochgesteckt und das Gesicht praktisch ungeschminkt. Die High Heels lassen ihre langen Beine noch länger erscheinen. Mit Stolz nimmt er die anerkennenden Blicke der Männer wahr.

Der Vorhang hebt sich. Pretty Yende, die südafrikanische Sängerin, beginnt mit dem ›addio del passato‹ und Guillaume durchfährt ein Schauer. Sie hat eine fantastische Stimme. Weich und doch kraftvoll. Er ist froh, dass er sich dazu durchgerungen hat, doch noch in die Oper zu gehen.

Der Vorhang fällt. Pause ist angesagt.

»Magst du etwas trinken?« Guillaume nimmt Madeleines Arm und führt sie ins Foyer.

»Es ist wunderschön.« Ihre Augen leuchten. »Und gegen ein Glas Champagner habe ich nichts einzuwenden.«

Der Ansturm auf die Bar im Foyer ist enorm. Guillaume bahnt sich, ganz Gentleman, einen Weg zwischen den Menschen durch.

Mit zwei Gläsern in der Hand kommt er zurück. »Prost Madeleine. Freut mich, dass es dir gefällt.«

»Oh ja, sehr sogar, obwohl die Oper bis jetzt nicht in mein Beuteschema gepasst hat. Das wird sich in Zukunft sicher ändern. Die Sopranistin hat eine wundervolle weiche Stimme, ich könnte ihr stundenlang zuhören.«

»Hast du genügend Taschentücher dabei? Der zweite Teil ist noch besser und sehr traurig, traurig-schön.« Er zieht eine Packung Tempo aus der Gesäßtasche und überreicht sie Madeleine.

»Gehen wir an unsere Plätze zurück.« Madeleine stellt das Glas auf das Tischchen. »Ich bin aufgeregt, wie es weitergeht.«

»Wir haben noch ein paar Minuten.« Guillaume schaut auf die Uhr. »Aber ja, gehen wir zurück und stimmen uns ein.« Sie setzen sich auf ihre Plätze und Guillaume legt den Arm auf die Stuhllehne von Madeleine, dabei streift er wie zufällig ihren Nacken. Seine Hand bleibt einen Augenblick darauf liegen.

Als schließlich der letzte Ton über den Köpfen der Zuschauer schwebt, setzt ein nicht enden wollender Applaus ein. Wie eine Welle schwillt das Klatschen und Rufen an, sobald sich die Künstler auf der Bühne verneigen, und ebbt leicht ab, wenn der Vorhang sich senkt, um gleich wieder aufzubranden, wenn er sich wieder hebt.

»Wollen wir noch einen Absacker nehmen?« Guillaume hakt Madeleine unter. Sie stehen auf dem Gehsteig vor dem Theater.

»Ja, gern. Wo?«

»Wenn es dich nicht stört, bei mir zu Hause.«

»Wenn es dir keine Umstände macht, klar.« Sie lächelt.

»Macht es nicht.« Er tritt an den Rand des Gehsteigs und hebt die Hand. Das Taxi kommt angefahren, Guillaume hilft Madeleine in den Wagen.

»Boulevard du Montparnasse hunderteinundsiebzig bitte.« Er nimmt Madeleines Hand, küsst die Fingerspitzen. Sie lässt ihn gewähren. Im Spiegel sieht er, wie der

Taxifahrer sie beobachtet. Es stört ihn nicht.

Madeleine hat den Kopf an seine Schulter gelehnt, die Augen geschlossen. Sachte streicht er ihr mit dem Zeigefinger zuerst über die Augen, die Lippen und dann über den Hals abwärts bis zum Brustansatz.

Ein Wort, das alles verändert

Montagmorgen. Entspannt betritt Guillaume das Büro seines Vorgesetzten. Das Wochenende hat ihm gutgetan. Er hat sich ein paar Strategien überlegt, mit denen er überzeugen will, dass er nicht der richtige Mann für den Ausbau der Online-Abteilung ist.

Maurice hantiert an der Kaffeemaschine und dreht sich um. »Magst auch einen?«

»Bitte.« Guillaume setzt sich in einen Sessel und schlägt die Beine übereinander.

»Schwarz und ohne Zucker.« Maurice stellt die Tasse auf den Tisch und setzt sich ebenfalls. »Hast du es dir überlegt?«

Guillaume nickt. »Ich kann dir einen jungen Mann vorschlagen, der das viel besser kann als ich. Du kennst meine Abneigung gegen diese schnelle und oberflächliche Berichterstattung.«

»Dann lass mal hören.«

»Dominique Chaudeurge, er arbeitet als freier Journalist unter anderem für den Figaro. Er ist jung und wahrscheinlich dem Online-Journalismus viel näher als ich. Ich habe ihn vor Kurzem bei einem Journalistentreffen kennengelernt. Er wäre bereit, seine Freiheit für eine feste Anstellung aufzugeben.«

»Wir wollen keine neuen Leute einstellen. Befehl von ganz oben. Und ich habe dich ausgewählt, weil du mit deinem Alter viel journalistisches Know-how hast. Du wirst junge Leute um dich haben, die die ganzen technischen Abläufe koordinieren.«

»Und wenn ich nicht will?«

»Dann wirst du wohl gehen müssen. Was ich aber schade fände. Du bist ein guter und gewissenhafter Journalist.«

»Ich komme aus dem Kulturbereich. Mit diesen täglichen Berichterstattungen aus der Tagesaktualität habe ich nicht viel am Hut. Ich bin jetzt seit zwanzig Jahren bei der ›Le Monde‹. Habe der Zeitung mit meinen fundierten Berichten geholfen, gerade im kulturellen Bereich, dass sie gelesen wird. Und das soll alles zerschlagen werden mit einem Online-Service, der …« Guillaume hat sich in Rage geredet. Er fühlt, wie die Wut in ihm hochsteigt. Die zurechtgelegten Worte sind verflogen. Hastig trinkt er den Kaffee aus und stellt die Tasse unsanft auf den Tisch zurück. »Ist das dein letztes Wort, dass ich gehen muss, wenn ich zu deinem Vorschlag nicht brav nicke?«

»Nun sei nicht so stur. Willst du es nicht erst einmal versuchen? Du kannst, wenn es dir absolut nicht zusagt, immer noch die Konsequenzen ziehen. Eins sag ich dir aber jetzt schon, zurück in deine Abteilung kannst du nicht mehr. Die wird verkleinert. Dort benötigen wir nur einen Mann, einen jungen Mann, und eine Assistentin. Das wurde bereits in der Geschäftsleitung beschlossen. Ich hatte da nur wenig Mitspracherecht.« Maurice schaut auf die Uhr. »Wir müssen gehen. Die Wochenbesprechung beginnt gleich. Ich werde heute das neue Projekt vorstellen und dich gleich mit, als neuen Leiter der Abteilung.«

Widerwillig nickt Guillaume und steht auf. Kein Wort kommt über seine Lippen. Es ist ihm klar, dass es nur ein Entweder-Oder gibt.

Die Kollegen sind bereits im Sitzungszimmer versammelt. Maurice entschuldigt sich für die Verspätung. »Ich hatte vorab noch einiges mit Guillaume zu besprechen.«

Nach knapp zwei Stunden ist die Sitzung beendet und Guillaume wird mit Gratulationen überschüttet.

Halbherzig nimmt er sie entgegen, bedankt sich dafür.

Der Tag schleicht dahin. Noch nie hat Guillaume den Feierabend so herbeigesehnt. Er soll noch circa drei Wochen im Printbereich arbeiten und danach wechseln. Es gibt keinen Nachfolger für ihn, die Abteilung wird gewaltig abgespeckt.

Die Bar ›Apogé‹, unweit vom Headquarter der Zeitung, ist bereits gut besetzt. Nur ganz vorn gibt es noch einen freien Platz.

Die Bar ist ein beliebter Treffpunkt bei den Angestellten der ›Le Monde‹. Hier trifft man sich nach der Arbeit zu einem Glas Wein, einem kleinen Snack, bevor man nach Hause geht.

Guillaume setzt sich und streckt die Beine aus. Der Kellner bringt ihm das übliche Glas Weißwein.

»Alles okay?«, fragt er.

»Alles okay, Pascal, danke.« Guillaume kennt Pascal, seit er bei der ›Le Monde‹ arbeitet. Das sind jetzt knapp zwanzig Jahre. Pascal bezeichnet sich selbst manchmal als altes Flaggschiff. Daraufhin lachen beide.

Der Wein schmeckt herrlich fruchtig. Der erste Schluck ist immer der Beste. Heute folgt nach dem ersten Schluck gleich der zweite, der dritte. Guillaume stellt das leere Glas auf den Tisch und winkt für einen weiteren Wein.

»Ist doch nicht alles in Ordnung«, bemerkt Pascal, als er das Glas auf den Tisch stellt.

»Nein«, knurrt Guillaume. »Die wollen mich durch den Fleischwolf drehen, aber das lass ich nicht zu.«

»Nein, musst du nicht. Und so, wie ich dich kenne, bleibst du dir treu. Ich bring dir noch was zu essen, auf leeren Magen ist zu viel Wein nicht gut.« Pascal dreht sich um und wendet sich den anderen Kunden zu, die ungeduldig winken.

Das zweite Glas Wein senkt seinen Adrenalinspiegel. Er wird das schon meistern. Immer noch hat er alles in den Griff bekommen. Und ein Neuanfang ist in jedem Alter möglich.

Pascal stellt eine Schale Nüsse und einen Teller mit Häppchen hin. »Lass es dir schmecken.«

Die Theaterschneiderei

Oh nein, das Chaos in der Theaterschneiderei ist noch größer als in der Werkstatt der Modeschule.

Charlottes Blick schweift durch den Raum. Der Boden ist übersät mit abgeschnittenen Stoffresten, Nähgarnrollen und zugeschnittenen Kostümteilen, die darauf warten, zusammengenäht zu werden.

In einer Ecke stehen zwei Büsten. Auf der einen hängt ein Kleid mit Rüschen, die andere ist noch nackt. Zwei Frauen beugen ihre Köpfe über die ratternden Nähmaschinen. Etwas unbeholfen steht Charlotte da. Sie knetet die Finger, kaut auf der Unterlippe, fühlt sich fehl am Platz.

Eine korpulente Frau erhebt sich und kommt auf sie zu. Streckt ihr die Hand entgegen. »Ich bin Joseline.« Ihre Stimme ist dunkel. »Ich leite diesen Laden hier. Und Sie sind Charlotte Petit, stimmt's?«

»Ja. Ich habe gestern angerufen. Eine Freundin sagte mir, dass Sie jemanden suchen.« Charlotte atmet erleichtert auf.

»Hm.« Ein prüfender Blick streift sie. »Können Sie denn nähen?«

»Ja, ja, ich habe letzte Woche die Modeschule mit dem Bachelor bestanden, mit Auszeichnung, und habe mein

›Bac im Modedesigner Stylistin‹ mitgebracht, wenn Sie es sehen wollen.« Sie greift in die Tasche und zieht es hervor.

Joseline wirft einen Blick darauf, lächelt. »Gratuliere. Sie wollen also hier arbeiten?«

»Ja sicher. Ich möchte gerne Kostüme für das Theater nähen. Ich liebe das Theater. Schon immer. Schon seit dem Kindergarten. Deshalb bin ich hier und deshalb habe ich angerufen.« Die Worte ›sonst wäre ich nicht hier‹, kann sie gerade noch hinunterschlucken.

»Hier nähen Sie nicht die großen Kostüme wie für die Oper oder das Ballett, hier werden einfache Kleidungsstücke angepasst oder abgeändert. Wir sind nur ein kleines Theater, in dem Komödien oder Dramen gespielt werden, und das meistens in ganz normaler Straßenkleidung. Also nichts Großartiges.«

»Das macht nichts, ich kann auch normale Straßenkleidung anpassen.« Charlotte zweifelt gerade, ob diese Stelle wirklich das Richtige für sie ist.

»Okay, wenn Sie wollen, können Sie nächste Woche bei uns beginnen. Wir haben viel zu tun. Die nächste Theatersaison steht vor der Tür und mit ihr neue Stücke, für die es einige Anpassungen und auch Neuanfertigungen zu machen gibt. Ich werde mit dem Direktor sprechen. Sie können morgen bei ihm für den Vertrag vorstellig werden. Einverstanden?«

Charlotte nickt. Das komische Gefühl steigt erneut in ihr auf. Sie versucht es wegzuwischen. »Gut, dann morgen. Um welche Zeit?«

»Am besten am Nachmittag.«

»Danke und einen schönen Tag noch.«

Auf der Straße muss sie erst einmal tief durchatmen. Das komische Bauchgefühl ist immer noch da. Doch sie wird hingehen. Charlotte will in diesem Theater beginnen. Es muss ja nicht für die Ewigkeit sein, doch sie möchte sich und den anderen unbedingt beweisen, dass sie etwas auf die Reihe bringt. Dass sie ihre Träume verwirklichen kann. Dass sie stark ist. Nur noch vorwärtsschauen, verspricht sie sich, die Vergangenheit ist nicht mehr wichtig.

Am nächsten Tag steht Charlotte im Büro des Direktors. Es ist winzig und vollbepackt mit Akten.

Hinter dem Pult sitzt Herr Damoi. »Sie müssen Mademoiselle Petit sein?« Er steht auf. »Bitte nehmen Sie Platz.«

Charlotte setzt sich auf die vordere Stuhlkante.

Herr Damoi hat ein feistes Gesicht, schwarze, mit viel Gel zurückgekämmte Haare. Seine Finger erinnern sie an Würste, und der Bauchansatz … ein zweitklassiger Theaterdirektor, fährt ihr durch den Kopf. Mein Gott, was hat mir Cécile da für eine Adresse gegeben?

»Sie möchten in unserer Schneiderei arbeiten?« Seine Stimme ist nicht besser als alles andere. Sie trieft.

»Ja, das würde ich sehr gern.«

»Wir bezahlen nach Tarif, zwölf Euro die Stunde, fünfunddreißig Stunden die Woche. Falls Sie mal länger arbeiten müssten, können Sie das durch Freizeit ausgleichen.

Urlaub gibt es vier Wochen im Jahr. Stimmt das für Sie?«

Er schaut sie erwartungsvoll an. Charlotte nickt.

»Sie sind Joseline unterstellt. Sie entscheidet, was Sie nähen, oder welche anderen Arbeiten Sie ausführen müssen.« Er schiebt ihr eine Mappe mit drei losen Blättern über den Schreibtisch zu. »Hier ist der Vertrag. Sie können ihn gleich jetzt unterschreiben.«

Charlotte nimmt den Stift und unterschreibt. Innerlich atmet sie auf. Der erste Schritt in Richtung Kostümdesignerin ist getan. Sie schiebt den Vertrag zurück. »Vielen Dank.«

»Dann bis Montag. Sie melden sich direkt bei Joseline.«

Damit ist sie entlassen.

Das nächste Café ist gleich um die Ecke.

Charlotte bestellt einen Kaffee. Soll sie sich nun freuen oder nicht? Doch, beschließt sie, denn immerhin hat sie eine Anstellung in einem Theater. Das, was sie immer gewollt hat. Dann zweifelt sie wieder. Wäre es nicht besser gewesen, sich noch woanders umzusehen? Vielleicht hätte sie ein besseres Angebot bekommen können. Sie schüttelt den Kopf. Nein, wahrscheinlich nicht beim Theater, dort sind die Möglichkeiten rar. Sie trinkt einen Schluck, seufzt. Weshalb hat sie sich nur so festgebissen, beim Theater zu arbeiten?

Sogleich antwortet sie sich selbst: Obsession.

Charlotte zieht das Handy aus der Tasche und wählt die Céciles Nummer. Nach dreimaligem Klingeln meldet die sich.

»Hast du heute Abend Zeit? Ich muss dich sehen.«

»Geht es dir gut?«

»Ja, ja. Ich habe mich in dem kleinen Theater vorgestellt, das du mir empfohlen hast. Ich bin mir aber nicht sicher.«

»Wir können uns in der ›46Bar‹ an der Rue René Boulanger treffen. Ich geh da manchmal nach den Proben hin.«

Charlotte zögert.

»Ich lade dich ein«, sagt Cécile.

»Okay, ich werde dort sein. Um achtzehn Uhr, okay?«

Cécile sitzt am Tresen, neben ihr ein junger Mann mit strubbeligen Haaren. Sie sind in ein Gespräch vertieft.

»Wow, du schaust toll aus«, ruft Cécile, als Charlotte zu ihr tritt.

Sie trägt eine Jeans mit einer bunten Bluse und einem langen übergroßen Herren-Sakko. »Danke«, sagt sie und hievt sich auf den Barstuhl neben Cécile.

»Das ist Jacques, wir spielen ein Liebespaar in einer französischen Komödie. Ich bin verliebt in ihn, aber er hat nur Augen für eine andere. Am Schluss bemerkt er, dass die ihn betrügt, flüchtet in meine Arme und lässt sich von mir trösten.« Sie kichert.

Jacques neigt sich vor und haucht einen Kuss auf Charlottes Hand. »Enchanté, es freut mich, Sie kennenzulernen.« Seine blauen Augen betrachten sie aufmerksam. »Sie schauen wirklich beeindruckend aus«, sagt er, »was darf ich Ihnen bestellen?«

Charlotte überlegt kurz, sie kennt die Namen der verschiedenen Cocktails nicht. »Das gleiche wie Cécile«, erwidert sie rasch. »Und danke fürs Kompliment.«

Jacques lacht. »Es ist die reine Wahrheit.« Er winkt dem Barmann. »Einen Aperol Spritz für Mademoiselle.«

Als das Getränk vor ihr steht, es ist leicht orange und auf dem Glasrand steckt ein Orangenschnitz, rutscht er vom Barhocker. »Ich lass euch jetzt allein, Cécile hat mir gesagt, dass ihr etwas zu besprechen habt. Wenn ihr fertig seid, ich sitze dort drüben in der Ecke bei unseren Leuten.«

»Wir kommen nach, wenn wir hier fertig sind.« Cécile legt die Hand auf Charlottes Knie. »Nun schieß mal los, wo drückt der Schuh?«

Charlotte nippt am Getränk, es schmeckt gut, und berichtet von ihren Zweifeln, ob dieses Theater das Richtige ist. Sie erzählt von Damoi, der ihr ziemlich schmierig vorkommt.

»Fang doch erst einmal an. Nach ein paar Wochen wirst du mehr wissen. Und wenn es wirklich nichts ist, kannst du dich immer noch nach einer anderen Stelle umsehen. Kopf hoch. Komm, jetzt gehen wir zu den anderen.«

»Wenn du meinst.« Charlotte fällt ein Stein vom Herzen. Ihre Freundin weiß immer wieder Rat. So wird sie es machen. Erst mal anfangen.

Mit ihren Getränken gehen sie an den großen runden Tisch, der mit einer fröhlichen Truppe besetzt ist. Mit einem lauten Hallo werden sie begrüßt.

»Das sind meine Kolleginnen und Kollegen, Jacques

kennst du bereits. Setz dich. Und das, Leute, ist meine beste Freundin Charlotte. Sie wird einmal eine große Kostümdesignerin, ihr werdet noch staunen. Vor Kurzem hat sie den Mode-Bachelor mit Bestnote abgeschlossen.«

Ein weiteres Hallo und sieben Gläser werden hochgehalten.

»Willkommen in unserer illustren Gesellschaft. Was ist dein Spezialgebiet? Ballett, Oper oder Theater?«, fragt einer aus der Runde.

»Weder noch, ich bin im Moment an einem kleinen Theater, an der Rue de la Gaité.«

»Dann auf das kleine Theater. Wir sind alle auch klein. Aber die Welt wird uns schon noch entdecken«, ruft eine junge Frau und die Gruppe übernimmt im Chor: »Die Welt wird uns schon noch entdecken!«

Charlotte lacht und setzt sich. Die ›illustre‹ Runde gefällt ihr. Die Wortspielereien, die hin und herfliegen, machen sie locker und bald mischt sie sich in das Geplänkel ein. Sie albert mit, lacht und vergisst dabei alle Bedenken. Plötzlich weiß sie, dass sie auf dem richtigen Weg ist. Dass das kleine Theater nur eine Zwischenstation ist.

Die junge Frau steht auf und beginnt ein Gedicht zu rezitieren. Sie hat die Augen geschlossen. Die langen dunklen Haare fallen ihr ins schmale Gesicht. Gebannt hört Charlotte zu. Das ist Vortragen vom Feinsten. Nachdem die Frau geendet hat, steht sie noch eine ganze Weile mit gesenktem Kopf stumm da. Es ist mucksmäuschenstill am Tisch.

Cécile steht auf und applaudiert, die übrigen folgen. »Großartig, Céline«, rufen sie und klatschen weiter.

»Sie wird einmal eine berühmte Schauspielerin«, flüstert Cécile in Charlottes Ohr.

»Hat sie mit dir studiert?«

»Nein, sie hat bereits Bühnenerfahrung, sie ist auch an einem anderen Theater, aber manchmal stößt sie zu uns, wenn wir uns hier treffen.«

Jacques bestellt nochmals eine Runde für alle. Der muss reich sein, denkt Charlotte und senkt den Kopf, als sie merkt, dass er sie mit seinen blauen Augen fixiert.

Auf dem Nachhauseweg hakt sich Charlotte bei Cécile unter. »Danke für den schönen Abend. Ich habe wieder Mut gefasst. Ich werde es schaffen.«

Am anderen Morgen kleidet Charlotte sich mit besonderer Sorgfalt an. Der erste Tag an der neuen Arbeitsstelle. Der erste Tag zum Aufbruch in eine neue Ära. In ihre Zukunft. Sie dreht sich vor dem Spiegel. Das Kleid, sie musste es für ihre Abschlussprüfung nähen, schwingt locker um ihren schlanken Körper. Die Haare hat sie sich seit Monaten wachsen lassen. Sie nimmt ein Gummiband und bindet sie zum Pferdeschwanz. Nun sieht sie wie ein Schulmädchen aus. Niemand gibt ihr die vierundzwanzig Jahre. Nachdenklich bleibt sie stehen, findet sich auf einmal attraktiv.

Cécile hat recht, sie sollte sich mal einen flüchtigen Bekannten zulegen und mit ihm ein bisschen Spaß haben.

Doch seit damals, dem Erlebnis mit ihrem Onkel, macht sie sich nichts aus Männern. Ein Schütteln geht durch ihren Körper. Sie hat sich geschworen, zu vergessen, zu vergraben, was damals passiert ist.

Schnell löst sie das Gummiband und lockert das Haar mit den Händen. So ist es besser.

Maman hat sich riesig gefreut, als sie mit dem Vertrag nach Hause kam. »Nun bist du auf dem Weg zu deinem Ziel. Ich gratuliere dir.« Sie hat Charlotte in die Arme genommen.

Eine Stunde bleibt ihr, bis sie im Theater sein muss. Kurz entschlossen schlüpft sie in die Ballerinas und die Strickjacke, eilt dann die Treppe hinunter.

Im Bistro sitzen wie jeden Morgen Sekretärinnen, Banker, Hausfrauen und Arbeiter bei Kaffee und Croissants. Charlotte lässt sich auf einem Stuhl nieder und winkt der Bedienung, die sofort herbeieilt. Sie ist jung, knapp zwanzig schätzungsweise und wirkt ziemlich unbeholfen. So wie Charlotte, als sie bei Mario angefangen hat.

Die Ära ›Mario‹ ist vorbei. Noch am selben Tag, an dem sie den Vertrag bei der Theaterschneiderei unterschrieben hat, hat sie bei ihm gekündigt. Als er fragte, ob sie eventuell ab und zu mal aushelfen könnte, kam ein energisches Nein von ihr.

Der Kaffee ist schwarz und heiß. Charlotte legt das Geld auf den Tisch. Nun ist sie bereit, bereit für den Neuanfang.

In der Schneiderei herrscht bereits reges Treiben, als Charlotte die Tür öffnet.

Drei junge Männer stehen in der Mitte des Raums. Yvonne, die junge Frau, die an der Nähmaschine saß, als Charlotte sich vorstellte, kniet vor einem der Männer und steckt ein Bauernhemd ab. Die beiden anderen schauen zu und klopfen lockere Sprüche.

Joseline zieht Charlotte in die Mitte des Raums. »Alle mal herhören«, sie schnippt mit den Fingern, »das ist unsere Neue, Charlotte ist ihr Name, und sie wird uns tatkräftig unterstützen. Also heißt sie willkommen und bleibt anständig.«

Das Klatschen will nicht aufhören. Charlotte wird verlegen. So viel Applaus für einen Neuanfang!

»Das ist Ihr Platz und Ihre Maschine. Für heute habe ich etwas für Sie vorbereitet. Fünf Männerhosen, Sie müssen die Beine kürzen, hier, ich habe markiert, wo. Danach müssen Sie diese Bänder an der Seite anbringen.« Sie legt eine Rolle mit bestickten Bändern auf den Nähtisch und reicht ihr einen weißen Kittel.

Charlotte setzt sich. Sie hat sich nicht getraut zu fragen, für welches Theaterstück diese Männerhosen gebraucht werden. Still macht sie sich an die Arbeit. Schneidet die Beine ab, näht den Saum und danach die Bänder an die Außenseite der Hosenbeine. Die Arbeit ist leicht und schnell gemacht. In der Schule hat sie weitaus kniffligere Teile nähen müssen. Sorgfältig legt sie die Hosen übereinander und schaut sich um.

Yvonne näht noch immer eifrig an den Bauernhemden. Sie scheint etwas langsam zu sein.

Auch ein Berg Pelerinen liegt zum Ändern bereit.

»Du kannst mir ein paar von den Sachen geben, ich bin fertig mit meinen«, ruft Charlotte ihr zu.

Yvonne schaut von der Nähmaschine auf. Sie ist ein hübsches Mädchen. Charlotte schätzt sie auf neunzehn Jahre. Große blaue Augen, die ein wenig verängstigt in die Welt blicken. Die blonden Haare raspelkurz. Feingliedrige Hände und ein ebensolcher Körper, soweit Charlotte das erahnen kann unter dem weiten Kittel.

»Das ist lieb. Wenn du dich an den Pelerinen beteiligen könntest, wäre ich dir sehr dankbar. Such dir aus, wie viele du übernehmen magst.« Sie schiebt ihr den Berg herüber. »Sie müssen bis heute Abend fertig sein.«

»Kein Problem, ich helf dir gerne. Auch kürzen wie die Hemden?«

»Ja, ich habe bereits markiert, wo.«

Kurz darauf rattern zwei Nähmaschinen im Gleichklang.

Nach knapp einer Stunde erhebt sich Charlotte. »Fertig.«

Yvonne schaut auf. »Ich auch gleich.« Ihre großen blauen Augen strahlen sie an.

»So, Feierabend.« Joseline packt ihre Nähutensilien weg. »Ich wünsche euch einen schönen Abend.« Ihre tiefe Stimme gurrt und weg ist sie.

Charlotte schaut irritiert zu Yvonne. »Ist das immer so?«

»Ja, jeden Tag. Ich glaube, sie hat noch einen anderen Job, aber ich habe keine Ahnung was. Vielleicht tritt sie in einem Club auf, als Sängerin. Striptease geht wohl weniger.« Sie kichert.

»Täusch dich nicht. Solche Exemplare haben sehr wohl Chancen in einem Club. Gerade das Füllige reizt doch die Männer.« Charlotte grinst.

Sie war noch nie in einem Strip-Lokal, aber Cécile schon, und die hat ihr alles brühwarm erzählt und sie manchmal gedrängt, auch einmal mitzukommen. Bis jetzt hat sich Charlotte standhaft geweigert. Sie mag so was nicht und vor allem scheut sie die gierigen Blicke der Männer.

»Komm, wir wischen noch den Boden und dann gehen wir auch.«

»Boden wischen müssen wir nicht«, klärt Yvonne sie auf, »dafür gibt es Putzfrauen. Die kommen in etwa einer Stunde und machen alles sauber, auch den Umkleideraum für die Schauspieler.«

Das Wort ›Schauspieler‹ sticht in Charlottes Herz. Sie lässt sich aber nichts anmerken, sondern hakt sich bei Yvonne unter, als sie auf der Straße stehen. »Wollen wir zusammen noch etwas trinken? Auf den ersten Tag anstoßen und auf weitere gute Zusammenarbeit?«

Yvonne schüttelt den Kopf. »Ich muss nach Hause, das Abendessen vorbereiten, gern ein anderes Mal.«

»Wie du meinst.« Charlotte schaut ihr nach, wie sie die Straße hinunterrennt und um die Ecke verschwindet.

Die Chance

Zwei Monate arbeitet Charlotte bereits in ihrem neuen Job. Obwohl sie bis jetzt nur kleine Änderungen machen muss, wie Hosenbeine kürzen, Kleider enger machen oder Bänder an Jacken und Hüten annähen, genießt sie die Theaternähe und vor allem die Nähe zu den Schauspielern, die zu den Anproben kommen. Sie hört ihnen zu, wenn sie sich über die menschenunwürdige Behandlung beklagen. Über die ewigen Wiederholungen der Texte. Über die Zusammenschisse des Regisseurs und die schlechte Bezahlung. Charlotte versucht zu trösten, aber im Grunde genommen ist ihr klar, dass solche Klagen zum täglichen Leben eines Schauspielers gehören.

Auch von Cécile hört sie Ähnliches. Beim Gedanken an die Freundin fliegt ein Lächeln über ihr Gesicht. Seit zwei Wochen haben sie sich nicht mehr getroffen, aber zum Glück gibt es WhatsApp, sodass sie sich austauschen können.

In diesem Moment vibriert das Handy in ihrer Hosentasche. Es ist Cécile.

Ich muss einen ellenlangen Text lernen. Der ist so kompliziert und macht für mich keinen Sinn. Wir müssen uns unbedingt sehen. Ich brauche deinen Trost. Wir können uns heute Abend im ›*La Liberté*‹ *treffen, falls du Zeit hast.*

Schnell tippt Charlotte eine Antwort: *Ich habe Zeit. Bis nachher.* Charlotte freut sich wie eine Schneekönigin auf den Abend. Zwei Wochen sind eine lange Zeit, besonders wenn man sich vorher praktisch jeden Tag getroffen hat.

Die Stunden schleichen, sie scheinen zu kleben. Charlotte langweilt sich. Mit den Änderungen, die ihr Joseline heute Morgen gegeben hat, ist sie längst fertig, und auch Yvonne sitzt gelangweilt herum. Yvonne ist für Charlotte immer noch ein Fragezeichen. Nach Feierabend verabschiedet sie sich meistens sehr schnell. Am Tag sitzt sie stumm an der Nähmaschine. Sie arbeitet sehr langsam und Charlotte hilft ihr, wenn sie Zeit hat.

»Wo ist Joseline?«

»Keine Ahnung.« Yvonne hebt die Schultern. »Sie ist wahrscheinlich noch beim Chef.«

»So lange? Seit über zwei Stunden? Das kann ich fast nicht glauben.«

»Wenn etwas Größeres ansteht, dann dauert das.«

»Was meinst du mit Größerem?«

»Nun, wenn es einen Wechsel gibt mit den Kostümen oder so. Ich habe gestern am Anschlag draußen gelesen, dass sie noch zusätzliche Schauspieler suchen, wegen eines neuen Stücks, das in ein paar Monaten geplant ist, und dafür werden halt zusätzliche Kostüme gebraucht.« Yvonne beugt sich wieder über das Magazin, das vor ihr auf dem Tisch liegt.

Endlich kommt etwas Leben in die Bude, fährt es Charlotte durch den Kopf.

In diesem Moment erscheint Joseline. »Damoi will dich sehen, Charlotte.«

»Jetzt?«

»Ja, jetzt gleich.«

Ein beklemmendes Gefühl steigt in Charlotte hoch. Sie hat Damoi nicht mehr gesehen, seit sie sich vorgestellt hat. Sie mag ihn nicht. Sein Lächeln, so schleimig wie die gegelten Haare. Seine feisten Hände. Der Bauch, den er unter einem lockeren Hemd zu verstecken versucht.

»Was will er?«

»Geh schon. Er wird es dir gleich sagen.«

Langsam steht Charlotte auf und geht hinaus.

Vor dem Chefbüro holt sie tief Luft, bevor sie anklopft.

»Herein.«

Sie öffnet die Tür und bleibt im Türrahmen stehen.

»Treten Sie näher, Charlotte.«

Zögernd schließt sie die Tür hinter sich und ebenso zögernd tritt sie vor den Schreibtisch.

Damoi thront wie ein König in seinem überdimensionalen Sessel, beide Arme liegen entspannt auf den mit Leder eingefassten Armlehnen.

Auf dem Tisch sind Skizzen von Kostümen ausgebreitet, von bombastischen Kostümen.

»Setzen Sie sich.« Mit einer einladenden Handbewegung zeigt Damoi auf den Stuhl vor dem Schreibtisch. Sein Lächeln ist aufgesetzt freundlich. »Ich habe erfahren, dass Sie später mal Kostümdesignerin werden möchten. Ist das richtig?«

Charlotte nickt stumm. Sie fühlt sich unwohl.

»Dann wird es Zeit, dass Sie etwas Übung bekommen.« Wieder lächelt er schleimig. »Wir haben in ein paar Monaten ein brandneues Theaterstück auf dem Spielplan. Die Kostüme dazu sind vor allem für die beiden Hauptakteure etwas aufwendiger. Kommen Sie mal zu mir herüber, damit ich Ihnen die Skizzen zeigen kann.«

Charlotte umrundet den Schreibtisch.

»Sehen Sie«, Damoi nimmt eine der Skizzen und schiebt sie in ihre Richtung. »Trauen Sie sich zu, anhand dieser Zeichnung ein Schnittmuster herzustellen?«

Charlotte beugt sich über die Skizze. Sie spürt den Atem von Damoi an ihrem Hals. Es ist ihr unangenehm, aber sie lässt sich nichts anmerken. Nachdem sie sich wieder aufgerichtet hat, wird ihr erst bewusst, welche Chance sie soeben bekommen hat. »Natürlich traue ich mir das zu. Das habe ich schließlich gelernt.«

»Das hat Joseline auch gesagt. Also, dann los. Es ist viel Arbeit. Wir brauchen ein weibliches und ein männliches Kostüm. Die beiden Hauptdarsteller werden sich morgen bei Ihnen melden. Der Stoff ist bereits ausgesucht, für alles Weitere haben Sie freie Hand.«

»Danke. Vielen …« Weiter kommt Charlotte nicht.

Damoi streichelt über ihren Arm. Mit einem Ruck zieht sie den Arm weg, flüchtet zur Tür.

Nur kurz verengen sich seine Augen. »Ich möchte die Schnittmuster mit Ihnen besprechen, wenn sie fertiggestellt sind«, ruft er ihr nach.

Charlotte flüstert ein »ja« und zieht die Tür hinter sich zu. Im Korridor atmet sie erst einmal tief durch. Mit den beiden Skizzen in der Hand geht sie nachdenklich ins Atelier zurück. Damit kommt sie ihrem Ziel des Designens einen Schritt näher.

Allerdings beschäftigt sie noch etwas anderes. Sie weiß zwar, dass ein Direktor eines kleinen Theaters alles Mögliche selbst machen muss, aber für Schnittmuster wäre ja Joseline zuständig. Die hätte das mit Charlotte besprechen müssen. Der Verdacht liegt also nah, dass Damoi etwas von ihr will. Ist er ein Lustmolch? Gänsehaut überzieht ihren Körper, oh Himmel, nur das nicht!

Cécile wartet bereits im ›La Liberté‹. Sie hat ein Glas Wein vor sich und nagt gedankenverloren an ihren Fingernägeln.

Charlotte weiß, wenn sie das tut, dann stimmt etwas nicht mit ihr. »Hallo.« Sie beugt sich zu ihr und küsst sie auf die Wange.

»Oh, du bist schon hier?« Über Céciles Gesicht huscht ein Lächeln.

Charlotte lässt sich auf einen Stuhl sinken und winkt dem Kellner, der eben vorbeieilen will. »Auch ein Glas Wein, bitte«, ruft sie ihm zu. »Dir geht es nicht gut? Los, raus mit der Sprache. Wo drückt der Schuh?«

Nun kullern Tränen über Céciles Wangen. »Ich glaube, ich lern das nie. Ich bin keine Schauspielerin. Ich check das einfach nicht.«

»Ach was. Du kannst das. Du warst immer besser als ich. Du hast leichter auswendig gelernt. Deine Gestik, dein Auftreten.«

»Ja, das war beim Schultheater. Aber das heute, das ist was ganz anderes. Die Texte, die ich lernen muss, die ewigen Wiederholungen, dauernd die Kritik vom Regisseur, ich halte das einfach nicht mehr aus.«

»Ach komm.« Charlotte legt den Arm um sie. »Ich weiß, dass du das schaffst. Das ist immer so am Anfang. Du darfst nicht aufgeben, hörst du!« Mit einem Mal fühlt sie sich sehr stark. Sie, die meistens Hilfe bei Cécile gesucht hat, kann heute mal helfen und aufbauen.

»Shakespeare, den verstehe ich einfach nicht. Und wenn ich etwas nicht verstehe, dann kann ich auch nicht auswendig lernen, und dann …« Erneut laufen die Tränen.

»Komm, lass uns noch etwas Bummeln gehen, das wird dir guttun.« Sie winkt dem Kellner, um zu bezahlen.

Im Monoprix, dem Kaufhaus für kleine Preise, durchstöbern sie die Make-up-Abteilung und langsam verbessert sich Céciles Stimmung. Die Ablenkung tut ihr sichtlich gut. Sie probieren Lippenstifte und Kajal-Liner aus.

Charlotte schminkt sich die Lippen mit einer dunkelvioletten Farbe.

»Nun siehst du aus wie ein Vamp«, prustet Cécile und schminkt sich mit einem knalligen roséfarbenen Stift, worüber sich Charlotte köstlich amüsiert.

»Hast du Zeit und kommst auf einen Sprung zu mir?«,

fragt Charlotte und hakt sich bei Cécile unter. »Ich möchte dir etwas zeigen.«

In der Wohnung gehen sie in ihr Zimmer.

»Setz dich. Möchtest du was trinken?«

Cécile schüttelt den Kopf. »Was willst du mir denn zeigen?«

Charlotte holt die Skizzen aus ihrer Tasche.

»Das da! Heute hat mir Damoi, der Theaterdirektor, diese Zeichnungen gegeben. Ich soll die Schnittmuster anfertigen. Für ein neues Theaterstück, das geplant ist, und danach die Kostüme nähen.«

»Oh, das ist ja super. Und das sagst du mir erst jetzt?« Die Freundin springt auf und nimmt sie in den Arm.

»Ich weiß es ja auch erst seit heute.«

»Wie lange hast du Zeit? Bis wann musst du die Kostüme fertig haben?« Cécile hat rote Wangen bekommen, sie scheint absolut begeistert.

Wie schön, dass sie sich so mit ihr freut. »Hat er nicht gesagt. Er will die Schnittmuster sehen.«

»Ein Theaterdirektor, der Schnittmuster sehen will? Das ist doch Sache der Person, die die Kostümwerkstatt leitet. Komisch.« Sie reibt sich die Nase. »Macht er das, weil er etwas von dir will? Etwas anderes als Schnittmuster?«

Charlotte kann und will das nicht bestätigen, obwohl sie selbst den Verdacht hat. Sie zuckt mit den Schultern und legt die beiden Skizzen wieder in die Mappe zurück.

»Keine Ahnung. Aber es ist mir egal, ob er sie sehen will.«

»Pass auf dich auf. Versprich es mir.« Cécile nimmt sie in den Arm. »Und wenn er dir an die Wäsche will, sagst du es mir. Hörst du.«

Charlotte winkt ab. »Ja, klar. Wird aber nicht passieren.« Damit hofft sie, Céciles Verdacht zu zerstreuen und, wenn sie ehrlich ist, auch den eigenen.

Freude und Leid

Am nächsten Morgen melden sich die beiden Schauspieler bei Charlotte. Nancy ist eine junge Frau, aufgewachsen im französischsprachigen Teil von Kanada. Sie sei erst seit ein paar Monaten in Paris, sagt sie, als sie vor Charlotte steht, die ihre Maße aufnimmt.

Robert, der männliche Schauspieler, ist ein ausgewanderter Deutscher, der schon lange in Frankreich lebt. Er ist zweisprachig aufgewachsen, seine Mutter ist Französin. Zuletzt spielte er in Marseille, in einem Kleintheater, jetzt wolle er es in Paris versuchen, und dabei grinst er Charlotte frech an. Sie schätzt sein Alter auf Mitte dreißig.

Die beiden sind sehr unterschiedlich. Nancy hat eine schmale Figur und ausdrucksvolle Augen, die neugierig in die Welt gucken. Robert ist ein Muskelpaket. Charlotte schätzt, dass er mindestens jede Woche dreimal im Fitnesscenter anzutreffen ist.

Als alle Maße vor ihr liegen, macht sie sich ans Entwerfen der Schnittmuster. Gar nicht so einfach, denn die Skizzen sind ziemlich ungenau, mit vielen schnellen Bleistiftstrichen auf ein Blatt Papier gezeichnet.

Ich kann das! Verbissen fängt sie an, verwirft und fängt wieder an. Nach zwei Stunden hat sie das erste Schnittmuster fertig.

Sie misst nochmals nach, die Maße stimmen. Zufrieden lehnt sie sich zurück. Nun noch das Männerkostüm. Das scheint ihr schwieriger zu sein. Es hat am Oberteil viele Rüschen und der Kragen ist auch nicht ohne. Nach weiteren drei Stunden liegt auch dieses Schnittmuster vor ihr.

»Feierabend.« Joseline klatscht in die Hände. »Geh nach Hause, Charlotte. Deswegen musst du keine Überstunden schieben. Du hast noch alle Zeit der Welt, die Premiere ist erst in drei Monaten.« Sie betrachtet die Schnittmuster. »Bravo. Das hätte ich nicht besser gekonnt.«

Charlotte nickt stolz. »Ich möchte mal eine berühmte Kostümdesignerin werden.«

»Das weiß ich, deshalb habe ich dich auch beim Damoi vorgeschlagen.«

»Weshalb will er die Schnittmuster sehen? Er hat doch keine Ahnung davon.«

Joseline hebt die Schultern und wendet sich schnell ab. »Pack zusammen, Charlotte, und genieße den Abend.«

Maman liegt auf der Couch im Wohnzimmer. »Weshalb bist du schon zu Hause? Bist du krank?«

»Nur müde.« Ihre Stimme, ein Flüstern.

Besorgt beugt sich Charlotte hinunter und legt ihr die Hand auf die Stirn. »Du hast Fieber. Du bist ganz heiß. Ich mach dir einen Tee.«

»Nicht nötig, Liebes. Morgen ist alles wieder gut.«

Charlotte schaut ihre Mutter zweifelnd an. »Bist du sicher?«

»Ja, ja. Geh nur. Du hattest sicher einen anstrengenden Tag.«

Charlotte nickt. »Aber es war ein guter Tag. Morgen erzähle ich dir davon. Heute musst du schlafen.« Sie streicht ihr über den Arm und glättet die Wolldecke.

Am nächsten Morgen liegt Maman immer noch auf der Couch. Sie röchelt. Bekommt nicht genügend Luft.

Charlotte erschrickt und greift zum Telefon, um den Arzt anzurufen.

Maman versucht abzuwehren, schüttelt den Kopf. »Ich muss zur Arbeit«, stößt sie hervor, und versucht aufzustehen, fällt aber gleich wieder zurück.

»Du musst gar nichts. Gleich kommt der Doktor.«

Kurze Zeit später steht Docteur Tibeaux, der Hausarzt, in der Wohnung. Nachdem er Maman mit dem Stethoskop abgehört hat, richtet er sich auf: »Ihre Mutter muss sofort ins Spital. Ich vermute eine Lungenentzündung.«

Charlotte schlägt entsetzt die Hand vor den Mund.

»Ich veranlasse einen Notarztwagen, im Spital ist sie am besten aufgehoben.«

»Ich muss zur Arbeit. Ich kann nicht fehlen, ich bin erst seit kurzer Zeit dort.« Charlotte kämpft mit den Tränen.

»Macht nichts, Sie können nicht viel tun. Gehen Sie ruhig zur Arbeit und besuchen Sie Ihre Mutter am Abend.«

Als Charlotte die Tür zum Atelier öffnet, sind ihre Augen gerötet. Brennen. Yvonne und Joseline schauen sie fragend an.

»Der Wind hat den Staub aufgewirbelt. Meine Augen sind sehr empfindlich.« Sie setzt sich an ihren Platz, legt die Schnittmuster auf den Schneidetisch und breitet sie darauf aus. Mit der Hand glättet sie das feine Papier und starrt wie gebannt darauf. Soll sie jetzt wirklich zu Damoi gehen und sie ihm zeigen?

»Lächerlich, ich finde das einfach nur lächerlich«, murmelt sie.

»Was hast du gesagt?« Joseline richtet sich auf und streckt sich.

»Will Damoi wirklich meine Schnittmuster begutachten? Ist er Schneider gewesen, bevor er Theaterdirektor wurde?«

Yvonne prustet los, auch Joseline stimmt in das Gelächter ein. »Hat er das wirklich gesagt?«, fragt sie.

Charlotte schüttelt den Kopf. »Nein, hat er nicht. War nur ein Witz.«

»Gehen wir den Stoff besorgen, damit du anfangen kannst.« Joseline holt den Schlüssel zur Stoffkammer aus der Schürzentasche.

Der Raum, in dem Kostüme, Stoffe, Hüte und anderes Zubehör gelagert werden, liegt am anderen Ende des langen Korridors. Eine wahre Fundgrube. Die Kostüme hängen an der einen Seite. Darüber ein Bord, auf dem Hüte, Taschen, Schuhe, und sonstige Utensilien lagern. In einer Ecke stehen Schaufensterpuppen, teils mit halb fertigen Kostümen bestückt, teils nackt. Auf der gegenüberliegenden Seite türmen sich Stoffballen, Stoffreste, feiner Tüll.

Joseline zerrt einen großen Ballen mit goldschimmerndem Brokatstoff und einen kleineren mit Spitzenstoff heraus. »Für den Ärmelbesatz.« Sie drückt ihn Charlotte in die Hand. »Brauchen wir noch etwas?« Suchend blickt sie sich um. »Nein, gehen wir zurück.«

Im Atelier hilft sie Charlotte, den Stoffballen auf den Schneidetisch zu hieven. »So, nun bist du an der Reihe.«

Die Vorbereitungen haben Charlotte auf andere Gedanken gebracht, Mamans Zusammenbruch etwas vergessen lassen. Gleich am Abend wird sie sie im Spital besuchen. Ihre Mutter hat wahrscheinlich zu viel gearbeitet, sich nicht genügend ausgeruht. Sorgfältig legt sie das Schnittmuster auf den Stoff, steckt es fest und schneidet. Sie atmet tief ein und aus, als sie das hintere und das vordere Oberteil zugeschnitten hat, schiebt sie beiseite und nimmt sich die Hose vor. Geschafft! Sie streckt sich, schaut sich verwundert um.

Joseline ist bereits verschwunden. Yvonne ist am Gehen.

»Machst du auch Feierabend? Es ist bereits sechs Uhr durch.«

»Ich will nur noch schnell die Hose zusammenstecken, dann gehe ich auch.«

»Okay, schönen Abend.« Yvonne wirft ihr eine Kusshand zu. In den letzten Wochen ist sie lockerer geworden. Sie lächelt manchmal oder summt eine Melodie, wenn sie an der Nähmaschine sitzt. Aber am Abend verschwindet sie immer noch sehr schnell und murmelt irgendwas ›von zu Hause helfen‹.

Joseline hat Charlotte anvertraut, dass Yvonne aus armen Verhältnissen kommt. Vater arbeitslos und dem Alkohol nicht abgeneigt, Mutter ist Toilettenfrau und es gibt drei Geschwister, die noch zur Schule gehen. »Sie muss ordentlich mithelfen. Sowohl im Haushalt als auch finanziell.«

Da hab ich es besser, denkt Charlotte, während sie die Hose mit lockeren Stichen zusammennäht. Finanziell gehören sie und ihre Mutter zwar eher in die untere Stufe der Mittelschicht, aber trotzdem musste sie auf nichts verzichten, dank Maman. Unermüdlich und mit großer Anstrengung hat sie dafür gesorgt, dass ihre Kindheit unbeschwert war. Nachdenklich legt Charlotte die Stoffreste zusammen. Und nun liegt Maman im Krankenhaus. Mit Lungenentzündung oder noch etwas Schlimmerem.

Bedrückt steht sie auf und nimmt ihre Handtasche.

Auf dem Korridor kommt ihr der Theaterdirektor entgegen. Er schaut auf die Uhr. »Fleißig, fleißig, Charlotte.« Sein Lächeln ist schleimig. »Wollen wir noch ein Bier zusammen trinken?«

»Ich habe keine Zeit«, erwidert Charlotte kurzangebunden.

Wie sie dieses Lächeln hasst. Aber er hat ihr einen Auftrag zugeschanzt. Einen Auftrag, der ihr hilft, ihr Ziel zu erreichen. Sie muss freundlich bleiben.

»Vielleicht ein andermal. Heute muss ich meine Mutter besuchen, sie liegt im Spital.«

»Das tut mir leid. Grüßen Sie sie von mir.«

»Danke, ich werde es ausrichten.« So schnell sie kann, strebt Charlotte dem Ausgang zu. Nichts wie weg. Weg von diesem Typen. Auf dem Gehsteig bleibt sie kurz stehen und blickt zurück. Keine Spur von Damoi.

Eine Pflegefachkraft führt Charlotte ins Zimmer, in dem Maman liegt. Sie ist im vierten Stock in einem Zweibettzimmer untergebracht.

Das Universitätsspital ›Hôpital Cochin‹ ist ein Riesenkomplex. Charlotte hatte Mühe, den Eingang zu finden.

Maman lächelt ihr müde entgegen, als sie eintritt. Das zweite Bett ist leer.

Sie hängt an einer Infusion, ein Klips an ihrem Finger ist mit einem Monitor verbunden, der den Kreislauf anzeigt.

Charlotte zieht sachte einen Stuhl ans Bett und setzt sich. »Maman, du hast mich sehr erschreckt heute Morgen. Wie geht es dir? Und was sagt der Arzt?«

»Ich weiß nicht genau, was ich habe. Er war nur kurz bei mir. Ich bekomme gerade Antibiotika.« Maman zeigt auf die Infusionsflasche, versucht, tief Luft zu holen, und verzieht dabei das Gesicht. »Morgen werde ich komplett untersucht, hat er gesagt.«

»Hast du Schmerzen beim Atmen?«

Maman nickt stumm.

Charlotte steht auf.

»Ich versuche mal, eine Krankenpflegerin oder einen Arzt zu finden. Bin gleich wieder bei dir.« Mit entschlossenen Schritten eilt sie auf den Korridor, und sucht das

Schwesternzimmer, das sie auch bald findet. Eine Pflegekraft telefoniert, die andere liest Zeitung, blickt aber auf und fragt Charlotte nach ihren Wünschen.

»Der behandelnde Arzt ist im Moment nicht abkömmlich. Ihre Mutter hat eine schwere Lungenentzündung. Sie bekommt Antibiotika und muss sicher noch ein paar Tage im Spital bleiben. Sie braucht jetzt Ruhe.« Sie wendet sich wieder der Zeitung zu.

Charlotte geht mit hängenden Schultern ins Krankenzimmer zurück. Maman schläft. Ein Weilchen bleibt Charlotte neben dem Bett stehen, streicht ihrer Mutter dann über die Haare und verlässt leise das Zimmer.

Lungenentzündung! Ruhe! Antibiotika! Die Worte wirbeln in Charlottes Kopf. Sie macht sich Vorwürfe. Sie hat zu wenig auf die Mutter aufgepasst. Immer war alles selbstverständlich. Die Lebensmittel im Kühlschrank. Die geputzte Wohnung. Die gebügelten Blusen.

Nie, aber auch gar nie, hat sie gefragt, ob sie helfen kann. Wenn Maman sie um etwas gebeten hat, dann hat sie das gemacht, aber von allein ist sie nie auf die Idee gekommen.

Das muss sich ändern, schwört sie sich. Und dieser Vorsatz nimmt etwas von der Schwere auf ihrer Brust.

Zu Hause räumt sie als Erstes die Wohnung auf. Bringt die Kissen und die Wolldecken von der Couch ins Bett zurück. Danach spült sie das Geschirr und wischt den Küchenboden. Hunger hat sie keinen.

Sie lässt sich auf einen Küchenhocker fallen, stützt die Arme auf den Tisch und lässt den Tag Revue passieren.

Es gab neben der Aufregung um Maman auch ein paar Höhepunkte. Ihr angestrebtes Ziel ist ein kleines Stück näher gerückt.

Die Entscheidung

Guillaume ist seit einigen Wochen in seinem neuen Job, in der Online-Abteilung.

Bis jetzt hat er sich noch nicht damit anfreunden können. Maurice lässt ihm wie versprochen freie Hand, aber Guillaume hasst die Hektik, die dreimal so intensiv ist wie im Printbereich. Er kann zwar immer noch über die Kultur berichten. Doch die Texte müssen kurz und knackig sein, sonst liest sie kein Mensch, so hat ihn kürzlich Francois, der junge Mitarbeiter, der ihm technisch zur Seite steht, informiert.

Aber Guillaume kann keine kurzen und knackigen Texte schreiben, so hat er auch diese Sparte an einen Kollegen abgegeben. Im Moment ist er nur noch Vorgesetzter, der den Online-Betrieb koordiniert, Texte freigibt und Anweisungen erteilt. So hat er sich seine Arbeit kurz vor seiner Pensionierung nicht vorgestellt. Er kommt sich abgeschoben vor.

Am Abend ist er nicht mehr der Letzte, der geht, und am Morgen treibt ihn auch nichts mehr, früh im Büro zu erscheinen.

Im Moment arbeitet er wieder viel und intensiv für seine eigene Stiftung. Die hat er einst auf Drängen von Monique gemeinsam mit ihr ins Leben gerufen.

Sie waren zusammen auf einer Reise in Madagaskar, der Heimat seines Vaters. Sein Großvater bewirtschaftete früher eine Farm. Reis, Kaffee und Kakao waren die Haupteinnahmequellen. Er wohnte in einem großen Haus und hatte viele Angestellte. Guillaume kennt seinen Großvater nur von Fotos. Sein Vater verließ das Land mit zwanzig und nach seinem Tod hinterließ Großvater ihm eine recht ansehnliche Summe.

Monique war damals das erste Mal in diesem Land. Mit einem Jeep fuhren sie über holperige Sandpisten und durch ärmliche Dörfer, Monique war entsetzt über die Armut. Besonders für die Kinder empfand sie großes Mitleid. Als sie wieder zu Hause in Paris waren, bestürmte sie Guillaume, etwas für diese Kinder zu tun. Am Ende gründeten sie eine Stiftung für Bildung und Schulwesen. Geld war genügend vorhanden.

Guillaume stößt den Stuhl vom Schreibtisch weg und steht auf. Klagen kann er nicht. Sein Büro ist sehr geräumig. Die Fensterfront geht zum nahegelegenen Park hinaus. Seine Sekretärin ist jung und eine Augenweide. Sie ist im Übrigen sehr klug, schnell und begrüßt ihn bereits am Morgen mit einem Kaffee, obwohl sie das nicht tun müsste.

Seine Liaison mit Madeleine hat sich vertieft, worüber er sehr glücklich ist. Sie treffen sich immer öfter. Mal zum Essen, mal gehen sie in die Oper oder ins Theater. Es bereitet ihm Freude, ihr seine Welt zu zeigen. Der Altersunterschied scheint Madeleine nicht zu stören.

Guillaume schaut auf die Uhr. Zeit zu gehen. Er wird sich nachher mit Patrick treffen. Will heute mit ihm über dessen Artikel ›Sexuelle Aggression‹ sprechen. Patrick ist sofort darauf angesprungen, als Guillaume anregte, diese Berichterstattung in lockerer Form weiterzuführen. »Das ist keine einmalige Angelegenheit, die Dunkelziffer ist noch viel zu hoch.«

Guillaume schlüpft in den leichten Regenmantel und streckt den Kopf ins Sekretariat. »Ich bin dann weg. Schönen Abend und bleiben Sie nicht zu lange.«

»Danke, Monsieur Guillaume, das wünsche ich Ihnen auch.« Sie lächelt ihn freundlich an.

Adrettes Mädchen. Womit habe ich das verdient. Er lässt den Lift links liegen und eilt die Treppe hinunter.

Das ›Apogé‹ ist fast leer. Pascal winkt Guillaume zu und deutet auf einen ruhigen Tisch im hinteren Teil der Bar.

»Bring mir bitte ein Bier und etwas zum Knabbern.«

»Herr Cohen hat angerufen. Ich soll dir ausrichten, dass er etwas später kommt.«

Das Bier und die Erdnussschale stehen vor Guillaume, er zieht das Notizbuch hervor und blättert darin. Es ist vollgekritzelt mit Hieroglyphen, die nur er lesen kann. Auf Seite vierundfünfzig findet er das, was er gesucht hat.

Es ist seine Zusammenfassung des Artikels von Patrick in der ›Le Monde‹. Er überfliegt den Text nochmals.

»Grüß dich.«

Guillaume dreht sich um.

Es ist Patrick. »Hallo, alter Freund.« Er steht auf und sie umarmen sich. »Schön, dass du da bist. Auch ein Bier?«

Patrick nickt und zieht einen Stuhl heran. »Entschuldige meine Verspätung.«

»Kein Problem. Pascal hat es mir ausgerichtet.« Er winkt für ein weiteres Bier. »Später können wir noch eine Kleinigkeit zusammen essen, wenn du magst und Zeit hast. Ich habe immer noch Mühe damit.«

»Womit?«

»Mit dem Essen allein. Aber auch das wird vorübergehen.«

»So, wie ich dich kenne, schaffst du das.« Patrick grinst ihn an.

Er hat immer noch das spitzbübische Grinsen wie damals, als sie sich kennengelernt haben. Es war bei einer Pressekonferenz.

Kurz nach dem Wahlsieg hatte Emmanuel Macron die Zeitungen eingeladen, um ihnen sein detailliertes Programm für die kommenden Jahre vorzustellen. Guillaume wollte nicht teilnehmen, aber Maurice drängte darauf, weil er selbst keine Zeit hatte. »Du bist der erfahrenste Journalist, auch wenn das nicht in dein Ressort gehört.«

Patrick saß neben ihm. Nach der Veranstaltung kamen sie ins Gespräch. Neben ihm sah Patrick verdammt jung aus. Die langen blonden Haare, die Jeans und das lässige Sakko, das er über einem T-Shirt trug.

Bald schon stellten sie fest, dass ihre Interessen in die gleiche Richtung gingen. Sie tauschten die Adressen aus und seitdem – und das sind jetzt bereits drei Jahre – hat sich ihre Freundschaft vertieft.

»Also los, bringen wir es hinter uns. Ich habe tierischen Hunger. Hab den ganzen Tag nichts zwischen die Zähne bekommen. Es gab nicht die kleinste Lücke. Wie denkst du, dass wir mit diesem Thema der sexuellen Aggression weiter verfahren sollen?«

»Ich habe mir vorgestellt«, Guillaume nimmt das Notizbuch zur Hand, »dass du in regelmäßigen Abständen einen Bericht schreibst oder ein Interview machst. Nur so wird das Thema nicht vergessen. Ich kann dir dabei helfen, indem ich dir Betroffene nenne, das heißt, wenn mir ihre Geschichten zu Ohren kommen.«

Patrick lehnt sich zurück. »Das wäre eine Möglichkeit. Aber öfter als alle zwei Monate schaffe ich das nicht. Ich ertrinke jetzt schon in der vielen Arbeit.«

»Ich würde dir gern helfen, aber ich wurde in die Online-Abteilung verschoben, und du weißt, Online-Texte …« Er bricht jäh ab und holt die Speisekarte vom Nebentisch.

»Oh merde. Das wusste ich nicht. Das ist ja übel.«

»Du sagst es.« Guillaume leert sein Glas in einem Zug. »Aber lass uns bestellen. Ich hab Hunger. Vergessen wir den ganzen Schei…, ich helf dir, wo ich kann. Aber selbst schreiben, das lässt Maurice nicht zu. Ich muss eine Online-Abteilung ausbauen, und so ein Thema passt da nicht hinein. Am liebsten würde ich den ganzen Krempel hinschmeißen und was anderes machen.«

»Wir schaffen das. Was nimmst du?«

»Ein Sandwich und noch ein Bier.«

»Dann nehm ich das auch. Wenn ich danach noch nicht satt bin, können wir ein Restaurant überfallen. Ich wüsste ein ausgezeichnetes, ganz in der Nähe.«

Es ist nach elf, als Guillaume die Tür zur Wohnung aufschließt. Der Abend ist wieder einmal super gewesen. Wie alle Abende, die er mit Patrick verbringt. Trotz des Altersunterschieds schwimmen sie auf der gleichen Welle.

Patrick hat ihm geraten, doch erst einmal das Online-Business auszubauen. Den Mist könne er dann immer noch hinschmeißen. Mit einem ziemlich schweren Kopf sinkt Guillaume ins Bett.

Maurice hat eingeladen. Die gesamte Crew ist im großen Sitzungszimmer versammelt. An einer Wand ist ein Buffet aufgebaut, das es in sich hat. Lachshäppchen. Paté. Baguette. Verschiedene Salate. Oliven. Weißwein, Champagner, Wodka und Cognac runden das Buffet ab.

Guillaume erscheint als Letzter. Erstaunt reibt er sich die Augen, als er das üppige Buffet sieht. So einen Aufwand für die Online-Abteilung? Gewiss, alle haben ihr Bestes gegeben, dass diese Abteilung schnell das Internet erobert. ›Le Monde‹ steht inzwischen an zweiter Stelle hinter der reinen Online-Zeitung ›BFMTV‹. Eine großartige Leistung für diese alte ehrwürdige Dame.

Der Zuwachs, gerade bei den Jüngeren, lässt sich nicht leugnen, und auch die Finanzierung über die Werbung hat sich gut angelassen. Die ›Le Monde‹ ist eine Zeitung, die sich immer wieder in den vorderen Rängen einreihen kann.

Als Maurice Guillaume entdeckt, kommt er mit ausgestreckten Armen auf ihn zu. »Dir haben wir es zu verdanken, dass diese Abteilung steht und bereits so erfolgreich ist. Stell dich neben mich, ich halte jetzt eine kleine Ansprache.«

»Ich bin es …«, doch Maurice unterbricht ihn.

»Keine Widerrede.«

Zögernd geht Guillaume mit ihm. Er fühlt sich überrumpelt. Maurice stellt sich breitbeinig vor die versammelte Crew, holt einmal tief Luft, bevor er mit seiner Rede beginnt.

Ohne Punkt und Komma, fünfzehn Minuten lang. Er lobt Guillaume in den höchsten Tönen, er hätte sich förmlich um den Job gerissen und ohne seinen Einsatz würde die Online-Abteilung noch nicht so aussehen wie jetzt. Er lobt sich selbst für die Idee, diese Abteilung zu erweitern oder erweitern zu lassen. Dabei sieht er ihn von der Seite an. Das ganze Getue und die Lobhudelei öden Guillaume an. Abgesehen davon, dass er nie scharf darauf gewesen ist. Im Gegenteil, er hat sich doch mit Händen und Füßen dagegen gewehrt.

Anschließend eröffnet die Sekretärin von Maurice das Buffet.

Die Stimmung ist locker, einige gratulieren Guillaume zu seinem Erfolg, andere, die etwas mehr wissen, zwinkern ihm vielsagend zu. Guillaume bleibt brummig. Was soll er hier? Die Abteilung steht. Sie ist erfolgreich und sie läuft auch ohne ihn weiter. Er fühlt sich überflüssig.

Frustriert verlässt er das Gebäude. Mit großen Schritten geht er in Richtung Metrostation. Kurz davor entschließt er sich, zu Fuß nach Hause zu gehen. Er braucht Luft, muss seinen Kopf freikriegen. Weshalb hat ihn Maurice so überschwänglich gelobt? Was ist da los? Sein Chef hält es normalerweise mit der Wahrheit. Und diese Idee wurde von ganz oben diktiert. Sie war nicht auf Maurice' Misthaufen gewachsen.

Nach einer Stunde Fußmarsch ist er zu Hause. Die Wohnung liegt am Boulevard Montparnasse, in einem alten Patrizierhaus im vierten Stock. Er hat sie von seinen Eltern geerbt. Die fünf Zimmer sind eigentlich zu viel für ihn, und seit Monique ausgezogen ist, benutzt er weitgehend das Arbeitszimmer, das Schlafzimmer und die Küche. Der Balkon, der sich über die ganze vordere Front erstreckt, ist im Moment ein Stiefkind. Guillaume hat es nicht so mit Pflanzen. Jetzt braucht er einen Whiskey, füllt das Glas, setzt sich in seinen Lieblingssessel im Arbeitszimmer und denkt nach. Aber er kommt zu keinem Resultat. »Ich sollte wirklich mal mit meinem Roman anfangen«, murmelt er und fährt den Computer hoch.

Die Datei ›Romanmanuskript‹ enthält nichts außer einigen kurzen Notizen, einem möglichen Titel und das Setting. Nachdenklich starrt er auf die Buchstaben, bis sie ihm vor den Augen verschwimmen. Mit einem Ruck steht er auf und wandert durch den Raum. Er denkt an Patricks Worte. Eigentlich könnte er jetzt schon den Job hinschmeißen. Er hat seine Pflicht getan, die Online-Abteilung steht, mit sehr guten Mitarbeitern, die heiß sind auf die Aufgabe, die Welt mit kurzen, knackigen Texten zu überfluten. Sie können es alle besser als er. Was soll er noch dort? Texte freigeben, organisieren? Nein, das ist nicht das, was ihm für die letzten Jahre bis zu seiner offiziellen Pensionierung vorschwebt.

Aber kann er einfach alles loslassen? Keine Interviews mehr? Keine interessanten Menschen mehr treffen? Einen Roman zu schreiben, ist eine einsame Sache, es sei denn, man schreibt in Bistros oder Cafés wie Hemingway zum Beispiel. Er schenkt Whiskey nach, setzt sich wieder hin, und greift zum Handy.

Nach zweimaligem Klingeln ertönt Madeleines frische Stimme.

»Hast du heute Abend Zeit? Und wenn ja, magst du auf einen Drink kommen? Ich möchte etwas mit dir besprechen.«

Nachdem er die Verbindung beendet hat, geht er ins Badezimmer, um sich frisch zu machen. Er spart dabei nicht mit dem Rasierwasser, das Madeleine so gern mag.

Jedem Anfang wohnt ein Zauber inne

Am Montagmorgen um sieben Uhr schließt Guillaume die Tür zu seinem Büro auf. Die Hektik des Tages hat sich noch nicht eingestellt. Er öffnet die Fenster und lässt frische Luft in den Raum. Dann drückt er den roten Knopf der Kaffeemaschine. Ein gurgelndes Geräusch sagt ihm, dass sie nun bereit ist. Der Espresso schmeckt bitter, ist heiß und weckt die letzten Lebensgeister, die noch nicht ganz wach sind.

Mit dem Kaffeebecher in der Hand fährt er den Computer hoch. Er loggt sich in seine E-Mails ein. Einige löscht er sofort, andere legt er in den Ordner ›noch zu bearbeiten‹ ab. Die restlichen schickt er der Sekretärin mit der Bitte, sich ihrer anzunehmen.

Anschließend öffnet er die Google-News. Wie immer wird er überschwemmt mit reißerischen Headlines und Texten, phrasenhaft und oberflächlich. Er überfliegt sie. Der Weltfrieden scheint im grünen Bereich zu sein. Aus dem Elysée gibt es auch keine Neuigkeiten. Keine Rochaden, keine neuen Gesetze, die zu verabschieden sind, alles läuft in gewohnten Bahnen.

Guillaume lehnt sich zurück. Es ist noch still auf der Etage. Montagmorgen eben. Da trudeln die Leute nur tröpfchenweise ein. Auf dem Terminplan im Computer steht nichts weiter. Maurice hat heute Morgen kein Meeting. Jedenfalls ist keines eingetragen.

Nochmals geht Guillaume zur Kaffeemaschine und bereitet sich einen zweiten Espresso zu.

Die Tür zum Nebenraum geht auf. Seine Sekretärin streckt den Kopf herein. »Guten Morgen. Sie sind aber heute früh dran. Und Kaffee haben Sie auch schon gehabt?«

Guillaume lächelt. »Den zweiten soeben. Senile Bettflucht. Das kennen Sie noch nicht, dafür sind Sie zu jung. Können Sie mich bitte informieren, sobald der Boss da ist? Es ist kein Meeting eingetragen.«

»Mach ich. Mögen Sie noch eine Tasse?«

Guillaume schüttelt den Kopf. »Zwei von der Stärke, das reicht für einen alten Mann.«

»Sie sind doch nicht alt, Sie sind im besten Alter«, schäkert sie.

Guillaume schaut ihr entzückt nach. Ein Kompliment am Montagmorgen, noch dazu von einer hübschen jungen Frau, das muss ein gutes Omen sein. Nein, er fühlt sich nicht alt. Besonders nicht nach dem vergangenen Wochenende. Guillaume lächelt versonnen.

Madeleine stand kurz nach dem Telefonat vor der Tür. »Was möchtest du so dringend mit mir besprechen, Chérie?«

Sie stellte sich auf die Zehenspitzen und küsste ihn. Guillaume geleitete sie in sein Arbeitszimmer.

»Ich hole uns ein Glas Weißwein.« Ohne ihre Antwort abzuwarten, ging er in die Küche.

Im Kühlschrank war noch eine Flasche ›Ter'Raz‹ vom letzten Urlaub, den er in der Dordogne verbracht hatte. Ein kleines Weingut, das er per Zufall gefunden hatte, und das nur wenige Flaschen im Jahr produzierte, diese aber von höchster Qualität.

»Ein Sauvignon, ein leichter Weißwein.« Er hielt Madeleine die Flasche hin. »Den magst du doch auch?«

»Her damit«, sie lachte und schlug die Beine übereinander.

Guillaume schenkte ein, reichte ihr ein Glas und setzte sich ihr gegenüber. »Was würdest du sagen, wenn ich meinen Job kündige?« Er nahm einen Schluck. »Ich würde natürlich nicht auf der faulen Haut liegen, nein, nein, ich würde endlich den Roman schreiben, die Geschichte erzählen, die mir wichtig ist. Viel wichtiger als alles andere, worüber ich bisher geschrieben habe.«

»Du willst alles aufgeben? Auch das Projekt, von dem du mir kürzlich erzählt hast?«

»Du meinst das mit dem Missbrauch an Frauen? Das kann Patrick weiterführen, er hat ja bereits damit begonnen.«

»Worüber möchtest du in deinem Roman schreiben?« Sie nahm einen Schluck Wein.

»Über Afrika, über meine Wurzeln in Madagaskar, über die Armut, den Hunger dort und die Kinder, die nicht die Möglichkeit haben, zur Schule zu gehen. Ich möchte die

Menschen aufrütteln, darüber nachzudenken, dass es in dieser Welt Orte gibt, wo vor allem die Kinder leiden.«

»Dann mach, was du tun musst.« Sie stand auf und umarmte ihn. »Und mach es bald. Steh dir nicht selbst im Weg. Ich liebe dich, Chérie.« Sie schmiegte sich an ihn.

Er fühlte durch den dünnen Stoff ihres Kleides, wie sie heiß wurde. Sachte öffnete er die Knöpfe und strich sanft über die harten Brustwarzen. Es war die schönste Nacht seit langer Zeit.

Die Sekretärin schaut kurz herein und holt ihn in die Wirklichkeit zurück. »Der Chef ist jetzt hier. Ich habe ihm gesagt, dass Sie ihn zu sprechen wünschen.«

»Danke.« Er steht auf und geht mit entschlossenen Schritten ins Büro.

Maurice steht an der Kaffeemaschine. »Auch einen?«

»Danke, nein. Ich hatte schon zwei.«

»Was steht denn an? Ich kann mich nicht erinnern, dass wir heute Morgen ein Meeting vereinbart haben.«

»Haben wir auch nicht. Ich will dich nur kurz informieren, dass ich meinen Job zum nächstmöglichen Termin kündigen werde. Das heißt, die Geschäftsleitung wird noch diesen Monat ein entsprechendes Schreiben bekommen, dich wollte ich vorab persönlich informieren.«

Maurice dreht sich um und schaut Guillaume entgeistert an. »Welcher Teufel hat dich denn geritten? Das kannst du doch nicht machen. Gerade jetzt, wo die Online-Abteilung Fahrt aufnimmt.«

Verärgert setzt er die Kaffeetasse auf das Pult. Der Kaffee schwappt über und landet auf einem offenen Ordner. »Merde.« Maurice wischt mit der Hand die Kaffeelache weg.

»Du musst tupfen, nicht wischen. So verschmiert alles.« Guillaume steht auf und tupft die Flüssigkeit mit einem Tempo weg. »So macht man das. Ich sehe, du hast keine Ahnung mehr, wie man ein nasses Papier behandelt. Das kommt davon, wenn alles nur noch digital läuft.« Er geht langsam in Richtung Tür.

»Bleib! Wir müssen reden. Was kann ich dir bieten, damit du deine Kündigung nicht wahr machst?«

»Nichts. Oder wart mal, du könntest mich wieder in die Abteilung versetzen, aus der ich komme. Ich will keinen Chefposten haben. Ich will schreiben, und zwar lange schöne Texte.«

»Das kann ich nicht.«

»Na, dann ist alles klar. Ich werde gehen.«

»Du weißt, dass der Ausbau von dieser Online-Abteilung nicht auf meinem Mist gewachsen ist. Das kommt von ganz oben!« Die Stimme von Maurice wird lauter. »Mir waren die Hände gebunden, und ich musste die Leitung mit jemandem besetzen, der sich im Journalismus auskennt, der vor allem führen kann.«

»Ich habe dir bereits zu Anfang gesagt, dass ich nicht an dem Job interessiert bin. Da wären noch ein paar Leute bereit gewesen, diese Stelle mit Handkuss zu übernehmen, und sie hätten es genauso geschafft. Aber nein, du wolltest mich. Ich habe den Eindruck, dass du mich damit herausekeln wolltest. Ich bin doch eh zu teuer. Aber lass mal gut sein, ich gehe von selbst.« Damit marschiert er aus dem Büro. Die Tür fällt unsanft ins Schloss.

Das wäre erledigt. Nun ist ihm doch etwas flau im Magen. Hat er sich richtig entschieden? Alles so Knall auf Fall hinzuschmeißen? Ein ganzes langes Arbeitsleben?

Am vergangenen Wochenende hat er das zwar mit Madeleine von vorn bis hinten besprochen und sie sagte: »Bist du dir bewusst, dass du sehr einsam sein wirst, wenn du zu Hause arbeitest?«

Er hat genickt.

»Du wirst deine Kollegen vermissen. Du wirst deine Kontakte mit interessanten Menschen vermissen.«

Vielleicht hat Madeleine ja recht.

Er öffnet die Tür zum Sekretariat. »Ich würde jetzt doch gern noch einen Kaffee haben. Sind Sie so lieb, Marianne?« Verblüfft hält er inne. Es ist das erste Mal, dass er seine Sekretärin mit Vornamen anspricht. Sonst ist er ihr gegenüber eher distanziert aufgetreten. Nur keine Vertraulichkeit aufkommen lassen, das war seine Devise. »Danke.«

Er durchquert das Sekretariat und geht in sein Büro. Dort lässt er sich in den Stuhl fallen, fährt den Computer hoch, liest nochmals das Kündigungsschreiben durch, das er am Sonntag verfasst hat, und drückt den Versand-Knopf. Er seufzt tief auf. Das wäre erledigt. In Kürze wird er ein neues Leben anfangen. Ein freies Leben.

Das Zitat von Hermann Hesse kommt ihm in den Sinn: *Und jedem Anfang wohnt ein Zauber inne.*

Die Sekretärin bringt den Kaffee. Er dankt ihr mit einem Lächeln.

Aussicht auf Erfolg

Joseline stürmt freudestrahlend ins Nähzimmer. »Mädels, der letzte Tag in diesem Monat wird auch mein letzter Tag hier sein.«

»Was?« Charlotte schaut Joseline mit großen Augen an. »Weshalb? Hat der Damoi dich rausgeschmissen?«

Joseline schüttelt den Kopf. »Nein, ich habe mich selbst rausgeschmissen. Ich mag hier nicht mehr arbeiten. Ich mach was komplett Neues.«

»Was denn?« Yvonne unterbricht ihre Arbeit.

»Ich werde in einem Club arbeiten. Nein, nein, nicht was ihr denkt«, sie lacht, »ich werde den ganzen Laden leiten. Das wird eine neue Herausforderung für mich. Aber ich freue mich darauf.«

Charlotte geht auf sie zu und umarmt sie. »Das freut mich, ich wünsche dir jetzt schon alles Gute, aber wie geht es hier weiter? Wirst du ersetzt?«

Joseline hebt die Schultern. »Keine Ahnung, Damoi hat nichts gesagt. Ist auch nicht viel los in letzter Zeit. Diese neumodischen Aufführungen, die werden meistens in normalen Straßenkleidern gespielt. Also ihr zwei schafft das mit links.«

Charlotte nickt. Die Theaterstücke sind sehr modern geworden, und es reicht, wenn die Schauspieler in Jeans und

Hemden aus dem Kostümfundus auftreten. Die sind im Handumdrehen angepasst. Dazu braucht es keine große Schneiderkunst. Mit Ausnahme der beiden Kostüme, die sie nähen musste. Für eine ganz spezielle Aufführung, die geplant war, aber im Moment auf Eis gelegt ist. Frustriert nimmt sie eine der Hosen, die noch gekürzt werden müssen, in die Hand.

Ihre Gedanken wandern zurück zu dem Tag, als Maman starb. Nach drei Wochen im Spital ging es Maman etwas besser und sie durfte nach Hause. Jeden Tag kam eine Pflegekraft, um sie zu versorgen.
Das Immunsystem sei geschwächt, hatte der Arzt gesagt. Sie müsse sich noch sehr schonen nach dieser bakteriellen Lungenentzündung, die sie sich überall geholt haben konnte. Vielleicht in der überfüllten U-Bahn.

Er nahm Charlotte zur Seite. »Wissen Sie, Ihre Frau Mama hat keine Kraft mehr, schon vor der Erkrankung war das so, wie die Untersuchungen ergaben. Ich wünsche Ihnen beiden alles Gute.«

Charlotte half, so gut sie es konnte neben der Arbeit, die zum Glück nicht allzu hektisch war. Aber die psychische Belastung wog schwer. Sie wurde sich auf einmal bewusst, wenn Maman nicht mehr wäre, würde sie ganz allein auf dieser Welt sein.

Cécile tat alles, um sie aufzumuntern. Sie schleppte sie zu Geburtstagspartys, in Theateraufführungen oder ins Bistro ›La Liberté‹. Das half, aber nur kurze Zeit. Sobald

Charlotte wieder zu Hause war und Maman bleich und abgemagert und kraftlos im Bett liegen sah, holte sie die Gegenwart ein.

Eines Morgens lag Maman tot im Bett.

Dabei ging es ihr am Abend davor leidlich besser. Sie lächelte, als Charlotte ihr einen Tee ans Bett brachte, und wollte wissen, wie es in der Theaterschneiderei lief.

Charlotte erzählte von Joseline und dass sie in Yvonne eine nette Kollegin gefunden hatte. Sie berichtete von Damoi und dass sie ein ungutes Gefühl beschlich, wenn sie ihm gegenüber saß und er sie von oben bis unten musterte. »Ich komme mir dann so nackt vor, es ist, als ziehe er mich mit seinen Augen aus.«

Maman streichelte ihre Hand. »Das musst du nicht so ernst sehen, mein Kind. Die Männer können manchmal nicht anders. Der wird dir schon nichts tun.«

Charlotte nickte und dachte an Onkel Francois.

Und jetzt! Tot! Tot! Tot!

Wie in Trance rief Charlotte zuerst die Pflegerin und danach den Hausarzt an. Beide waren binnen fünfzehn Minuten in der Wohnung.

Die Pflegerin schob Charlotte sanft zur Tür raus.

»Wir rufen dich, wenn wir fertig sind.«

Nach fünfzehn Minuten durfte Charlotte wieder hinein.

Maman lag da. Die Hände gefaltet, der Ausdruck auf ihrem Gesicht war friedlich.

Charlotte kam es vor, als lächle sie ihr zu.

»Es geht ihr jetzt gut.« Der Arzt strich ihr über den Arm.

»Mein Beileid. Muss ich jemanden kontaktieren oder tust du das?«

Charlotte hob die Schultern. Ein Weinkrampf hinderte sie am Sprechen.

»Dann machen wir das. Wohin kannst du gehen? Ich will dich nicht allein hier lassen … bis«, er stockte, »… bis deine Maman abgeholt wird.«

»Meine Freundin Cécile … Cécile Bernard«, stieß Charlotte unter Tränen hervor. »Sie wohnt nicht weit von hier.«

»Hast du eine Telefonnummer, damit ich dort anrufen kann?«

Charlotte öffnete das Adressbuch ihres Handys und hielt es dem Arzt hin. Er stellte sich vor und erklärte die Situation, dann legte er auf. »Madame Bernard ist zu Hause. Sie erwartet dich.«

Céciles Mutter schloss Charlotte in die Arme. »Möchtest du was trinken, einen Kakao vielleicht?«

Charlotte verneinte mit einer leichten Kopfbewegung. Ein neuer Weinkrampf schüttelte sie.

Madame Bernard führte sie in das Gästezimmer. »Leg dich hin und ruh dich aus. Soll ich dir eine Tablette bringen, damit du etwas schlafen kannst?

»Nein, danke. Ich möchte einfach allein sein.«

Am Abend hielt Cécile sie in den Armen und redete beruhigend auf sie ein. »Alles wird gut«, sie strich ihr über die Haare. »Deiner Mutter geht es nun besser, sie war sehr krank.«

Eine Woche später wurde Maman auf dem Friedhof Montparnasse beigesetzt. Es war ein einfaches Grab am Ende einer langen Reihe. Die Gräber daneben waren auch ziemlich frisch ausgehoben. Es war nur eine kleine Trauergemeinde anwesend. Cécile und ihre Mutter. Joseline und Yvonne. Ein paar Kolleginnen von Maman. Francois war nicht erschienen. Charlotte dankte im Stillen, dass er der Beerdigung ferngeblieben war. Sie hätte ihm nicht in die Augen sehen können.

Die Rede des Pfarrers war kurz. Maman war keine Kirchengängerin gewesen. Charlotte stand tränenlos am Grab und auch als sie eine rote Rose – die Lieblingsblume von Maman – auf den Sarg warf, blieben ihre Augen trocken.

Nach der Trauerfeier lud Madame Bernard die Anwesenden zu sich nach Hause zu einem Umtrunk ein. Nur Joseline und Yvonne folgten der Einladung. Mamans Kolleginnen verabschiedeten sich.

Die Tür zum Schneideratelier öffnet sich. Herr Damoi kommt herein. »Charlotte, können Sie bitte in mein Büro kommen.«

Erschrocken richtet sich Charlotte auf. Langsam folgt sie ihm ins Büro.

»Setzen Sie sich.« Er zeigt auf den Sessel vor seinem Pult.

Ängstlich schaut sie ihn an. Die Gedanken wirbeln in ihrem Kopf. Eben war sie noch auf Mutters Beerdigung und jetzt sitzt sie im Büro ihres Chefs. Was, wenn sie gehen muss? Wenn die Theaterschneiderei schließt? Möglich ist es. Yvonne könnte das allein stemmen. Sein Blick! Charlotte rutscht unruhig auf dem Sessel hin und her. Weshalb spricht er nicht?

»Ich habe gehört, dass Sie Kostümbildnerin werden wollen.«

»Wo haben Sie das gehört?« Charlotte schaut ihn erstaunt an.

»Im Nähatelier, Sie haben es Joseline erzählt, als ich daran vorbeigelaufen bin und die Tür offenstand.« Er schaut sie dabei durchdringend an.

»Ja, ich will später einmal für die Oper und vielleicht auch für den Film Kostüme entwerfen.«

»Hm.« Damoi steht auf, umrundet das Pult und bleibt vor ihr stehen. Er schaut auf sie herab. »Ich könnte Ihnen helfen.« Er setzt sich auf die Ecke des Pults. »Ich habe gute Verbindungen zu den Opernhäusern.«

Charlotte senkt den Kopf.

»Joseline wird uns verlassen.«

»Das hat sie vor einer Viertelstunde gesagt.«

»Ich will, dass Sie die Leitung des Nähateliers übernehmen. Trauen Sie sich das zu?«

Charlottes Herz holpert vor Freude. »Natürlich.«

Sie springt auf.

»Vielen Dank, Herr Damoi. Sie müssen mir nur sagen, was ich machen soll, respektive, was sich ändern wird, wenn Joseline nicht mehr hier ist.«

»Gar nichts. Im Moment bleibt alles beim Alten. Wir stellen keine neuen Leute ein. Aber«, er hält inne, sein Atem streift ihr Gesicht. Sie wendet den Kopf ab. »Wir zwei werden in Zukunft eng, ganz eng zusammenarbeiten.«

Sie nickt und geht einen Schritt rückwärts.

Er steht auf. »Jeden Morgen werden wir besprechen, was zu tun ist.«

»Ja, Herr Damoi.«

»Auch wenn im Moment nicht so viel auf dem Spielplan steht. Haben Sie mich verstanden?« Und wieder dieser Blick, der sie innerlich schaudern lässt. »Sie können jetzt gehen.«

»Was ist mit den beiden Kostümen, die ich genäht habe?«

»Die kommen im Moment nicht zum Zug«, erklärt Damoi kurz angebunden.

Zurück im Atelier sinkt Charlotte nachdenklich auf den Stuhl. Damoi gibt ihr eine Chance. Aber zu welchem Preis? Was hat Maman gesagt: »Die Männer können manchmal nicht anders. Der wird dir schon nichts tun.«

»Und?«, fragt Joseline. »Hat er dir die Leitung angeboten?«

Charlotte nickt.

»Den Laden wird es nicht mehr lange geben, glaub mir.«

»Das kann sein, kann aber auch nicht sein. Wer weiß das schon.« Charlotte steht auf und geht an ihre Nähmaschine. »Ich will jetzt nicht so schwarzsehen. So manches

Theater hat schon einmal auf der Kippe gestanden. Ich will einfach daran glauben, dass alles gut wird.«

Joseline hebt die Schultern und lächelt. »Dann drück ich dir die Daumen.«

Charlotte erwidert nichts. Sie will sich durchbeißen. Will alles geben. Sie will die Chance wahrnehmen.

Die zweite beste Freundin

Charlotte hat seit sechs Wochen die Leitung im Nähatelier inne.

Mit Damoi bespricht sie jeden Morgen die anfallenden Arbeiten. Ihre Bedenken verfliegen. Er benimmt sich anständig, macht ihr keine Avancen.

»Für Weihnachten ist eine Märchenaufführung geplant. Ich weiß, etwas kurzfristig. Schaffen Sie das?«, begrüßt er sie eines Morgens.

»Es kommt darauf an, wie viele und welche Kostüme gebraucht werden.«

»Ungefähr zwölf. Vielleicht auch etwas mehr. Ich bin noch am Zusammenstellen des Ensembles. Wir werden auch externe Schauspieler zuziehen.«

»Was für ein Märchen wird denn aufgeführt? Vielleicht haben wir in unserem Fundus die entsprechenden Kostüme, dann müssten sie nur noch angepasst werden.«

»Cinderella, ich denke, dass wir einiges bereits haben. Die fehlenden Kostüme müssen Sie noch nähen. Noch mal, schaffen Sie das? Es sind nur knapp zwei Monate bis zur Premiere.«

Charlotte steht auf. »Danke für den Kaffee. Ich werde mich jetzt gleich schlaumachen und informiere Sie dann. Aber ich denke, dass Yvonne und ich es schaffen.«

Nachdem sie und Yvonne im Kostümlager einiges an Material gefunden haben, machen sie sich an die Arbeit.

Yvonne hat sich in den letzten Wochen sehr zu ihrem Vorteil verändert. Eigentlich, seit Joseline die Theaterschneiderei verlassen hat. Sie ist flinker, selbstständiger und aufmerksamer geworden.

Charlotte nimmt das mit Freuden zur Kenntnis. Auch deshalb ist sie sich sicher, dass sie beide die Aufgabe stemmen. Die Kostüme, die sie gefunden haben, eignen sich mit einigen Änderungen gut für die Weihnachtsaufführung.

»Wenn wir genau wissen, wie das Ensemble zusammengesetzt ist, können wir durchstarten.«

»Du kannst auf mich zählen. Ich schiebe auch Überstunden, wenn nötig.« Yvonne nimmt eines der Kostüme und legt es auf den Schneidetisch. »Weißt du schon, wer von unseren Schauspielern mitmacht, und vor allem, welche Rolle er oder sie spielt?«

»Leider nein, aber das werde ich spätestens bis nächste Woche wissen.« Charlotte nimmt ebenfalls ein Kostüm in die Hand und betrachtet es prüfend. »Hast du heute Abend Zeit, mit mir einen Absacker zu trinken? Ich werde meine Freundin Cécile treffen. Sie ist Jungschauspielerin mit einem ersten Engagement an einem kleinen Theater. Sie würde sich bestimmt freuen, dich kennenzulernen.«

Yvonne schaut sie mit großen Augen an. »Ja gern«, sagt sie sichtlich begeistert.

Pünktlich um sieben Uhr betreten Charlotte und Yvonne das ›La Liberté‹. Cécile, einen Gin-Fizz vor sich, ist in ein Gespräch mit dem Kellner vertieft.

Charlotte lacht leise. »So ist sie immer, sie muss mit allen Leuten ins Gespräch kommen. Sie will alles wissen, ist neugierig wie eine junge Katze. Komm, wir schleichen uns von hinten an.« Sie nimmt Yvonnes Hand und macht einen Bogen um die Tische, bis sie hinter Céciles Stuhl steht.

»Pscht«, sie legt den Zeigefinger auf die Lippen und tippt gleichzeitig auf die Schulter ihrer Freundin. Die dreht sich abrupt um.

»Überraschung.« Charlotte beugt sich hinunter und küsst sie auf beide Wangen. »Darf ich vorstellen, meine Kollegin Yvonne.« Sie schiebt Yvonne, die hinter ihr steht, nach vorne.

Cécile ist aufgestanden. »Sehr erfreut und willkommen im Club der Mädels. Auch einen Gin-Fizz?« Sie schaut dabei auf Charlotte und zwinkert ihr zu.

»Mir nur ein Wasser«, erwidert Yvonne zurückhaltend.

»Du bist eingeladen, keine Widerrede, ich habe dich schließlich hergeschleppt«, sagt Charlotte und zu Cécile: »Ja, ich bin mit Gin-Fizz dabei.«

»Sag, wie lange haben wir uns nicht gesehen?« Cécile winkt dem Kellner, der nun gelangweilt am Tresen steht.

»Eine Ewigkeit.«

»Du hast ja nie Zeit gehabt. Klar, als Chefin, da kann ich verstehen, dass andere Prioritäten Vorrang haben.«

Während die beiden Freundinnen zusammen albern, sitzt Yvonne stumm daneben und nippt an ihrem Drink.

Charlotte betrachtet sie. Sie würde jetzt zu gerne in ihren Kopf sehen. Es ist das erste Mal, seit sie im Theateratelier arbeitet, dass sie Yvonne privat erlebt. Wie sie dasitzt. Leicht nach vorn gebeugt, als wenn sie eine schwere Last auf den Schultern tragen würde, was sie wohl auch tut. Sie hat es nicht einfach, denkt Charlotte.

Cécile plaudert wie ein Wasserfall, ohne Punkt und Komma. Erzählt von ihrem ersten Engagement. Wie sie manchmal fast verzweifelt wegen der Texte, die sie auswendig lernen muss. »Aber das ist nicht das Ausschlaggebende, sondern die Verkörperung der Rolle. Ich spiele eine unglücklich Verliebte, muss zeigen, wie schlecht ich mich fühle, weil der Angebetete mich einfach nicht beachtet, sondern nur Augen für eine andere hat.« Sie seufzt. »Wisst ihr, das ist verdammt schwer, so was glaubwürdig rüberzubringen, viel schwerer, als Texte auswendig zu lernen.« Endlich versiegt ihr Wortschwall, doch nach kurzer Pause fragt sie: »Wie geht es euch beiden? Habt ihr viel zu tun? Ich habe gehört, dass das Theater nicht mehr so gut läuft. Ihr habt viele Abgänge gehabt.«

»Es wird ein Weihnachtsmärchen geben. Yvonne und ich haben heute die Kostüme zusammengesucht. Wahrscheinlich müssen wir noch zusätzliche neu anfertigen.«

Yvonne nickt zustimmend.

»Dann werdet ihr aber ranmüssen, in ein paar Wochen ist Weihnachten. Schafft ihr das?«

»Ja, das werden wir, Charlotte und ich sind ein starkes Team.« Yvonne strafft die Schultern.

»Na, ich drücke euch die Daumen. Wollen wir jetzt etwas essen? Ich habe Hunger.«

Sie bestellen. Drei Pizzen, groß wie Wagenräder. Belegt mit Schinken, Salami, Pilzen, Zwiebeln und Mozzarella. Dazu einen italienischen Wein, dunkelrot und schwer.

Der Rotwein löst Yvonnes Zunge. Sie wird offener. Erzählt über sich und dass sie nie Gelegenheit hatte, ihren Schulabschluss zu machen. »Ich musste schnell eine Arbeit finden, um die Eltern finanziell zu unterstützen.« Dass ihr Vater keine Arbeit hat und nur ein Minimum an Unterstützung vom Staat bekommt, und dass sie sich ab und zu mit all dem überfordert fühlt. »Aber seit ich mit Charlotte den Laden im Theater schmeiße, fühle ich, dass es auch mit mir eines Tages aufwärtsgeht.«

Es ist kurz nach Mitternacht, als sie aufbrechen. »Das war ein schöner Abend.« Charlotte schlüpft in ihren Mantel. »Wo musst du hin, Yvonne?«

»Zum ›Place d'Italie‹, gleich über die Straße ist die Metrostation ›Edgar Quinet‹.«

»Dann begleiten wir dich noch bis dorthin«, ruft Cécile.

Untergehakt überqueren sie die Straße und verabschieden sich vor der Station wortreich und mit viel Gelächter.

Schreiben ist ein einsamer Job

Guillaume sitzt am Schreibtisch. Niemals hätte er gedacht, dass Schreiben so einsam machen kann.

Weshalb er damals den Wunsch hatte, in das Umland von Paris zu ziehen, in die Stille sozusagen, das kann er heute nicht mehr verstehen.

In der Redaktion hatte er trotz Einzelbüro immer viel Betrieb um sich. Der Korridor hörte sich manchmal wie ein brummender Bienenstock an. Ein Kommen und Gehen. Lachen. Worte, die wie Pingpongbälle hin- und herflogen. Meistens ließ er die Tür offen, um mittendrin zu sein.

Jetzt ist es anders. Die Stille in seiner Wohnung ist greifbar, bedrückend und beunruhigend. Nur kurzfristig hat er sie geliebt, diese Stille, jetzt hasst er sie. Er schaut auf die handgeschriebenen Notizen. Weshalb findet er keine Worte? Warum fühlt er sich so leer? Er steht auf und tigert im Zimmer auf und ab. Setzt sich wieder. Starrt auf den blinkenden Cursor. Der Titel steht, *Die andere Welt*. Schon lange hat er diese Geschichte mit sich herumgetragen, aber nie Zeit gefunden, sie zu schreiben. Jetzt hat er Zeit, und jetzt passiert nichts in seinem Kopf. Leere, absolute Leere. »Verdammt!« Er fährt den Computer herunter, steht auf, nimmt seine Jacke vom Haken und stürmt aus der Wohnung. Die Hände tief in den Taschen vergraben, geht er mit ausholenden Schritten den Gehsteig entlang. Es sind nicht viele Leute unterwegs. Ein böiger Wind wirbelt die letzten Blätter des Herbstes auf der Straße durcheinander.

Seit einem Monat ist er nicht mehr bei ›Le Monde‹. Wie hat er auf diesen Moment hin gefiebert, diese Online-Abteilung hinter sich zu lassen. Die Hektik in der Abteilung wurde von Tag zu Tag größer. Schneller, immer schneller mussten die Texte geschrieben werden. Eine Schlagzeile jagte die nächste und verschwand nach nicht einmal einer Stunde in den Untiefen des Internets. Die Abonnenten haben sich vermehrt. Besonders jüngere Leute, die die tagesaktuellen Neuigkeiten nur noch auf dem Handy oder dem Tablet lesen, sind dazugestoßen. Die altehrwürdige ›Le Monde‹ hat damit eine Verjüngungskur erfahren. Guillaume hat eingesehen, dass das sein musste. Trotzdem, sein Ding war diese Abteilung nie.

Bei seinem Abschied von der Zeitung hat Maurice in den höchsten Tönen gejammert. »Einer der besten und erfahrensten Journalisten verlässt uns. Wie können wir das verschmerzen?«, sagte er in seiner Rede, und alle nickten, diese Heuchler. Sie waren doch froh, dass sein Platz frei wurde.

Seine Sekretärin weinte eine kleine Träne und ging dann zur Tagesordnung über. Aus den Augen, aus dem Sinn.

Abrupt bleibt Guillaume stehen und blinzelt. ›Indiana Café‹, da ist er doch vor einiger Zeit mal gewesen?

Ja, jetzt kommt es ihm wieder in den Sinn, das war, nachdem er die Sängerin interviewt hatte, da ist er auch so gedankenverloren durch die Straßen gelaufen und genau vor diesem Café gelandet. Es war noch warm damals, das Café und auch die Terrasse waren gut besetzt. Ein freundlicher Kellner hatte aber einen Platz für ihn gefunden.

Guillaume tritt ein. Es ist noch früh am Nachmittag und es sind wenige Leute anwesend. Zwei Kellner plaudern entspannt, ein älterer Herr liest den ›Figaro‹ und zwei Damen mittleren Alters haben einen Irish Coffee vor sich. Die Billardtische sind auch noch verwaist.

Heute hat er die Auswahl an Plätzen. Er lässt sich in einem bequemen Sessel nahe der Billardtische nieder. Einer der beiden Kellner eilt geschäftig herbei. Wahrscheinlich ist er froh, endlich etwas tun zu können.

»Einen Espresso und einen Cognac, bitte, und wo finde ich die Tageszeitungen?«

Der Kellner dreht den Kopf in Richtung Eingang. »Dort, am Zeitungsständer finden Sie die wichtigsten.«

Guillaume steht auf und holt den ›Figaro‹. Der Kaffee und der Cognac stehen auf dem Tisch, als er sich wieder hinsetzt. Neugierig blättert er durch die Zeitung, doch er findet keine nennenswerten Neuigkeiten. Die Schlagzeilen ähneln sich.

Auch von Patrick kann er keinen weiteren Artikel über die sexuellen Missbräuche an Frauen entdecken. Hat er schon aufgegeben?

Guillaume weiß, dass das Thema schwierig ist, und er weiß, dass sich auch der ›Figaro‹, obwohl nicht so konservativ wie die ›Le Monde‹, mit diesem Thema schwertut. Aber dieses plötzliche Schweigen? Fehlt es eventuell an weiteren Aussagen von betroffenen Frauen? Nachdenklich legt er die Zeitung auf den Tisch und widmet sich dem Kaffee und dem Cognac.

Langsam füllt sich der Raum. Eine Gruppe Studenten schiebt ein paar Tische zusammen und setzt sich. Ihr Lachen und Geschwätz füllt das Café. Die beiden Damen verlassen fluchtartig den Raum.

Guillaume beobachtet die Gruppe. Männlein und Weiblein. Die jungen Frauen sind in der Minderheit. Er schätzt das Durchschnittsalter auf sechzehn. Die jungen Frauen sind hinsichtlich Aussehen und Reife den jungen Männern weit voraus. Einige tragen Blusen mit tiefen Ausschnitten. Wenn sie sich nach vorn beugen, ist mehr als nur der Brustansatz zu sehen. Andere hingegen geizen mit ihren Reizen, dafür tragen sie so enge Jeans, dass sich bei jedem Mann das Kopfkino in Gang setzt. Wortfetzen fliegen hin und her wie Pingpongbälle. Es wird auf Teufel komm raus geflirtet. Ein Mädchen fällt ihm besonders auf. Sie ist stark geschminkt, die Haare lang und künstlich zerzaust. Sie fallen ihr immer wieder ins Gesicht. Ihre Bewegungen sind lasziv und aufreizend, ihr Lachen gurrend und lockend.

Guillaume lächelt in sich hinein. Er denkt an seine Jugend. Das Flirten hat auch stattgefunden, aber die Kleidung war nicht so offenherzig wie heute. Nicht, dass es deswegen besser war, nur etwas diskreter.

Plötzlich erscheint das feine Gesicht von Madeleine vor seinen Augen. Auch sie hat ihn durch ihre lasziven Bewegungen fasziniert. Heute ist es nicht mehr nur ihr Körper, heute fasziniert sie ihn auch durch ihre Klugheit. Sie kann zuhören, sie versteht ihn. Ihre Diskussionen sind Anregung und Herausforderung zugleich. Wie sehr wünscht er sich, dass sie jetzt in diesem Augenblick hier wäre. Sie ist im Moment in der Normandie auf einem Kongress. Nach der bestandenen Prüfung als Dolmetscherin ist sie nicht mehr oft in Paris. Er ist stolz auf sie, aber auch etwas eifersüchtig. Hat er das Recht, diese junge Frau an sich zu binden?

Er winkt dem Kellner für einen weiteren Kaffee und einen Cognac. Von der Gruppe ist nichts mehr oder fast nichts mehr zu hören. Sie haben Bücher und Hefte hervorgeholt und schreiben oder flüstern sich Worte zu.

»Die kommen jeden Nachmittag, um zu lernen«, sagt der Kellner, der Guillaumes fragenden Blick bemerkt, als er ihm das Gewünschte hinstellt. »An Nachmittagen ist hier eh nicht viel los. Besonders um diese Jahreszeit.«

»Oh, vielen Dank, Sie haben mich soeben auf eine Idee gebracht.«

Nun schaut der Kellner fragend.

»Ich will einen Roman schreiben, aber ich brauche Leben um mich, sonst springt meine Muse mich nicht an. Als Journalist bin ich es gewohnt, beim Schreiben von Texten

Lärm um mich zu haben. Zu Hause bei mir in der Stille funktioniert das nicht. Sie werden also demnächst öfters das Vergnügen mit mir haben.«

Der Kellner deutet eine Verbeugung an. »Sehr gern, Monsieur. Sie müssen nur anrufen und ich reserviere Ihnen einen Tisch.«

»Danke, das mache ich.« Zufrieden lehnt er sich zurück. Er ist sicher, dass es endlich vorwärtsgeht mit der Schreiberei. Genießerisch trinkt er den Cognac aus, legt das Geld auf den Tisch, steht auf und verlässt das Lokal.

Die Dämmerung legt sich bereits auf die Hausdächer wie eine flauschige Bettdecke. Der Wind ist nicht mehr so stark und ein leichter Nieselregen lässt die Straßen glänzen. Das fahle Licht der Straßenlaternen spiegelt sich darin. Guillaume schlägt den Jackenkragen hoch. Er fühlt sich gut, irgendwie beschwingt und freut sich schon auf seine Schreibnachmittage im ›Indiana Café‹, inmitten von Gruppen unbeschwerter Studenten. Bereits heute Nachmittag haben sie ihn mit ihrer Fröhlichkeit angesteckt, jünger gemacht.

Zu Hause hört er als Erstes die Sprachbox des Festnetzanschlusses ab. Keine Nachricht! Anschließend kontrolliert er nochmals das Handy. Auch nichts! Muss er sich Sorgen machen?

Einmal pro Tag, das hat er mit Madeleine abgesprochen, würde sie ihn anrufen. Er gießt sich Whiskey ins Glas und lässt einen Eiswürfel hineingleiten.

Mit dem Glas in der einen Hand und dem Handy in der anderen geht er in sein Arbeitszimmer. Unschlüssig, ob er sich bei Madeleine melden soll, setzt er sich an den Computer, denn es war auch abgesprochen, dass sie anrufen wird, wenn sie auf Geschäftsreise ist.

»Wenn du anrufst, kann ich vielleicht nicht gleich antworten, weil ich in einem Meeting bin«, hat sie erklärt. »Es ist besser, wenn ich mich bei dir melde.«

Er nimmt einen Schluck und stellt das Glas auf den Schreibtisch. Der Screen vom Telefon leuchtet auf und eine SMS wird angezeigt. Schnell öffnet er die Nachricht.

Sie ist von Madeleine. Seine Augen fliegen über den kurzen Text. Es geht ihr gut und sie kommt einen Tag früher als geplant zurück. Erleichtert legt er das Telefon zurück auf den Schreibtisch.

Plötzlich wird ihm bewusst, wie wichtig ihm diese junge Frau geworden ist. Sie wohnen zwar getrennt, das war eine Bedingung von Madeleine gewesen, aber sie sehen sich praktisch jeden Tag.

Er kocht manchmal für sie. Zum Beispiel Akoho, eine typische madagassische Speise. Eine Hähnchenbrust wird mit einer Würzmischung auf einem Zwiebel- und Knoblauchbett gebacken und zusammen mit Reis auf einem Salatblatt serviert. Das Rezept ist von seinem Vater, der leidenschaftlich gekocht hat.

Sie bedankt sich danach immer mit viel Zärtlichkeit. Wie er diese gemeinsamen Abende liebt. Die leise Musik. Ihre Küsse, die immer noch so aufregend sind wie damals, als er sie zum ersten Mal getroffen hat. Morgen ist sie wieder in Paris. Er fährt den Computer hoch und bestellt bei seinem Blumenhändler eine rote Rose für *Mademoiselle Madeleine Girard*.

In Paris kann man sehr einsam sein

Charlotte und Yvonne schieben Überstunden. Jede Menge Überstunden.

Die Proben zu Cinderella laufen auf Hochtouren. Fünf neue Schauspieler hat der Theaterdirektor eingestellt. Die Kostüme, die zusätzlich angefertigt werden müssen, halten sie auf Trab. Yvonne arbeitet an den Änderungen und Charlotte näht die neuen Kostüme. Sie sitzen meistens bis zehn Uhr abends im Atelier. Nur die beiden Nähmaschinen sind zu hören. In den Korridoren ist es dunkel, auch die Putzfrauen haben das Theater verlassen. Charlotte muss nicht mehr jeden Morgen bei Damoi antanzen, er ist vorwiegend mit seinen neuen Schauspielerinnen beschäftigt.

Wenn Charlotte nach einem solchen Tag heimkommt, die Tür zur Wohnung hinter sich schließt, ist sie zu Hause und fühlt sich geborgen.

Ihr Kühlschrank ist zwar meistens ziemlich leer, aber das macht ihr nichts aus. Sie kocht eh nicht gern für sich allein. Ein Stück Baguette und Käse, manchmal ein Glas Wein dazu, ist alles, was sie benötigt. Und sie freut sich auf das Wochenende, ganz besonders auf den Sonntagmorgen.

Dann geht sie auf den Friedhof, besucht das Grab und erzählt Maman, was alles passiert ist. Ein Ritual, das sie sich nicht nehmen lässt. »Yvonne ist neben Cécile meine zweite beste Freundin. Ich bin so froh, dass ich sie kennengelernt habe.

Bei Damoi bin ich etwas in den Hintergrund geraten. Gott sei Dank, Maman. Ich hoffe, dass er mich vergisst. Ich mach mich unsichtbar, sobald er ins Atelier kommt. Aber meistens hat er nur Augen für die neue Schauspielerin. Sie ist sehr hübsch, viel hübscher als ich. Aber das stört mich überhaupt nicht. Ich komme nächsten Sonntag wieder und bring frische Blumen mit.« Sie genießt die sonntägliche Stille des Friedhofes. Die Großstadt ist weit weg.

Nach dem Friedhofsbesuch kauft sie sich in einem kleinen City-Shop im Quartier etwas zu essen, meistens ein Fertiggericht, oder sie trifft sich mit Cécile im ›La Liberté‹. Aber das kommt in letzter Zeit nicht oft vor, denn ihre Freundin ist mit ihrer neuen Rolle im kleinen Schauspielhaus ziemlich ausgelastet. Yvonne hat am Sonntag auch keine Zeit. Sie muss zu Hause nachholen, was sie während der Woche nicht mehr geschafft hat.

In Paris kann man trotz der vielen Menschen sehr einsam sein.

Charlotte bleibt vor dem ›Indiana Café‹ stehen. Hier war sie doch schon einmal. Sie denkt scharf nach. Natürlich, mit Cécile. Die hat sie hierher mitgeschleppt und hat ihr gezeigt, wie man Billard spielt, das war ein großer Spaß.

Sie gibt sich einen Ruck und tritt ein. Die Tische sind fast alle besetzt. Junges Volk überwiegend, aber auch einige ältere Semester sind zu sehen. Allerdings in der Minderheit. Auch an den Billardtischen herrscht reges Treiben.

Ein Kellner kommt auf sie zu. »Sind Sie verabredet und möchten Sie an einem der Tische spielen oder nur etwas trinken?«

»Nur etwas trinken, wenn das okay ist.«

»Klar, kommen Sie.« Er geleitet sie an einen kleinen runden Tisch. Am Nebentisch sitzt ein junger Mann. »Was darf ich Ihnen bringen?«

»Eine Cola mit Eis.«

Charlotte setzt sich. Verlegen schaut sie sich um, zieht die Jacke aus und hängt sie über die Stuhllehne. Sie fühlt sich ein bisschen unsicher unter den vielen Menschen. Verstohlen betrachtet sie den Mann neben sich. Er liest in einem Buch, ein Notizblock liegt auf seinem Tisch. Von Zeit zu Zeit unterstreicht er etwas in dem Buch, schreibt danach etwas auf den Block.

Der Kellner bringt die Cola und lächelt sie an. Es ist ein freundliches Lächeln, doch Charlottes Gesicht verschließt sich, sie möchte in kein Geplauder verwickelt werden.

Die kalte Cola prickelt im Mund. Der Mann am Nebentisch schaut kurz auf, nickt ihr zu, um sich dann wieder dem Buch und den Notizen zuzuwenden. Er kommt ihr bekannt vor. Diese Hände hat sie schon einmal gesehen.

Je höher der Lärmpegel im Café steigt, desto einsamer fühlt sich Charlotte.

Wenn wenigstens Cécile da wäre. Was sie wohl gerade macht? Ihre Rolle lernen, sehr wahrscheinlich. Für die kommende Aufführung. Charlotte fühlt, wie der kleine Neidkobold in ihr aufsteigt. Wenn ich nicht so blöd gewesen wäre, dann könnte ich jetzt auch auf der Bühne stehen, vielleicht zusammen mit Cécile in demselben Theater, denkt sie. Sie versucht, das Neidgefühl wegzudrücken. Es gelingt ihr nicht ganz. Ihre Augen füllen sich mit Tränen, die sie hastig wegwischt. Auf einmal will sie nur noch weg. Weg von diesen fröhlichen Menschen. Sie legt das Geld auf den Tisch und verlässt fluchtartig das Café.

Wieder zu Hause packt sie das Fertiggericht aus. Bohnen mit Speckwürfeln und Kartoffeln. Es ist inzwischen kalt geworden. Sie stellt sich ans Fenster und schaut auf die Straße hinunter. Dabei spießt sie mit der Gabel ein Speckstück auf. Kalt schmeckt es tranig.

Ein ganz normaler Sonntagnachmittag in Paris.

Die Nacht der Seele

Die Hauptprobe rückt näher und näher. Die Hektik im Theater steigert auf den Höhepunkt zu.

Alle sind von dieser Hektik erfasst, alle, außer Yvonne. Sie sitzt ruhig und gelassen auf ihrem Stuhl. Macht die letzten Änderungen an den Kostümen. Setzt Hüte auf die Köpfe der Schneiderpuppen. Befestigt Kunstblumen an den Ausschnitten. Kürzt ein, was noch zu lang ist. Oder sucht im Fundus nach passenden Schuhen, Handtaschen und Schals. Sie scheint die Ruhe selbst zu sein, und Charlotte bewundert sie.

Auch sie hat sich anstecken lassen von der Hektik, obwohl sie sich jeden Morgen nach dem Aufstehen fast gebetsartig einredet, dass alles gut über die Bühne gehen wird.

Doch sobald sie die Tür zum Nähatelier öffnet, springt die Hektik auf sie über. Dabei gibt es absolut keinen Grund dafür, denn sie hat ihre Arbeit gut gemacht. Mag sein, sie ist nervös, weil es die erste Aufführung ist, für die sie die Verantwortung der Kostüme übernommen hat. Das wird es wohl sein, obwohl es ein weiterer Schritt in die Richtung ist, in die sie gehen will. Doch gewiss nicht in diesem Theater. Damoi scheint kein Interesse mehr an ihr zu haben. Jedenfalls lässt er sie in Ruhe.

Es ist dabei geblieben, sie muss nicht mehr jeden Morgen bei ihm im Büro erscheinen. Wenn sie ihm im Korridor oder im Theatersaal begegnet – er ist gleichzeitig der Regisseur – schaut er sie immer noch mit diesem Blick an. Ein Blick, der sie innerlich erschauern lässt. Doch sein momentanes Interesse gilt der Hauptdarstellerin. Ein feingliedriges Mädchen mit großen ausdrucksstarken blauen Augen und langen blonden Haaren. Damoi hat sie bei einer Schauspielagentur rekrutiert. Es ist ihr erstes Engagement nach der Ausbildung und sie geht komplett auf in ihrer Rolle.

Als sie das erste Mal zur Kostümanprobe kam, brachte sie Kuchen mit. »Ich heiße Oksana.«

Mit einem scheuen Lächeln stellte sie den Kuchen auf den Tisch. »Den hat meine Mutter gebacken.« Ihr Lächeln vertiefte sich.

»Bist du Französin?«, fragte Charlotte, »weil dein Name so fremd klingt.«

Oksana nickte. »Ich bin hier geboren und aufgewachsen. Meine Eltern kommen aus Russland. Zu Hause sprechen wir aber Französisch.« Das sagte sie so schnell, als wolle sie sich für ihren ausländischen Namen entschuldigen.

Sie hat sich rasch eingelebt und ist im Ensemble inzwischen sehr beliebt.

Die Hauptprobe verläuft reibungslos.

Charlotte sitzt mit Yvonne im Zuschauerraum. Stolz betrachtet sie ihre Kostüme. »Das habe ich deiner Hilfe zu verdanken«, raunt sie Yvonne zu. »Ohne deinen Einsatz hätte es nicht so gut geklappt.«

In der Reihe hinter ihr sitzt Damoi, zusammen mit einer Dame, die Charlotte ein paar Mal gesehen hat, als sie aus seinem Büro kam. Die beiden flüstern. Leider hört sie nur Wortfetzen, auf die sie sich keinen Reim machen kann.

Nach der Hektik der vergangenen Wochen hat sich nun eine trügerische Ruhe über dem Theater ausgebreitet. Die unbekannte Dame? Damoi? Deren Besuche im Büro des Theaterchefs?

Schnell wischt Charlotte die Gedanken weg. Was soll schon sein. Es ist sattsam bekannt, dass das Theater nicht mehr so gut läuft wie früher. Doch sie hofft, dass die Weihnachtsaufführung wieder Schwung hereinbringt.

Alle Eintrittskarten für die Premiere sind bereits verkauft. Und die Nachfrage für die anschließenden Vorstellungen ist auch vorhanden.

Charlotte lehnt sich entspannt zurück und widmet sich wieder der Hauptprobe. Sie will ja hier nicht bleiben. Die Stelle ist lediglich ein Sprungbrett für ihre weitere Karriere.

»Ich treffe mich heute Abend mit Cécile. Willst du mitkommen?« Sie legt den Arm um Yvonnes Schulter, während sie den Theatersaal verlassen.

»Heute kann ich nicht, leider. Aber bestimmt nächstes Mal. Grüß Cécile von mir.«

»Das mach ich gern.« Schweigend räumen sie das Atelier auf.

»Ich geh dann jetzt, oder brauchst du mich noch?«

»Nein, schönen Abend. Ich bin auch gleich so weit.« Charlotte dreht sich um und nimmt Yvonne in den Arm. »Bis nächste Woche.«

Yvonne zieht leise die Tür ins Schloss, Charlotte ist allein. Sie bleibt einen Augenblick stehen. Lauscht. Die Stille ist fast greifbar. Eine unbestimmte Angst überkommt sie. Sind denn alle schon weg? Auch die Putzequipe? Sie hat sie heute noch nicht gesehen. Sie schaut auf die Uhr. Es ist kurz nach acht.

Um neun Uhr will sie sich mit Cécile treffen, im ›La Liberté‹. Sie wollen dort etwas essen und danach in eine Kinospätvorstellung gehen. Cécile hat ihr von einem amerikanischen Film ›Silver Linings‹ vorgeschwärmt, den man unbedingt sehen müsse.

Charlotte fährt mit dem Aufräumen fort. Gleich ist sie fertig. Nur noch die beiden Kostüme aufhängen. Sie streicht mit der Hand über den schimmernden Stoff und bückt sich, um ein Band vom Boden aufzuheben.

Auf einmal hört sie, wie sich die Tür öffnet. Sie richtet sich auf, dreht sich um, Damoi steht im Raum.

Langsam nähert er sich ihr. »So spät noch bei der Arbeit?« Sein Lächeln, honigsüß.

Charlotte erwidert nichts, hängt das Band auf den Bügel mit dem Kleid und will an ihm vorbei.

Breitbeinig stellt er sich vor sie hin. »Warum so abweisend?« Er packt sie am Arm, versucht, sie an sich zu ziehen. Sie windet sich aus seinem Griff.

Da packt er sie am Hals. »Ich tu dir nichts.«

»Doch, Sie tun mir weh.« Charlotte ringt nach Luft.

»Sei nicht so spröde. Du willst doch an die Oper.« Sein Gesicht kommt näher. »Ich kann dir helfen, dafür musst du etwas tun, das ist nicht umsonst.« Mit kleinen Schritten drängt er sie in Richtung Schneidertisch, eine Hand an ihrem Hals. Mit der anderen Hand öffnet er seine Hose. Er keucht. »Komm, du Miststück. Mach die Beine breit!« Er drückt sie auf den Tisch und zerrt an ihrem Slip.

Charlotte schreit auf.

»Sei still«, herrscht er sie an. Endlich hat er es geschafft, der Slip reißt. Damoi legt sich auf sie. Sie spürt sein hartes Glied auf ihrem Bauch. Er rutscht nach unten und versucht, in sie einzudringen.

Sie kämpft wie eine Löwin. Presst die Beine zusammen. Damoi ist stärker. Er drückt ihre Beine auseinander und steckt einen Finger in sie.

»Du Schlampe«, keucht er. »Mach schon, das magst du doch.« Sein Finger dringt tief in sie ein.

Charlotte schreit erneut auf. Dieses Mal verschließt er ihren Mund mit groben Küssen.

»Du hast wohl noch nie mit einem Mann«, stößt er hervor und versucht erneut, mit seinem Penis in sie einzudringen. Dieses Mal gelingt es. Seine Stöße sind heftig, brutal. Er stöhnt auf.

Mit letzter Kraft tastet Charlotte mit der Hand über den Schneidertisch und greift nach der Schere. Blitzschnell stößt sie zu. Mit einem Aufschrei lässt er von ihr ab.

»Du Fotze, du verdammtes Miststück!« Er hält sich die Seite, an der Charlotte ihn erwischt hat. Er jammert und schimpft zugleich, als hätte sie ihn abgestochen. Er rutscht von ihr herunter. Sein Hemd ist zerrissen, Hose und Unterhose hängen um die Knöchel wie eine zusammengefaltete Harmonika. Damoi bückt sich, zieht sie hoch und steckt das Hemd in den Hosenbund.

»Das wirst du büßen«, zischt er. Aus seinen Mundwinkeln läuft Speichel. »Du wirst nirgendwo mehr eine Stelle finden, dafür werde ich sorgen.« Wütend stapft er aus dem Atelier und schmettert die Tür hinter sich zu.

Benommen rutscht Charlotte vom Tisch.

Ihr Hals schmerzt. Ihre Beine und Arme schmerzen. Ihr ganzer Körper schmerzt. Aber noch mehr schmerzt ihre Seele. Etwas zerbricht in ihr.

Sie bückt sich und hebt den zerrissenen Slip auf. Glättet ihren Rock und schließt die Knöpfe der Bluse. Blut tropft auf ihre Hand. Die Unterlippe ist aufgeplatzt. Mit zitternden Knien setzt sie sich auf einen Stuhl.

So kann sie sich nicht mit Cécile treffen. Mit fahrigen Fingern greift sie nach dem Handy. Cécile meldet sich sofort. »Wo bist du?«

»Noch im Atelier. Ich kann dich nicht treffen, es ist was dazwischengekommen. Tut mir leid.«

»Was ist passiert? Deine Stimme ist so anders.«

»Ach, nichts Gravierendes. Ich kann einfach nicht kommen. Ich melde mich wieder.« Schnell drückt sie die Verbindung weg.

Sie kann sich jetzt nicht weiter mit Cécile unterhalten. Wie in Trance nimmt sie den Mantel vom Haken, schlüpft hinein, öffnet die Tür und lauscht in den dunklen Korridor. Eine bedrückende Stille liegt in der Luft. Auf den Zehenspitzen huscht sie am Büro des Theaterdirektors vorbei. Sie hält den Atem an. Meint, ein Geräusch zu hören. Doch es bleibt alles still.

Erst als sie die Eingangstür des Theaters hinter sich zugezogen hat, bleibt sie einen Moment stehen. Auf dem Gehsteig spazieren fröhliche Menschen an ihr vorüber. Es ist für diese Jahreszeit noch ungewöhnlich mild, und die Weihnachtsbeleuchtung in den Schaufenstern wirkt irgendwie deplatziert. Doch in vier Wochen ist Weihnachten.

Mit hochgezogenen Schultern geht Charlotte die Straße hinunter am ›Café Odessa‹ vorbei. Auch hier herrscht reges Leben. Mit zitternden Fingern versucht sie, die Haustür aufzuschließen. Erst nach dem dritten Versuch gelingt es ihr. In der Wohnung verriegelt sie die Tür zusätzlich mit dem Sicherheitsschloss.

Sie durchsucht die Wohnung nach Spuren. Nichts. Wie auch. Er hat ja keinen Schlüssel, sie ist lediglich hysterisch, ermahnt sie sich. In der Küche lässt sie sich auf einen Stuhl fallen und stützt den Kopf in die Hände. Keine einzige Träne. Nur eine große Leere. Eine ganze Weile bleibt sie reglos sitzen. Mühsam schleppt sie sich ins Badezimmer. Unter der Dusche schrubbt sie sich mit einem Lappen, bis die Haut rot ist. Der Schmutz will nicht weggehen.

Im Bett überfällt sie ein heftiger Weinkrampf, der ihren ganzen Körper durchschüttelt. Angst schnürt ihr die Luft ab. Sie sieht zwei Fratzen, die von Francois und Damoi, die ineinander verschmelzen, sie höhnisch angrinsen. Irgendwann fällt sie in einen oberflächlichen Schlaf.

Am nächsten Morgen fühlt sie sich, als wäre ein Lastwagen über sie gefahren. Gequält steht sie auf. Schlüpft wie ferngesteuert in ihre Kleider, putzt sich die Zähne, kämmt die Haare durch und zieht die Lippen nach. Die blauen Flecken am Hals kaschiert sie mit einem Tuch. Im Spiegel schaut ihr eine alte Frau entgegen. Ohne Kaffee schleppt sie sich ins Theater.

»Wie siehst denn du aus?« Yvonne schlägt die Hand vor den Mund.

»Ich habe nur schlecht geschlafen.« Charlotte sinkt auf einen Stuhl. »Keine Sorge, mir geht es gut.«

»Das glaub ich nicht.«

Charlotte sagt nichts, sondern nimmt das Kleid, das sie gestern noch versorgen wollte.

»Das mach ich, bleib sitzen.« Resolut nimmt Yvonne ihr das Kleid aus der Hand und verschwindet durch die Tür zum Kostümraum.

In diesem Moment stürmt Damoi in das Atelier. »Komm in mein Büro«, herrscht er Charlotte an.

»Hier unterschreib.«

Er schiebt ihr zwei Formulare zu.

»Was ist das?«

»Deine sofortige Kündigung und eine Schweigepflichtserklärung über die Gepflogenheiten in diesem Theater. Und dass du es weißt, du wirst nirgends mehr eine Anstellung in einem Theater finden. Dafür werde ich sorgen.« Er lacht hämisch.

Zitternd unterschreibt Charlotte die beiden Formulare. Sie mag nicht mit ihm diskutieren, sie sitzt am kürzeren Hebel.

Charlotte betrachtet ihn, wie er da steht, breitbeinig, selbstbewusst, und sie ist sicher, die junge Schauspielerin kommt als Nächste an die Reihe, wenn es nicht bereits passiert ist. Ihr wird schlecht. Sie hält die Hand vor den Mund und stürzt aus dem Zimmer. Auf dem Korridor übergibt sie sich. Im Atelier packt sie ihre Siebensachen zusammen.

Yvonne schaut sie entsetzt an. »Was ist los? Kann ich helfen?«

Charlotte schüttelt den Kopf.

Die große Leere

Charlotte kann es immer noch nicht fassen. Sie bewegt sich wie ferngesteuert durch die Tage.

Nachts wälzt sie sich unruhig im Bett hin und her. Doch wenn sie dann endlich in einen oberflächlichen Schlaf fällt, tauchen die beiden Fratzen von Francois und Damoi vor ihr auf und beugen sich über sie. Mit einem Aufschrei schreckt sie hoch, weiß zuerst nicht, wo sie sich befindet. Am Morgen findet sie nur mühsam in den Tag hinein.

Sie hat sich auf dem Arbeitsamt gemeldet. »So kurz vor Weihnachten ist es hoffnungslos«, war die Antwort.

Jede Menge Bewerbungen hat sie geschrieben, bekommt aber keine Antworten und wenn, dann Absagen.

Charlotte ist verzweifelt. Sie muss eine Arbeit bekommen. Irgendeine. Egal welche. Aber auf keinen Fall bei Mario, nein, bei ihm will sie nie mehr arbeiten.

Cécile weiß noch nichts von ihrer Arbeitslosigkeit. Charlotte hat Bammel, ihr davon zu erzählen. Die Freundin würde sie ausquetschen. Würde nachbohren, weshalb. Und würde sie es Cécile sagen, wäre ihre Reaktion: »Du musst ihn anzeigen, geh zur Polizei!«

Charlotte weiß ja, dass das der richtige Weg wäre, aber sie kann einfach nicht, sie würde schweigen wie damals bei Francois.

Das alles vor fremden Menschen auszubreiten, nein, lieber fällt sie tot um. Auch Yvonne hat sie nichts von Damoi und der Vergewaltigung erzählt, als sie aus dem Büro zurückkam.

»Charlotte, was ist los, du sitzt da wie ein Häufchen Elend.«

»Er hat mir gekündigt.«

»Aber weshalb denn?«, rief Yvonne. »Du hast doch alles richtig gemacht. Die Kostüme sind super geworden.«

Charlotte konnte nur mit den Schultern zucken und umarmte Yvonne.

»Wie soll das denn nun weitergehen? Ich kann doch nicht alles allein machen.«

»Da musst du mit Damoi Rücksprache halten«, antwortete Charlotte und verließ das Atelier.

Es klingelt. Charlotte öffnet.

Es ist die Nachbarin. Sie streckt ihr einen Umschlag entgegen. »Für Sie. Das lag in meinem Briefkasten.«

Charlotte bedankt sich.

Die Nachbarin bleibt stehen und schaut sie neugierig an. »Gehen Sie nicht mehr arbeiten?«

»Im Moment nicht, ich habe noch Überstunden, die ich jetzt einziehe.«

Die Nachbarin murmelt etwas und verabschiedet sich. Charlotte sieht es ihrem Gesicht an, dass sie ihr nicht glaubt. So kurz vor Weihnachten und einer anstehenden Premiere, da zieht kein Mensch die freien Tage ein.

Im Wohnzimmer öffnet sie den Umschlag und zieht die Flyer raus, die sie schon vor langer Zeit in Auftrag gegeben hat. Die hat sie total vergessen. Das war noch vor der Anstellung im Theater. Sie wollte zusätzlich etwas Geld verdienen und mit diesen Flyern ihre Änderungsdienste anbieten. In einem kurzen Schreiben entschuldigt sich die Firma für die Verspätung und erlässt ihr fünfzig Prozent des Preises. Die Flyer kommen gerade zur rechten Zeit. Ich werde sie in Bistros und in kleineren Geschäften auslegen. Vielleicht habe ich Glück und finde auf diesem Weg wenigstens ein paar Kunden, überlegt Charlotte.

Ihre Gedanken wandern zu Yvonne. Was sie wohl macht? Kommt sie allein zurecht?

Charlotte schaut auf den Kalender. In drei Wochen findet die Premiere statt. Wie gern wäre sie dabei gewesen. Ihre erste große Arbeit. Ihre ersten Kostüme für eine Premiere. Auch wenn sie bloß in einem kleinen Theater stattfindet, trotzdem. Sie schluckt den Kloß hinunter, der in ihrem Hals steckt. Nicht sentimental werden, denkt sie und strafft die Schultern.

Im Badezimmer begutachtet sie ihren Hals. Die blauen Flecken sind fast weg. Noch ein paar Tage und niemand würde sie fragen, was sie denn da habe. Nur die blauen Flecken auf ihrer Seele sind noch da. Aber die kann niemand sehen. Sie geht ins Wohnzimmer und steckt ein paar von den Flyern in die Tasche. Zurück im Badezimmer kämmt sie die Haare und zieht die Lippen nach. Dann verlässt sie die Wohnung.

Mario steht an der Theke zusammen mit einem Mann, als sie das Bistro betritt. Seit dem Vorfall hat sie keinen Fuß mehr über die Schwelle gesetzt. Sie winkt der Bedienung für einen Kaffee. Urplötzlich dreht sich Mario um und starrt sie an. Charlotte schluckt.

Er kommt langsam auf sie zu. »Auch wieder einmal bei mir.« Sein Lächeln kommt ihr wie eine Farce vor. Da steht ein ganz anderer Mario vor ihr als der, den sie einmal gekannt hat.

»Ja, ich habe ein paar Tage frei und ich wollte dich fragen, ob du diese Flyer für mich auslegen kannst.« Sie nimmt das Bündel und legt es auf den Tisch.

»Was ist das? Arbeitest du nicht mehr beim Theater?«

Das geht ihn einen Dreck an, denkt sie und antwortet: »Doch, doch, aber ich möchte nebenbei noch etwas verdienen.« Charlotte fühlt, wie ihr die Röte ins Gesicht steigt, hofft, dass er das nicht bemerkt.

»Zeig mal her!« Er betrachtet die Flyer. »Hübsch! Hast du die Zeichnung gemacht?«

Charlotte nickt.

»Du kannst sie auf den Tresen legen.« Breitbeinig steht er vor ihr und schaut herablassend auf sie hinab.

»Danke.« Charlotte steht auf, legt die Flyer auf den Tresen und verlässt das Bistro in aufrechter Haltung. Auf den ist sie nicht angewiesen! Doch sie weiß, dass sie auf solche Leute wie Mario sehr wohl angewiesen ist.

Wuttränen steigen in ihr auf. Sie fühlt sich so erniedrigt. Am liebsten würde sie wieder zurück ins Bistro rennen und Mario mit ihren Fäusten traktieren. Ein heftiger Wind bläst durch die Straße. Sie muss mit jemandem reden. Sonst platzt sie.

Cécile! Sie zieht das Handy aus der Manteltasche und wählt. Es dauert eine ganze Weile, bis Cécile sich meldet.

»Wo brennt's?« Cécile weiß immer genau, wenn etwas nicht stimmt mit Charlotte. Nicht umsonst kennen sie einander schon eine Ewigkeit.

»Ich möchte dich treffen. Heute. Ich muss mit dir reden.«

»Okay, heute Abend in unserem Bistro.«

Charlotte fällt ein Stein vom Herzen. Das Gefühl, ganz allein in der Welt zu stehen, legt sich auf dem Heimweg, ihre beste Freundin ist ja noch da.

Charlotte ist die Erste im ›La Liberté‹. Sie sucht einen Platz etwas abseits und bestellt eine Cola. Unruhig rutscht sie auf dem Stuhl hin und her. Was soll sie Cécile erzählen? Doch von Damois Vergewaltigung? Oder nur, dass sie arbeitslos ist? Sie schämt sich, und wenn sie daran denkt, fühlt sie sich immer noch schmutzig. Jeden Abend steht sie lange unter der Dusche und rubbelt den Körper, bis er rot ist. Danach fühlt sie sich einigermaßen sauber, doch wenn sie am anderen Tag daran denkt, ist das Gefühl, schmutzig zu sein, wieder da.

Cécile stürmt ins Bistro. »Entschuldige, dass ich zu spät bin, aber der Arsch von Intendanten hat keine Ruhe gegeben, und uns erst gehenlassen, als wir tausendmal geprobt haben.« Sie schält sich aus dem Mantel und setzt sich.

»Du übst für einen Auftritt?«

»Hab ich dir schon gesagt. Hast du es vergessen?« Cécile schaut vorwurfsvoll. »Wir sind doch Freundinnen.« Der vorwurfsvolle Blick bleibt.

»Sie haben mir gekündigt.« Charlotte senkt den Kopf.

»Deshalb bist du nicht gekommen. Ich verstehe jetzt. Aber das ist doch unmöglich. Wieso haben sie dir gekündigt? Gerade jetzt, wo du doch die Leitung übernommen und es gut gemacht hast.« Cécile schüttelt den Kopf. Wartet. Als Charlotte nicht antwortet, runzelt sie die Stirn. »Oder ist da noch etwas anderes? Deine Stimme war so ... anders! Rede doch!«

»Nein, nein. Was willst du trinken? Oder wollen wir eine Kleinigkeit essen?«

»Lenk nicht ab. Ich kenne dich doch. Da war noch irgendwas.«

»Ich hatte eine Diskussion mit Damoi«, nein, sie konnte Cécile nicht die Wahrheit sagen, sie ist zu schrecklich. »Eine Unerfreuliche, wegen der Kostüme für die Aufführung. Er war nicht einverstanden und am anderen Tag hat er mir gekündigt. Fristlos. Jetzt bin ich ohne Arbeit.«

Cécile betrachtet sie zweifelnd. »Und das so kurz vor der Premiere? Sag mal, ist der nicht ganz ...«, sie sucht nach Worten.

Charlotte winkt ab. »Ich habe Hunger.«

»Ja, klar, ich auch.«

Cécile gibt dem Kellner ein Zeichen, fragt, was er heute empfehlen kann. Der rattert eine Liste von Vorschlägen herunter. Am Schluss bestellen sie Pizza. Der Kellner sagt nichts, presst die Lippen aufeinander, schaut demonstrativ zum Tresen, zieht ab.

Die Pizzen duften und Charlotte ist froh, dass sie nicht weiter Rede und Antwort stehen muss. Ihre Freundin kann manchmal ganz schön hartnäckig sein.

»So, jetzt fühl ich mich besser.« Cécile streckt sich, trinkt den letzten Schluck Rotwein und wischt sich den Mund mit der Serviette ab. »Und nun wieder zu dir. Ich würde schon gerne wissen, weshalb meine beste Freundin an diesem Abend mit einem Ton in der Stimme, den ich mir immer noch nicht erklären kann, das Treffen so kurzfristig gecancelt hat.«

Sie zündet eine Zigarette an, inhaliert tief und bläst den Rauch mit einem Zischen wieder aus.

»Du rauchst?« Charlotte schaut sich um. »Hier darfst du nicht. Komm, gehen wir auf die Terrasse.«

»Doch, hier darf man. Schau dich um. Überall stehen Aschenbecher auf den Tischen. Und lenk nicht ab. Erzähl mir lieber, was mit dir los ist!«

Charlotte sieht keinen Ausweg mehr, Cécile würde keine Ruhe geben, so beginnt sie zu erzählen. Dass der Damoi schon lange hinter ihr her sei. Sie belästigt habe. »Er hat mich nicht angerührt«, schiebt sie aber sofort nach.

»Was dann?«

Charlotte hebt die Schultern.

»Mit Worten und Blicken«, flüstert sie.

»Hm.« Cécile drückt die Zigarette aus. »Wirklich nicht mehr. Zufälliges Berühren an …?«

Charlotte schüttelt den Kopf. Sie will es nicht erzählen, Cécile würde sie zum nächsten Kommissariat schleifen. Die Bilder steigen wieder in ihr hoch. Ihr wird schlecht. »Ich muss auf die Toilette.« Hastig steht sie auf. Gerade noch rechtzeitig erreicht sie das Klo.

Als sie wieder an den Tisch kommt, schlüpft sie in ihren Mantel. »Ich möchte nach Hause. Mir ist nicht gut. Wahrscheinlich die Pizza.«

»Ich begleite dich.« Cécile steht auch auf und geht an die Theke, um zu bezahlen. »Ich bin deine Freundin.« Sie schaut Charlotte sorgenvoll an. »Und einer Freundin kann man alles erzählen, hörst du!«

Charlotte senkt den Kopf. »Danke fürs Bezahlen. Ich bin im Moment eh etwas schwach auf der Brust.«

»Klar, auch das gehört zu einer Freundschaft. Wenn du mal ganz oben bist, dein Traum Wirklichkeit geworden ist, dann kannst du mich einladen. Ich werde es wahrscheinlich nie zum Stern in der Theaterwelt schaffen.«

Nun müht sich Charlotte um ein Lächeln. »Du? Du wirst einmal ganz groß herauskommen. Auf den Brettern der Welt spielen. Danach wirst du von einem der Hollywood-Produzenten entdeckt, nach Amerika fahren und dort die Menschen mit deinen Auftritten erobern.«

Cécile nimmt sie an der Hand. »Frische Luft wird dir guttun, soweit man die Pariser Luft als frisch bezeichnen kann.« Hand in Hand schlendern sie den Gehsteig hinunter. Charlotte bleibt immer wieder stehen. Sie kämpft mit dem Hochkommen der Pizza.

»Soll ich dich nach oben begleiten und dir einen Tee kochen?«

Charlotte schüttelt den Kopf. »Danke, nein. Nicht nötig.«

Hastig wendet sie sich ab. Cécile soll nicht sehen, wie lausig es ihr geht. Es ist nicht nur die Pizza, natürlich nicht.

Am nächsten Morgen steht Cécile vor der Tür. »Charlotte, du wohnst bei mir. Ich habe mit Maman gesprochen. Du schläfst im Gästezimmer. Ich lasse dich in diesem Zustand nicht allein. Geh und pack ein paar Klamotten. Keine Widerrede«, sagt sie resolut, als Charlotte abwinken will.

Eine rote Rose

Guillaume geht nochmals beim Blumenhändler vorbei und erkundigt sich, ob die bestellte Rose wirklich rechtzeitig bei Mademoiselle Madeleine Girard abgegeben wurde.

»Mais oui, Monsieur«, antwortet der Blumenhändler etwas beleidigt. »Ich habe sofort den Kurier losgeschickt.«

Guillaume, der sich wieder wie ein Pennäler vorkommt, entschuldigt sich und schwingt sich frohgemut aufs Fahrrad, seine neuste Errungenschaft, denn in Paris wird das Autofahren immer mühsamer und unrentabler. Die hohen Benzinpreise. Die Parkhäuser, von denen es viel zu wenige gibt, und natürlich die Parkplätze, die immer besetzt sind. Manchmal parken die Autos in Zweierreihen nebeneinander, was natürlich verboten ist, von der Polizei strengstens geahndet wird und zudem viel kostet, wenn man erwischt wird.

So hat Guillaume kurzerhand entschieden, sich ein Fahrrad zuzulegen. Mit der Metro kommt man in Paris zwar überall hin, aber die Fußmärsche in den Metroschächten sind lang beim Umsteigen von einer Linie zur anderen. Die Treppen dazu, die in der stickigen Luft das Atmen erschweren. Die vielen Menschen. Der Geruch von Schweiß, Essen und Magenausdünstungen werden ihm immer unerträglicher. Wahrscheinlich liegt diese neue Animosität an seinem Alter. Deshalb der spontane Fahrradkauf. Allerdings musste es eins sein, das man von der eigenen Antriebskraft auf elektrisch umstellen kann. In Guillaumes Alter steht Bequemlichkeit an erster Stelle. Erst an zweiter Stelle kommt gutes Essen, zusammen mit einem exzellenten Wein. Das ist nicht immer so gewesen. Aber seit er eine junge Freundin hat, achtet er sehr auf seine Figur. Besonders, da sich in letzter Zeit ein leichter Bauchansatz unter einem engen T-Shirt bemerkbar macht.

Als nicht mehr aktiver Journalist braucht er das Auto selten. Das Fahrrad ist für kürzere Strecken gedacht, die Metro oder die Bahn, wenn es weiter weggehen soll.

Er hat dem Fahrrad auch einen Namen gegeben. ›Vite-Vite‹ heißt es, weil er damit überraschend schnell vorwärtskommt. Er kann sich durch eine Autokolonne im Stau schlängeln und bei einer Ampel muss er nicht unbedingt anhalten, sondern kann über den Gehsteig weiterfahren. Das hat er sich von den jungen Leuten abgeschaut. Clever! Und schwupps hat er diese Unsitte übernommen.

Es ist bereits Mittag, als er die Wohnungstür aufschließt. Auf dem Nachhauseweg hat er noch bei der Redaktion Halt gemacht, auf einen Schwatz mit den zurückgebliebenen Kollegen. Das macht er oft. Innerlich ist er noch nicht ganz abgenabelt. Aber das verdrängt er tunlichst. Die Neugier ist es, die Guillaume immer mal wieder dorthin treibt. Doch heute hatten die Kollegen keine Zeit für Geplauder.

Im Korridor zieht er die feuchten Klamotten aus. Das ist der Nachteil des Fahrradfahrens, die Feuchtigkeit, die überall eindringt, wenn es nieselt. An einen richtigen Starkregen mag er gar nicht denken. Den hat er bislang noch nie erlebt.

Ein leichter Hunger meldet sich. Fahrradfahren macht Appetit. Im Kühlschrank herrscht gähnende Leere. Außer etwas Käse und ein paar Eiern findet er nichts Essbares. Also gut, Spiegeleier.

Die sind schnell gebraten und ebenso schnell gegessen. Guillaume schaut auf die Uhr. Jetzt sollte Madeleine zu Hause sein. Hat sie die Rose entdeckt? Freut sie sich darüber? Soll er sie anrufen?

Manchmal kommt er sich wie ein dummer verliebter Junge vor, der allergrößte Hemmungen hat, seine Angebetete anzurufen oder unangemeldet zu besuchen. Ist es das Alter oder der Altersunterschied zwischen Madeleine und ihm? Wahrscheinlich Letzteres. Er will sie nicht einengen, ihr die Freiheiten lassen, die sie braucht.

Mit Monique damals war es total normal, dass man sich in der ersten Verliebtheit so oft es ging, getroffen oder angerufen hat.

Mit Madeleine ist es anders. Schon wie er sie kennengelernt hat. In dem Table-Dance-Etablissement.

Vielleicht sollte er mit ihr eine Reise zu seinen afrikanischen Wurzeln machen? Ja, das wird er vorschlagen. Da muss er eh hin für Recherchezwecke für seinen Roman, der eine Mischung aus Fiktion und Tatsachen sein wird.

Mit diesem Gedanken, der ihn ein wenig ruhiger werden lässt, setzt er sich an den Schreibtisch und geht nochmals seinen Plot durch. Alles stimmt, jedenfalls für ihn. Er kann sich einfach nicht erklären, woher die Schreibhemmungen kommen.

»Ich bin wirklich alt geworden«, murmelt er und fährt den Computer herunter.

Am nächsten Morgen schickt er eine SMS an Patrick. *Hast du heute Zeit für einen Lunch? Ich möchte etwas mit dir besprechen.*

Sie einigen sich auf das ›Bistro Odessa‹. Patrick ist bereits da, als Guillaume das Bistro betritt. »Wo brennt es?«, fragt Patrick und legt das Notizbuch zur Seite.

»Brennen nicht direkt.« Guillaume setzt sich und winkt für ein Bier. »Sag mal, bin ich ein alter Knacker, oder wie siehst du mich? Ich habe manchmal das Gefühl, dass ich mit der heutigen Zeit nicht mehr ganz mitkomme.«

Patrick trinkt gerade ein Schluck Wasser, verschluckt sich und prustet los: »Jetzt mal im Ernst, dein Ruhestand bekommt dir nicht. Mann, Mann. Was ist mit dir los? Ist dir langweilig?«

»Nein, aber man hat halt so seine Gedanken. Besonders wenn man eine junge Freundin hat.«

»Junge Freundin? Mensch, Guillaume, davon hast du mir ja gar nichts erzählt.«

»Wir haben uns auch lange nicht gesehen.« Guillaume winkt dem Kellner. Sie bestellen zweimal das Menü. Als

Vorspeise eine halbe Avocado, gefüllt mit Thonmousse, Hauptspeise ein Steak mit Pommes. Danach Käse und zum Dessert eine Crème brûlée. Dazu eine Karaffe Rotwein.

Nachdem der Kellner die Vorspeise hingestellt hat, lehnt sich Patrick zurück. »Ich bin ganz Ohr.«

Guillaume löffelt die Avocado aus und erzählt. Von Madeleine, wie er sie kennengelernt und sich diese Begegnung langsam zur Freundschaft entwickelt hat. »Es gefällt mir, sie in meine Welt einzuführen. Heute bin ich bis über beide Ohren verliebt. Ich benehme mich wie ein Pennäler. Nur weiß ich nicht, ob sie für mich auch so empfindet. Deswegen habe ich Angst, ihr meine Liebe zu gestehen, die weit über unseren tollen Sex hinausgeht.«

»Dich hat es ganz schön erwischt.« Patrick schenkt sich Wein nach. »Und sie?«

»Wie gesagt«, Guillaume zuckt mit den Achseln, »sie kann sehr zärtlich sein. Aber ich soll sie nicht anrufen, wenn sie auf einem Kongress ist. Wär doch normal, wenn man verliebt ist. Sie will ihre Wohnung behalten. Okay, das kann ich noch verstehen. Aber dass … ach ich weiß nicht.«

»Seid ihr schon mal zusammen weggefahren?«

»Nein. Die Verbindung ist ja noch sehr frisch. Gestern Abend habe ich überlegt, sie nach Madagaskar mitzunehmen. Ich muss für meinen Roman etwas recherchieren.«

»Hm.« Patrick putzt seinen Teller mit einem Stück Baguette aus. Hält kurz inne, da der Kellner die Nachspeise serviert. »Das wäre eine Möglichkeit. Madagaskar«, fährt er fort. »Die andere wäre, dass du ihr deine Liebe gestehst.«

»Und der Altersunterschied?«

»Das ist doch kein Hindernis. Umgekehrt würde es mehr auffallen. Du als junger Mann und sie als reife Dame. Abgesehen davon, das ist heute auch schon normal. Schau mal unseren Präsidenten an. Sie turteln immer noch, sogar in der Öffentlichkeit.«

»Stimmt. Ich bin doch sonst auch nicht auf den Mund gefallen. Ich habe es ihr zwar schon einmal gesagt, aber vielleicht nicht so deutlich. Gestern habe ich ihr eine rote Rose schicken lassen, aber vielleicht ...« Guillaume hebt die Schultern und winkt einem Kellner, der am Tisch vorbeiläuft. »Die Rechnung bitte. Sag, Patrick, was macht eigentlich deine Reportage über die sexuellen Belästigungen? Geht es voran?«

Patrick winkt ab. »Das ist eine andere Story. Sie stockt. Nicht, weil ich zu wenig Material habe. Die Geschäftsleitung bremst mich aus.«

»Schade. Das Thema ist so wichtig. Wenn du Hilfe brauchst, melde dich, ja?«

»Mach's gut, mein Freund. Besuch deine Freundin und gesteh ihr deine Liebe, sag ihr, dass du mehr möchtest als nur ab und zu eine Sexnacht.«

Madeleine wohnt im dritten Arrondissement an der Rue Albert Thomas. Sie hat dort vor Kurzem eine Zweizimmerwohnung gefunden, eine bezahlbare, was in Paris ein absoluter Glücksfall ist.

Guillaume schlendert zur Metrostation am Tour Montparnasse. Das Gespräch mit Patrick hat ihm Auftrieb gegeben.

Es ist kurz nach fünf Uhr nachmittags. Aus den Bürohäusern ergießen sich die Menschen auf den Gehsteig und es scheint, sie haben alle das gleiche Ziel: die Metrostation Tour Montparnasse. Für das ›ViteVite‹ ist der Weg zu weit, Guillaume flucht innerlich, zieht ein Ticket und verschwindet in der Metroschlucht zusammen mit hundert anderen Menschen. Sie alle wollen nach Hause. Er nicht. Sein Ziel ist, endlich klare Verhältnisse zu schaffen.

Die Metro ist proppenvoll, er zwängt sich in den Waggon und atmet möglichst flach gegen die üblen Gerüche. Seine Blicke wandern über die Sitze und bleiben an einem älteren Herrn hängen. Seine Haut ist schokoladenbraun. Das Gesicht furchig. Die Haare schlohweiß. Er ist sportlich gekleidet. Seine Hände liegen auf den Oberschenkeln. Sie sind gepflegt. Kein Handy, keine Zeitung. Er hat die Augen geschlossen.

Wie mein Vater, durchfährt es Guillaume und Wehmut steigt in ihm hoch. Seine Kindheit war behütet. Er durfte sich entfalten. Hatte die Freiheit, seinen Beruf zu wählen. Madeleine hatte es wahrscheinlich sehr viel schwerer. Obwohl sie nur sehr wenig über ihre Kindheit gesprochen hat, ahnt er das, denn er weiß von ihr, dass sie die Schule als Schikane empfand und deshalb alles mit viel Mühe nachholen musste. Heute arbeitet sie als freie Dolmetscherin, das Table-Dancing ist Vergangenheit. Darüber ist er sehr froh. Allein die Vorstellung, dass sie immer noch jeden Abend im Separee privat tanzt … schnell wischt er den Gedanken beiseite, es ist ja vorbei.

Der Zug hält mit einem Ruck und lautem Quietschen an der Station Place de la République. Guillaume rennt nach oben, jeweils zwei Stufen auf einmal nehmend.

Die Rue Albert Thomas ist nur einen kleinen Fußmarsch von der Station entfernt. Im Eckhaus Nummer 31 im dritten Stock wohnt Madeleine.

Nach dreimaligem Klingeln meldet sie sich.

»Ich bin's, Guillaume«, ruft er in die Gegensprechanlage. Der Türöffner summt und er stürmt die Treppe hoch.

Madeleine steht in der offenen Tür. Sie sieht bezaubernd aus. In einen flauschigen Bademantel gehüllt, die Haare noch feucht von der Dusche.

»Du bist ja ganz außer Atem, komm herein.«

»Ich muss dir was sagen, was ganz Wichtiges«, stößt Guillaume hervor.

»Dann raus mit der Sprache. Ähm, hätte das nicht bis heute Abend warten können? Wir wollten uns doch im ›Ernest‹ treffen.«

»Ich alter Esel.« Er schlägt sich mit der Hand an die Stirn. »Das habe ich komplett vergessen.«

»Magst du was trinken?« Und ohne seine Antwort abzuwarten, zieht Madeleine ihn mit sich ins Wohnzimmer.

Sie drückt ihm ein Glas Whiskey in die Hand und setzt sich auf die Armlehne des Sessels.

Guillaume nimmt einen Schluck. »Madeleine, ich liebe dich. Ich liebe dich so sehr, ich möchte immer mit dir zusammen sein.« Jetzt ist es raus. Das Wort, die Worte, die er gefürchtet hat auszusprechen. Er stellt das Glas zur Seite und nimmt ihren Kopf in die Hände und küsst sie zärtlich auf das feuchte Haar.

Madeleine senkt den Kopf und sagt kein Wort. Nach einer Weile sieht sie ihn an. »Ich liebe dich auch, Guillaume. Nur … ich habe Angst, mich zu binden. Das hat nichts mit dir zu tun. Aber«, sie schaut ihn an, »ich kann nicht versprechen, ›bis dass der Tod euch scheidet‹.« Sie schüttelt den Kopf. »Das kann ich nicht. Es wäre nicht ehrlich.« Sie steht auf, geht an die Bar und schenkt sich einen Whiskey ein.

»Ist es der Altersunterschied?«

»Aber nein. Ich brauche meinen Freiraum, meine Freiheit. Ich möchte kommen und gehen, wann ich will. Deshalb wollte ich auch nicht mit dir zusammenziehen. Ach, Guillaume, lass es doch so, wie es ist. Schau, wenn wir zusammenleben würden, könnten wir uns über kurz oder lang auf die Nerven gehen. Der Alltag tötet mit der Zeit die Liebe. Du und ich, wir sind doch selbstständige Menschen.«

»Ich wollte mit dir nach Madagaskar fahren. Ich muss für mein Buch noch etwas recherchieren und würde dir gern zeigen, wo meine Wurzeln sind. Ich denke, dass wir uns dabei besser kennenlernen können, du mich besser kennenlernen kannst.«

Madeleine betrachtet ihn ernst. »Ich kenne dich besser, als du ahnst. Du bist im Grunde genommen ein Romantiker.« Sie zeigt auf die rote Rose, die er ihr gestern schicken ließ. »Ich mag Romantiker.« Sie lächelt. »Ich bin das Gegenteil, und davor habe ich Angst. Dass wir uns auseinanderleben. Ich bin dabei, meine Karriere aufzubauen. Dass das ein hartes Geschäft ist, das weißt du sicher. Ich werde nicht oft zu Hause sein. Und wenn ich dann fühle, dass du mit Sehnsucht auf mich wartest, dann«, sie legt den Kopf an seine Schulter, »dann fühle ich mich nicht gut. Kannst du das verstehen? Aber ich komme gern mit dir nach Madagaskar.«

»Sicher? Magst du wirklich?«

»Klar. Wann denn?«

»Im Januar oder Februar. Ich habe noch kein Datum im Auge.«

»Dann lass uns jetzt planen.« Madeleine holt ihr Smartphone und checkt den Kalender. »Ich habe im ganzen Februar noch nichts eingetragen. Wäre das für dich in Ordnung?«

Guillaume nickt und zieht sie an sich und vergräbt sein Gesicht in ihrer Halsbeuge. Sie duftet nach Maiglöckchen. Ihre Haut ist weich. Er öffnet die Schleife des Bademantels. Seine Hände streichen sanft über ihre Brüste, tasten sich nach unten und bleiben auf der Scham liegen. Sie stöhnt und drängt sich enger an ihn.

Als Guillaume in ein Taxi steigt, das ihn nach Hause bringt, ist es weit nach Mitternacht. »Sie haben noch nie einen glücklicheren Mann gesehen.«

Der Taxifahrer lacht leise.

Langsam geht es aufwärts

Charlotte fühlt, dass sie allmählich wieder ins Leben zurückfindet. Sie hat zwar immer noch keine Stelle gefunden, aber sie ist nicht mehr so verzweifelt.

Der Flyer, mit dem sie ihre Änderungsschneiderei anbietet, fängt an, Früchte zu tragen. Es sind keine großartigen Geldbeträge, die sie damit verdient, aber sie hat wieder Kontakt mit Menschen, und das lässt den Schmerz etwas vergessen.

Eines Morgens, Cécile war bereits gegangen, und Charlotte saß grübelnd wie immer in ihrem Zimmer, klopfte es ziemlich energisch an die Tür und Céciles Mutter trat ein.

Sie setzte sich. »Ich denke, du solltest dich wieder vermehrt im Theaterbereich umsehen. Die Änderungen, die du anbietest, sind ja okay, aber du verlierst den Anschluss ans Theater, je länger du wartest. Sicher, es ist schlimm, was dir passiert ist, aber indem du nur in deinem Zimmer sitzt und Trübsal bläst, wird die Sache nicht besser.« Ihr Ton war sehr bestimmt.

Zuerst wurde Charlotte wütend. Was bildete die sich ein, so mit ihr zu sprechen? Schon wollte sie eine heftige Antwort geben. Dann besann sie sich darauf, dass sie hier wohnen durfte und wie ein Familienmitglied behandelt wurde. Sie senkte den Kopf und flüsterte: »Ich werde ab morgen wieder suchen. Direkt anklopfen, denn schriftlich kam ja nichts.«

»Sag mir bitte, wenn du Schwierigkeiten bekommst, ich werde das dann für dich regeln.«

Charlotte starrte Frau Bernard nach, als sie das Zimmer verließ. Hatte sie nicht recht? Seit sie zwanzig war, nein, schon davor, wenn sie ganz ehrlich zu sich ist, verließ sie sich auf die Menschen, die ihr Gutes wollten.

Zuerst auf Maman, dann Cécile, der sie nacheifern und Schauspielerin werden wollte. Später, als sie scheiterte, nahm sie deren Vorschlag auf, es mit Kostümdesign zu versuchen. Dann kam von ihrer Freundin die geniale Idee, die Modeschule zu besuchen.

Nun saß sie da, hockte wie gelähmt herum und wartete … ja, worauf denn? Dass jemand bei ihr anklopfte und sie einlud, für ihn zu arbeiten? Charlotte stand auf und in diesem Moment begriff sie. Es wurde ihr mit einem Schlag klar, dass sie, nur sie allein, ihr Leben ändern konnte. Der Schmerz und die Verletzung waren immer noch da, und sie würden immer da sein, wenn auch leiser werden. Das wurde ihr bewusst, aber sie selbst musste jetzt endlich aktiv werden.

Seit dieser Erkenntnis zeichnet sie daheim Kostüme am Schreibtisch und findet immer mehr Gefallen am Entwerfen der Schnittmuster. Ihre Kostüme sind pompös. Sie schaut sich stundenlang die berühmten Opern und Musicals auf DVD an. La Traviata, Don Quichotte, aber auch die Ballettvorführungen haben es ihr angetan und inspirieren sie. Sie träumt am helllichten Tag. Träumt vom Erfolg, von Anerkennung, vom unbeschwerten Leben.

Die Jobbewerbungen hat sie im Moment aufgegeben. Céciles Mutter hat absolut recht, vor Weihnachten bringen sie nicht viel. Danach, mit genügend Entwürfen in der Mappe, will sie es intensiv angehen.

Es ist ein trüber Dezembertag. Charlotte eilt zu einer Kundin an der Rue de la Gaité. Über dem Arm trägt sie ein Abendkleid, dessen Saum sie gekürzt und dessen Taille sie enger genäht hat.

Die Kundin, eine Dame mittleren Alters, erzählte ihr bei ihrem ersten Besuch, dass schon ihre Mutter das Kleid getragen hatte. »Ich möchte es zu einer Premiere in der Opera anziehen. Finden Sie, dass es mir steht?«, sie zeigte ihr einen Traum von einem Kleid aus dunkelblauer Seide, mit langen, spitz zulaufenden Ärmeln. Der Ausschnitt nicht zu tief, gerade so, dass man den Brustansatz erahnen kann, ohne dass es ordinär wirkt.

»Fantastisch, das steht Ihnen ganz wunderbar. Ein echter Dior.«

Die Dame sah sie erstaunt an. »Sie kennen sich damit aus? Es ist in der Tat ein Einzelstück aus dem Hause Dior.«

»Ich habe die Modeschule absolviert und da war Dior ein großes Thema.«

Das Wohnhaus im barocken Baustil, in dem die Kundin wohnt, steht zwischen zwei modernen Häusern. Die Fenster sind mit hellblauem Stuck eingerahmt, die Eingangstür ist aus schwerem Eichenholz.

Charlotte läutet und meldet sich über die Gegensprechanlage an.

Die Treppe in den vierten Stock ist steil. Im Treppenhaus riecht es nach Veilchen.

»Sie sind schon fertig?«, begrüßt die Kundin sie. »Kommen Sie doch herein.«

Der Korridor ist lang und schmal. Ein alter Perserteppich dämpft die Schritte. Die Kundin dirigiert Charlotte in einen großen Raum. Charlotte hat beim ersten Besuch nur das Ankleidezimmer gesehen. Das hier muss der Salon sein oder die Bibliothek, denn an einer Wand sind in deckenhohen Regalen Bücher und noch mal Bücher zu sehen. Gegenüber steht ein ausladendes Ledersofa mit einem ebenso ausladenden Glastisch davor. Zwei zierliche Stühle, bezogen mit einem gestreiften Stoff, ergänzen die Sitzecke.

»Möchten Sie was trinken? Vielleicht Portwein oder etwas Stärkeres?« Die Dame nickt in Richtung Barwagen, auf dem allerlei Flaschen und Gläser stehen.

»Nein, vielen Dank. Hier ist Ihr Kleid. Möchten Sie es sofort probieren?«

»Oh ja. Bitte nehmen Sie Platz, ich bin gleich wieder zurück.« Sie verschwindet mit dem Kleid über dem Arm durch die Tür.

Nun hat Charlotte Zeit, sich genauer umzusehen. Ein ähnlicher Perserteppich wie im Korridor, nur viel größer, liegt auch hier. Das Fenster ist von einem schweren dunkelgelben Samtvorhang eingerahmt. Charlotte steht auf. Zaghaft streicht sie über den Stoff.

Die Tür öffnet sich. »Wunderschön! Das haben Sie wunderschön gemacht.« Die Kundin steht vor ihr und dreht sich langsam.

Charlotte betrachtet ihr Werk. »Ja, das Kleid steht Ihnen ausgezeichnet. Darf ich fragen, zu welcher Premiere Sie das anziehen?«

»›La Traviata‹, nächste Woche. Ich bin so glücklich, dass es rechtzeitig fertig geworden ist.«

»Das freut mich.« Charlotte steht auf. »Ich wünsche Ihnen einen schönen Abend und viel Vergnügen mit dem Kleid.«

»Danke.« Die Dame hält ihr einen Briefumschlag mit dem Honorar hin. »Ich werde Sie gern weiterempfehlen.« Sie begleitet Charlotte zur Tür. »Passen Sie auf, die Treppenstufen sind etwas ausgetreten.«

Es hat begonnen zu schneien. Leise hat sich der Schnee auf dem Gehsteig und auf der Straße abgesetzt. Die Putz-Equipe ist bereits bei der Arbeit. Es ist still geworden, der Schnee schluckt den Lärm der Stadt.

In drei Tagen ist Weihnachten. Charlotte wird die Feiertage bei Céciles Familie verbringen. Zuerst wollte sie nicht stören, aber ihre Freundin hat sich wieder einmal durchgesetzt.

Mit vorsichtigen Schritten geht sie ins Haus. Sie muss aus ihrer eigenen Wohnung ein Schreiben holen, das sie für die Arbeitsvermittlung benötigt.

Der Briefkasten in der Eingangshalle quillt über. Eilig schaut Charlotte die Post durch. Nichts Wichtiges, nur die übliche Werbung. Da fällt ihr Blick auf einen Flyer. Er ist von ihrem ehemaligen Theater. Die Premiere von Cinderella wird mit großer Schrift und einem Foto von der Hauptdarstellerin angekündigt. Die Aufführung ist morgen Abend. Und da steigt es wieder hoch. Das würgende Gefühl. Die Ohnmacht, die Trauer und der Schmerz.

Schnell läuft Charlotte nach oben und schließt die Tür auf. Kälte dringt ihr entgegen. Sie knipst das Licht an und geht in ihr Zimmer. Dort liegt das Schreiben. Schnell überfliegt sie es, faltet es zusammen, steckt es in die Tasche und geht wieder.

Es schneit immer heftiger. Der Gehsteig ist rutschig. Aus dem Bistro im Erdgeschoss dringt leises Gelächter. Fröhliche Menschen, die sich auf die Festtage freuen. Sie freut sich nicht.

Die erste Weihnacht ohne Maman. Es waren stets stille und doch fröhliche Tage. Maman hatte etwas gekocht, Charlotte den Weihnachtsbaum geschmückt. Nach der Mitternachtsmesse, das einzige Mal im Jahr, in dem sie in die Kirche gingen, plauderten sie anschließend und packten die Geschenke aus. Es gab nicht viele Päckchen. Aber Maman fand immer etwas für sie. Mal ein Buch, mal einen Schal und, als sie noch klein war, eine Puppe oder ein anderes Spielzeug, das sie sich sehnlichst gewünscht hat. Am anderen Tag aßen sie zusammen, was Maman am vorherigen Tag gekocht hat.

Danach schlenderten sie durch die stillen Straßen von Paris. Manchmal kam auch Mamans Bruder zu Besuch. Aber nachdem er arbeitslos wurde, hatte er es vorgezogen, die Festtage mit seinen Saufkumpanen zu verbringen.

Charlotte schlingt den Schal enger um den Hals und geht mit vorsichtigen Schritten weiter durch den Schneematsch. Es sind nur noch wenige Meter bis zur Wohnung der Familie Bernard. Mit klammen Fingern schließt sie die Eingangstür auf, schüttelt den Schnee aus Haaren und Mantel und geht nach oben.

»Charlotte«, Cécile stürmt ihr entgegen. »Sieh mal, was ich ergattert habe.« Sie schwenkt zwei Eintrittskarten vor ihrer Nase.

»Was ist das?«

»Das sind zwei Premierentickets für die Cinderella-Aufführung. Freust du dich? Ich will doch deine Kostüme bewundern.«

»Ich möchte da nicht hingehen.«

»Weshalb denn nicht? Ich will aber.«

»Ich setze nie mehr einen Fuß in dieses Theater. Hast du verstanden? Nie mehr.«

»Das akzeptiere ich nicht. Wir gehen dorthin. Basta!« Wenn Cécile in diesem Ton spricht, dann hat Charlotte keine Chance, nicht die klitzekleinste. Das weiß Cécile.

Notgedrungen sagt sie zu, denn auf keinen Fall will sie ihrer Freundin beichten, was sie erleben musste. Niemals. Innerlich windet sie sich vor Angst, dem schrecklichen Damoi begegnen zu müssen.

Vierundzwanzig Stunden später sitzen sie im Zuschauerraum des Theaters an der Rue de la Gaité. Damoi ist nicht zu sehen, Charlotte entspannt sich allmählich und wartet neugierig, dass sich der Vorhang hebt. Cécile hat gewonnen.

Nach der Vorstellung sitzen sie in ihrem Lieblingsbistro. Sie nippen an einem grünlichen Getränk, das sich ›Green Power‹ nennt. »Ist nicht viel Alkohol drin«, beschwichtigte Cécile, als Charlotte bei der Bestellung abwinkte.

»Die Kostüme sind wunderschön. Ich habe ja gewusst, dass du das kannst. Aber wo ist Yvonne? Ich konnte sie nirgends entdecken. Sie hat doch auch mitgeholfen.«

»Keine Ahnung. Sie wird wohl zu Hause gebraucht.« Charlotte streicht eine Haarsträhne aus dem Gesicht. »Das sind wohl meine letzten Kostüme gewesen. Wenn mich kein Theater will, dann kann ich den Wunsch Kostümbildnerin ad acta legen.«

»Du wirst schon wieder eine Anstellung finden. Du musst an dich glauben, meine Liebe, sonst strahlst du bei jeder Vorstellung ein schlechtes Karma aus, und dann schrecken alle vor dir zurück.«

»Wenn ich mich nur einmal vorstellen könnte. Bis jetzt null, nada, rien. Ich hoffe, es liegt nur an der Jahreszeit.«

»Das kommt, glaub mir. Und nun sei nicht so negativ. Prost.« Cécile hebt ihr Glas und schaut Charlotte dabei liebevoll an. »Ich glaub an dich.«

Am Heiligen Abend besucht Charlotte ihre Maman auf dem Friedhof. Sie erzählt ihr, was sie bedrückt. Anschließend sitzt sie lange auf der Bank vor dem Grab. Jetzt wird alles gut, denkt sie. Zündet die mitgebrachte Kerze an und stellt sie aufs Grab. »Danke Maman«, flüstert sie und verlässt die friedliche Stätte.

Die Menschen um sie herum scheinen es alle eilig zu haben, besorgen vermutlich noch letzte Geschenke oder Vergessenes fürs Feiertagsessen.

Gemächlich schlendert sie durch die Straßen von Montparnasse. Sie hat es nicht eilig. Die Feierlichkeiten beginnen erst am Abend, hat Cécile erklärt, ehe sie aufbrach. »Vor acht Uhr ist nichts los.«

Es ist kalt. Die Geschenke für die Familie hat Charlotte bereits vor Wochen gekauft. Madame Bernard bekommt einen weichen Schal, bedruckt mit bunten Blumen. Für Cécile hat sie einen Bildband mit berühmten Schauspielern und Theaterstücken von Molière gefunden. Céciles Vater bekommt eine Flasche Wein. Nur für den Bruder, der heute aus London kommt, hat sie nichts. Sie kennt ihn ja nur als kleinen Jungen.

»Das macht nichts«, hat Cécile beteuert, als Charlotte ihr Leid geklagt hat, »der hat alles, was er sich wünscht. Er wird nicht enttäuscht sein deswegen.«

Charlotte ist gespannt auf den Bruder. Schon vor der Tür der Bernards riecht es nach Weihnachten.

In der Küche zieht die Köchin, die Céciles Mutter für die Weihnachtsvorbereitungen engagiert hat, soeben einen Kuchen aus dem Ofen. »Die Herrschaften sind im Salon«, sagt sie.

Aus dem Salon dringt Gelächter.

Charlotte schleicht in ihr Zimmer. Sie setzt sich aufs Bett. Ihr ist nicht nach Feiern zumute.

»Fünfzehn Gäste werden kommen«, hat ihr Cécile gesagt.

Sie fühlt sich unwohl. Am liebsten wäre sie in ihre Wohnung geflohen. Aber das wäre unfair der Familie gegenüber.

»Charlotte, kommst du? Wir nehmen den Apéro im Salon ein.« Madame Bernard klopft und streckt den Kopf ins Zimmer.

»Ja.« Charlotte steht auf. »Ich will mich nur noch umziehen.« Es müssen feine Leute sein, die eingeladen wurden, denn sonst hätte man keine Köchin engagiert.

»Mach das. Wir warten auf dich.«

Als Charlotte in den Salon tritt, ist die Stimmung schon recht fröhlich. Sie trägt ein schwarzes Samtkleid. Ein breiter Lackgürtel betont ihre schmale Taille. Im Oberteil sind schwarze Spitzen eingesetzt, ebenso am Saum und an den spitz zulaufenden Ärmeln. Cécile, in einem schimmernden grünen Satinkleid, scheint sich köstlich zu amüsieren. Ihr helles Lachen schwebt durch den Raum.

Die Herren tragen Smoking oder Abendanzüge und Madame Bernard hat ein dunkelblaues, eng anliegendes Kleid an. Sie schaut sehr elegant aus.

Cécile zieht einen hochgewachsenen und sehr smarten jungen Mann hinter sich her, bleibt vor Charlotte stehen. »Guck mal, das ist Francois heute. Der Junge ist ein Mann geworden.« Sie kichert und haut ihm auf die Schulter.

Blaue Augen betrachten Charlotte aufmerksam. Er ist der Einzige, der leger gekleidet ist. Schwarze Jeans, weißes Hemd, mit einem Tuch anstelle einer Krawatte, und lässige Turnschuhe.

»Freut mich, dich wiederzusehen.« Er streckt ihr die Hand hin, die sie zögernd nimmt. »Lang ist es her, meine Güte.« Francois lacht und umarmt sie plötzlich. Sie spürt die Wärme seines Körpers und fühlt, wie sie in Abwehrstellung geht.

Offenbar merkt er es und lässt sie los. »Ein Glas Champagner?« Ohne auf die Antwort zu warten, geht er zur Anrichte, schenkt ein und reicht ihr dann das Glas. »Hier! Auf dein Wohl und auf das meinige.« Er grinst frech.

Charlotte lächelt ihn scheu an und nimmt einen großen Schluck, so groß, dass sie sich verschluckt. »Danke gleichfalls«, japst sie und hält die Hand vor den Mund.

»Das kommt davon, wenn man gierig …« Er kann den Satz nicht zu Ende sprechen, Madame Bernard kommt auf Charlotte zu und nimmt sie am Arm.

»Ich möchte dich den übrigen Gästen vorstellen.« Sie klatscht in die Hände. »Hier ist unser Gast, Charlotte Petit.

Eine enge Schulfreundin meiner Tochter. Sie wohnt zurzeit bei uns.« Charlotte schaut verlegen zu Boden und wünscht sich, dass er sich auftut und sie verschluckt. Doch nach einer kurzen Weile nimmt das Stimmengewirr seinen Fortgang.

Francois ist neben ihr aufgetaucht. »Das ist typisch Maman. Sie kann es nicht lassen. Pompöse Einladungen mit allem Drum und Dran.«

»Ist doch nicht schlimm.« Charlotte wird etwas lockerer. Der Champagner und der junge Mann mit seinen saloppen Sprüchen helfen.

»Es ist angerichtet.« Die Köchin öffnet die Tür zum Speisesaal.

»Ah« und »Oh« ertönen.

Es sieht fantastisch aus. Hohe Kerzenlüster, feinstes Porzellan und Kristallgläser zieren den Tisch. In der Mitte steht ein Tannengesteck, geschmückt mit bunten Kugeln.

Charlotte sitzt neben ihrer Freundin und einer älteren Dame. Madame Bernard am unteren und Monsieur Bernard am oberen Ende. Francois ist eingerahmt von zwei sehr attraktiven Damen, Charlotte schätzt sie auf Mitte vierzig, und er ist in seinem Element, schäkert nach links und nach rechts. Dabei zwinkert er ihr immer mal wieder zu.

Die Vorspeise wird aufgetragen. Lachs, Fois Gras, Austern und Spritzgebäck. Dazu gibt es wahlweise Weißwein oder Champagner. Charlotte kann sich nicht erinnern, je so etwas Herrliches gesehen oder gegessen zu haben. Das

Weihnachtsessen mit Maman kommt ihr in den Sinn.

»Du isst ja gar nicht.« Cécile stupst sie an.

Erschrocken greift Charlotte zum Besteck. »Es schmeckt fantastisch, ich habe nur ein bisschen geträumt.«

»Du träumst in letzter Zeit ziemlich viel. Sag mir endlich, was mit dir los ist. Nur so kann ich dir helfen«, flüstert sie.

»Was haben sich denn die beiden jungen Damen so Wichtiges zu erzählen? Darf die Tischgemeinde das auch erfahren?« Francois feixt.

»Sei nicht so neugierig, Bruder. Du bist nur neidisch, dass du nicht neben Charlotte sitzen kannst. Ich habe schon bemerkt, dass du ein Auge auf sie geworfen hast. Aber daraus wird nichts, sie ist bereits vergeben.«

Charlotte fühlt, wie die Hitze in ihren Kopf steigt. Sie stupst Cécile unter dem Tisch kräftig an. »Was für einen Blödsinn erzählst du da«, zischt sie.

»Wenn du mir nicht erzählst, weshalb du dich so komisch verhältst, dann nehme ich an, dass du verliebt bist.«

Charlotte schweigt, senkt den Kopf und wieder steigen die schrecklichen Bilder in ihr hoch. Cécile braucht davon nichts zu erfahren. Die Scham ist groß, übergroß.

Nach dem Essen entschuldigt sie sich. »Ich habe Kopfweh und bin müde«, sagt sie, als Madame Bernard sie besorgt anschaut. Sie verschwindet nach oben in ihr Zimmer und fragt sich, ob sie diese Gefühle jemals los wird.

Am Weihnachtstag ist die Familie unter sich. Sie versammeln sich im Salon. Heute ist die geschmückte Tanne der

Mittelpunkt. Gestern hat Charlotte sie wegen der vielen Gäste nicht richtig wahrgenommen. Nun betrachtet sie den Baum. Groß, kerzengerade und mit viel Engelshaar steht er da. Darunter liegen die Geschenke.

Es gibt wieder Champagner zum Apéro und anschließend ein bescheidenes Mahl. Pintade geschmort, an einer Pilzsauce. Dazu Duchessekartoffeln und grüne Bohnen. Käse und eine Torte, verziert mit Marzipanbaumstämmen, bilden den Abschluss.

Auch die Gespräche am Tisch verlaufen anders als am vorigen Tag. Monsieur Bernard interessiert sich für Francois' aktuelles Leben in London und die beiden plaudern intensiv.

Cécile berichtet über die kommende Theateraufführung des Schauspielhauses, wo sie eine der Hauptrollen spielt. »Mein Regisseur, Monsieur Chalmers, ist sehr zufrieden mit mir. Er hat gesagt, er hätte nie gedacht, dass ich mich so gut entwickle.«

Charlotte betrachtet ihre Freundin. Sie gönnt ihr den Erfolg von ganzem Herzen. Wenn ich nicht so gepatzt hätte, dann würde ich jetzt mitspielen, denkt sie. Traurig senkt sie den Kopf.

Januar! Ein neues Jahr ist angebrochen. Francois ist nach London zurückgekehrt, Cécile bei den Proben und Charlotte versucht immer noch, eine Stelle zu finden. Es ist wie verhext. Nach wie vor nichts als Absagen oder überhaupt keine Antworten.

Auch ihr Plan, sich einfach frech persönlich vorzustellen, hat nichts gebracht. Ohne Termin wurde sie einfach nicht vorgelassen.

Damoi hat wohl wahr gemacht, was er ihr entgegengeschleudert hat: »Du wirst in keinem Pariser Theater mehr eine Anstellung finden. Dafür werde ich sorgen.«

Sie kann es nicht fassen, dass er so fies ist nachdem, was er ihr angetan hat.

Erst kürzlich begegnete ihr Yvonne auf dem Weg ins Theater. Sie sah nicht glücklich aus. »Ich bin allein im Atelier. Damoi hat keine neue Schneiderin angestellt. Es läuft aber nicht viel. Cinderella ist frühzeitig abgebrochen worden. Kein Mensch weiß, weshalb«, berichtete sie. Ehe Charlotte antworten oder fragen konnte, lief Yvonne schnell weiter.

Charlotte schlüpft in den Mantel, zieht eine Mütze über und eilt hinaus, muss den Kopf auslüften. Nachdenken. Wie es weitergehen soll. Sie muss eine Arbeit finden. Gleich was für eine. Sonst wird sie noch verrückt.

In Gedanken versunken, stürmt sie die Rue de la Gaité hinunter. An der Ecke Avenue du Maine bleibt sie kurz stehen, geht dann langsamer.

Schon will sie wieder umkehren, da fällt ihr Blick auf eine Anzeige. *Aushilfskellnerin gesucht.* Das Schild hängt an der Tür zum ›Indiana Café‹, dem Lokal, in dem ihr Cécile das Billardspiel beigebracht hat. Bestimmt fünf Minuten steht Charlotte da und starrt die Anzeige an.

Leute hasten an ihr vorbei. Einige rempeln sie an. Sie fasst sich ein Herz, geht auf den Eingang zu und öffnet die Tür.

Warme Luft schlägt ihr entgegen. Die Billardtische sind noch verwaist, aber das Café ist gut besucht.

»Möchten Sie essen oder nur etwas trinken?« Ein Kellner steht vor ihr. »Ich habe noch einen Platz dort hinten, oder«, er zeigt in die Nähe der Billardtische, »wenn Sie nicht essen möchten, dann an der Bar.«

Charlotte verneint. »Ich möchte mich nach der Stelle erkundigen. Ist sie noch nicht vergeben?«

»Ach das. Ich hole den Chef, warten Sie hier.«

Nach kurzer Zeit kommt er mit einem Mann mittleren Alters zurück.

»Mein Name ist Milande, Sie interessieren sich für die Aushilfsstelle? Kommen Sie doch bitte mit in mein Büro.«

Charlottes Herz macht einen Hüpfer. Die Stelle scheint noch frei zu sein. Sie folgt Milande durch die Küche in eine Kammer, die er ›Büro‹ nennt.

»Die Stelle ist noch nicht besetzt.« Er betrachtet sie kritisch. »Sind Sie Kellnerin?«

»Ich habe eine Weile als Aushilfe in einem Bistro gekellnert.«

»Hm.« Wieder betrachtet er sie von oben bis unten.

Charlotte fühlt sich ungemütlich. Dieser Blick! Sie ist nahe daran, aufzustehen und zu gehen.

»Können Sie auch auf Abruf kommen?«, hört sie seine Stimme.

Sie nickt. »Ich kann jederzeit.«

»Haben Sie eine Empfehlung von ihrem früheren Arbeitgeber?« Wieder dieser Blick.

»Nein, aber ich kann Ihnen eine besorgen.«

»Dann warte ich, Mademoiselle …?«

»Petit. Charlotte«, ergänzt sie. »Vielen Dank, ich bringe Ihnen die Empfehlung morgen vorbei.«

Eine Woche später hat sie die Anstellung. Sie kann jeweils drei Nachmittage und drei Abende im ›Indiana Café‹ arbeiten. Die restlichen Tage auf Abruf.

Sie ist überglücklich. Langsam, ganz langsam sieht sie Licht am Ende des Tunnels.

Madagaskar

Die Air France landet ziemlich unsanft auf dem Rollfeld von Antananarivo, der Hauptstadt von Madagaskar.

Madeleine hievt sich vom Sessel hoch und streckt sich. »Ich bin wie gerädert. Zehn Stunden Flug sind ganz schön lang.«

»Wir haben es geschafft.« Guillaume steht ebenfalls auf, bückt sich und gibt ihr einen Kuss. »Du wirst dieses Land lieben, da bin ich mir sicher.«

In der Ankunftshalle sind kaum Leute. Madagaskar ist kein Touristenland. Es gibt keine Beach-Clubs, keine Hotelsilos, aber eine Fülle unterschiedlicher Landschaften von Prärien, Bergen, Tropenwäldern und Reisfeldern.

»Ich habe ein Auto gemietet, einen Jeep. Der ist unabdingbar für die holprigen Straßen auf dieser Insel.«

Nach kurzer Zeit erscheinen die beiden Koffer auf dem Rollband.

»Schau, dort ist unser Hotelboy.« Guillaume nimmt Madeleines Hand und strebt auf einen jungen schokoladebraunen Mann zu, der ein Schild mit seinem Namen und dem Namen des Hotels hochhält.

»Willkommen in Madagaskar, Monsieur Rakoto«, begrüßt der ihn. »Bitte folgen Sie mir.«

Das Hotel ›Le Louvre‹ liegt etwas außerhalb des Zentrums. Guillaume hat das schönste Zimmer gebucht. Diese Reise bedeutet ihm viel. Ist so wichtig wie eine Hochzeitsreise. Er will zusammen mit Madeleine die Schönheiten der Insel entdecken und gleichzeitig erhofft er sich, dass er sie noch besser kennenlernt. Sie werden drei Wochen zusammen sein. Jeden Tag und jede Nacht.

Das Zimmer entspricht seinen Erwartungen. Im dritten Stock mit Aussicht auf das Zentrum. Ein guter Anfang für unsere Reise, denkt er und legt die beiden Koffer auf die Stellage. »Magst du etwas trinken oder sollen wir gleich zum Abendessen hinuntergehen?«

»Ich bin müde und habe absolut keinen Hunger. Können wir uns nicht eine Kleinigkeit aufs Zimmer bringen lassen?«

»Doch, natürlich. Was soll ich bestellen?«

Madeleine gähnt. »Egal, ich nehme alles, was du auch nimmst.«

Er setzt sich ans Haustelefon und bestellt eine Flasche Wasser, Champagner und eine Platte mit Häppchen.

Kurze Zeit später rollt ein Hotelboy einen Servierwagen mit den bestellten Leckereien ins Zimmer.

Guillaume öffnet die Champagnerflasche und schenkt das perlende Getränk ein. »Auf uns, Chérie.« Er küsst Madeleine zärtlich. »Willkommen in meiner Heimat und auf eine wunderbare Zeit mit dir.«

Sie lächelt ihn an und nimmt einen Schluck. »Ah, das tut gut.«

Der gemietete Jeep ist in einem guten Zustand. Guillaume atmet auf, denn das ist nicht die Regel. Das letzte Mal, als er mit seiner Ex-Frau in Madagaskar war, hatten sie eine Schrottkiste. Er legt die Koffer auf den Rücksitz und startet den Motor. Madeleine steigt ein.

Sie fahren über staubige Straßen, gesäumt von Affenbrotbäumen. Die ›Route Nationale Sept‹ führt von der Hauptstadt neunhundertfünfzig Kilometer weit in Richtung Süden. Sie übernachten in einfachen, aber sauberen Gasthöfen. Nach einer Woche erreichen sie den Campus, den Guillaume mit seiner Stiftung unterstützt. Der Leiter, Frank, ein Amerikaner, der gleichzeitig die Kinder unterrichtet, begrüßt sie freudig und führt sie zu einem Bungalow, wo sie übernachten.

»Hier bist du also verbandelt.« Madeleine lehnt ihren Kopf an Guillaumes Brust. »Ich bin stolz auf dich, auf das, was du für diese Kinder machst.«

»Ich habe mir geschworen, etwas zu tun, wenn ich die Möglichkeit habe. Es geht schließlich um die Kinder meiner Heimat, wo meine Wurzeln sind. Ich durfte zur Schule gehen, durfte studieren, musste nie Hunger leiden.« Er nimmt ihre Hand. »Gehen wir in die Kantine. Es ist bald Essenszeit.«

In dem großen Saal mit einfachen Holztischen und Bänken, sitzen etwa fünfundzwanzig Kinder im Alter von acht bis zwölf Jahren.

Frank kommt aus der Küche. »Nehmt Platz. Die Köchin bringt gleich das Essen.«

Guillaume und Madeleine setzen sich. Sofort kommt ein Mädchen auf sie zu, stellt Teller, Besteck und zwei Gläser vor sie hin.

»Wie heißt du?«, fragt Madeleine.

»Aina.«

»Das bedeutet ›das Leben‹«, erklärt Guillaume. »Hier ist die Bedeutung eines Vornamens die Zukunft des Kindes.«

»Das ist ein schöner Name.« Madeleine streicht dem Mädchen über die Haare. »Und was möchtest du einmal werden?«

»Ärztin«, kommt es wie aus der Pistole geschossen aus Ainas Mund.

»Das ist ein toller Beruf. Damit kannst du den kranken Menschen helfen, Gutes tun. Lernst du auch fleißig?«

Das Mädchen nickt, macht einen kleinen Knicks und hüpft davon.

»Sie hat wirklich das Zeug dazu.« Frank setzt sich zu den beiden. »Sie ist intelligent und sehr fleißig. Ich würde es ihr gönnen, wenn sie den Bachelor schafft und danach an die Uni gehen kann.« Er steht auf und nimmt der Köchin den Topf ab, stellt ihn auf den Tisch und klatscht in die Hände. »Kinder à table, Abendessen.«

Fünfundzwanzig dunkle Augenpaare betrachten neugierig die Besucher. Fünfundzwanzig Paar Füße scharren ungeduldig. Hände halten die Teller der Köchin entgegen.

Es gibt einen Eintopf aus Maniokblättern und Fleischstückchen – Ravitoto – mit Reis und gewürzten Tomaten.

»Bitte bedient euch.« Frank nimmt einen zweiten Topf entgegen und stellt ihn vor Guillaume und Madeleine hin.

»Das schmeckt köstlich. Das hast du mir noch nie gekocht«, sagt Madeleine mit vollem Mund.

»Die Maniokblätter habe ich in Paris noch nie gesehen und zudem muss dieser Eintopf stundenlang über einem kleinen Feuer schmoren, dazu hat mir bis jetzt die Zeit gefehlt.« Guillaume betrachtet Madeleine mit verliebten Augen.

Frank schaufelt sich ebenfalls eine große Portion Ravitoto auf den Teller. »Wo waren wir stehen geblieben? Ach ja, diese Kinder haben teilweise auf der Straße gelebt. Sie mussten Geld verdienen. Oft konnten sie das nicht, schafften es nicht. Sie wussten, sie wären zu Hause geschlagen worden. So sind sie halt nicht mehr zurückgegangen. Haben gestohlen oder sich sonst wie durchgebracht.«

»Das ist ja wirklich furchtbar. Die armen Kinder.« Madeleine schaut Frank entsetzt an.

»Das tägliche Leben, leider. Wir bekommen viel zu wenig Unterstützung von der UNESCO und deshalb sind wir auf private Spenden angewiesen.« Er nickt Guillaume zu. »Aber leider, leider gibt es nicht viele davon. Madagaskar ist zwar reich an Früchten. Vanille wird hier sehr erfolgreich angebaut. Trotzdem«, er hebt die Schultern, »die Armut überwiegt. Sie werden das auf Ihrer Reise sehen, Madeleine. Besonders leiden die Menschen auf dem Land darunter.«

Nach dem Essen räumen die Kinder die Tische ab. Einige gehen der Köchin beim Abwasch zur Hand, andere wischen den Boden. Um acht Uhr kehrt Ruhe in der Kantine ein.

Frank, Guillaume und Madeleine sitzen noch lange zusammen.

Guillaume erzählt von seinem Plan, ein Buch über die Kinder von Madagaskar zu schreiben. »Der Erlös soll in dieses Camp fließen.«

Es ist weit nach Mitternacht, als sie ins Bett gehen.

Guillaume kann nicht schlafen. Aina geht ihm nicht aus dem Kopf. Er sieht die leuchtenden Augen des Mädchens, als sie sagt, dass sie Ärztin werden will. Sie soll die Hauptperson in seinem Buch werden, beschließt er spontan. Ihr soll seine Geschichte gewidmet sein.

Madeleine liegt in seinem Arm. Er stützt sich auf und betrachtet ihr Gesicht, das vom Mond beschienen wird. Der Träger ihres Hemds ist nach unten gerutscht. Zärtlich streicht er über ihre Brust und eine tiefe Dankbarkeit durchströmt ihn.

Nach drei Tagen fahren sie weiter. Frank bekommt den Auftrag, Aina ganz besonders im Auge zu behalten. »Sie soll Protagonistin in meinem Roman werden, das habe ich letzte Nacht spontan beschlossen.«

Die drei Wochen vergehen viel zu schnell. Noch nie hat Guillaume eine Frau gekannt, die so intensiv erleben konnte.

Es ist eine ganz andere Madeleine als die, die er bis jetzt gekannt hat.

Sie fahren an Reisfeldern vorbei. Besuchen Fischer in Anako. Sie sehen die Lemuren mit den schwarz-weiß geringelten Schwänzen, die Ureinwohner von Madagaskar. Und überall, wo sie Menschen treffen, sind sie erstaunt über die Freundlichkeit, die ihnen trotz der Armut entgegengebracht wird. Sie übernachten in einfachen Lofts. Sie lieben sich, intensiv, zärtlich. Es sind Nächte voller Hingabe.

Zweifel

Die Straße zum Flughafen Charles de Gaulle ist wie jeden Tag dicht.

Guillaume flucht leise. »Es wird knapp. Verdammt. Jedes Mal die gleiche Katastrophe.«

Madeleine sitzt still neben ihm. Mit stoischer Ruhe schaut sie nach vorn. Guillaume begreift das nicht. Sie müsste doch aufgeregt sein. Es ist ihr Flug, der sie nach London bringen soll. Wenn sie ihn verpasst, verpasst sie auch ein sehr wichtiges Meeting, so erklärte sie ihm, als er moserte, dass sie Paris schon wieder verlässt.

Die Abflughalle ist voller Menschen. Guillaume begleitet Madeleine zum Check-in.

Er übergibt ihr den Rollkoffer. »Pass auf dich auf und melde dich … wenn du magst.«

Anstelle einer Antwort drückt sie ihm einen Kuss auf die Wange. Er wartet, bis sie am Schalter ist. Sie wendet sich noch einmal um und wirft ihm einen Luftkuss zu, bevor sie aus seinem Blickfeld verschwindet. Die Hände in den Manteltaschen vergraben, durchquert er die Abflughalle, besorgt sich am Kiosk die Sonntagsausgabe des ›Figaro‹ und holt einen Kaffee aus dem Automaten. Mit dem Becher in der Hand betrachtet er die Menschen. Die einen kommen, die anderen gehen. Manche hastig, manche langsam. Der Kaffee schmeckt zu bitter. Er zerknüllt den Becher und wirft ihn in den Behälter neben dem Automaten.

Der Verkehr ist nicht weniger geworden, als er in die Stadt zurückfährt, doch jetzt ist keine Eile mehr angesagt.

Madagaskar ist Vergangenheit. Eine wunderschöne gemeinsame Zeit ist vorbei.

Im Korridor steht sein noch nicht ausgepackter Koffer. Gestern sind sie spät am Abend nach Hause gekommen. Guillaume schnuppert. Madeleines Parfüm schwebt noch im Schlafzimmer und einige ihrer Kleider, die sie nicht nach London mitnehmen wollte, liegen auf einem Stuhl.

Im Arbeitszimmer fährt er den Computer hoch, überträgt die Recherchenotizen von seinem Handy. Schwer stützt er den Kopf in die Hände. Er kann noch immer nicht verstehen, warum Madeleine ihre Wohnung nicht aufgeben will.

»Wir hatten eine wunderschöne Zeit in Madagaskar, und ich liebe dich mehr denn je«, antwortete sie, als er sie erneut dazu drängte, »aber ich möchte es einfach nicht.«

Das trübte den Abend etwas und heute Morgen lag immer noch eine gedämpfte Stimmung über ihnen.

Er greift zum Telefon.

Patrick meldet sich sofort. »Was kann ich für dich tun?«

»Mit mir zusammen etwas essen.«

»Wo und wann?«

»Im ›Indiana‹ um zwölf Uhr.«

Der Fußmarsch bis zum Treffpunkt an der Avenue du Maine tut Guillaume gut. Seine zweifelnden Gedanken sind etwas in den Hintergrund getreten.

Patrick sitzt bereits vor einem Bier. »Auch eins?«, fragt er, als Guillaume an den Tisch tritt.

»Ja, und etwas zu essen. Ich sterbe vor Hunger.« Er lässt sich auf den Stuhl fallen.

»Alles gut bei dir? Wie war die Reise?«

»Sie war wunderschön. Alles war wunderschön. Nur ...«, eine Kellnerin bringt das Bier und legt zwei Menükarten auf den Tisch. Sie bleibt stehen.

Guillaume hebt den Kopf. »Danke, wenn wir gewählt haben, rufen wir Sie.«

»Was nur?«, fragt Patrick ungeduldig.

»Madeleine ist schon wieder fort. Nach London dieses Mal. Ich habe gehofft ... ach, lassen wir das.«

»Du hast gehofft, dass sie ihren Job aufgibt, dich verwöhnt und bemuttert? Du bist ein Träumer, nein, ein verliebter Trottel. Entschuldige, aber das muss einmal gesagt werden. Madeleine ist eine junge Frau. Sie hat einen Job, einen guten Job, und den will sie ausüben. Mensch, Guillaume, in welcher Welt lebst du?«

»Du hast recht. Ich bin ein verliebter Trottel.« Guillaume nimmt einen Schluck und wischt den Schaum vom Mund. »Aber diese Frau hat etwas mit mir gemacht. Ich verstehe mich selbst nicht mehr. Ich war noch nie so, so ...«

»... Torschlusspanik oder zweiter Frühling oder Wechseljahre«, sagt sein Freund. »Du kannst wählen, welche

Aussage passt. Aber lass uns bestellen, ich habe auch Hunger.«

Er winkt der Bedienung. »Spareribs, Pommes, frittierte Zwiebeln und noch mal zwei Bier.«

»Und ein Wasser«, ergänzt Guillaume.

Die Kellnerin schreibt eifrig mit und eilt in die Küche.

»Die scheint neu im Business zu sein. Macht jedenfalls den Eindruck. Und nun erzähl von deiner Reise.«

Guillaume erzählt. In den blumigsten Worten. »Ich habe noch nie eine Frau erlebt, die so intensiv erleben kann. Die Schönheit der Landschaft, die Farben. Die Gerüche, aber auch die Armut, besonders die der Kinder. All das hat sie aufgesogen wie ein Schwamm. Sie hat mit den Kindern in unserem Camp, in das meine Stiftungsgelder hineinfließen, gespielt.« Er nimmt einen Schluck Wasser. »Wir haben uns geliebt. Intensiv. Zärtlich. Es waren Nächte voller Hingabe und Tage voller Schönheiten.« Er lehnt sich zurück. »Vielleicht kannst du jetzt verstehen, weshalb ich so durcheinander bin. Und nein, ich habe keine Torschlusspanik, aber es ist doch normal, dass ich mit der Frau, die ich liebe, zusammenleben will, mit ihr mein Leben teilen möchte. Ich kann nicht verstehen, weshalb sie nicht genauso denkt oder fühlt, obwohl sie mehr als einmal beteuert hat, dass sie mich auch liebt.«

Patrick spießt eine Fritte auf die Gabel. »Ich kann mich dazu unmöglich äußern, ich kenne sie nur aus deinen Erzählungen, aber es scheint, dass sie eine ziemlich eigenständige Frau ist. Das musst du akzeptieren. Lass es doch so, wie es ist, und genieße es, wenn ihr zusammen seid. Das machen heute viele Paare so.«

»Wahrscheinlich hast du recht. Entschuldige.«

»Hey, wir sind Freunde. Wir können uns alles sagen, dürfen auch mal jammern. Das gehört zu einer Freundschaft.« Er grinst. »Ein anderes Thema. Hast du auch Zeit gefunden, zwischen all deinen Liebesnächten und romantischen Stunden, tagsüber für dein Buch zu recherchieren?«

»Oh ja, jede Menge.« Nun muss auch Guillaume grinsen. »Ich habe kurzerhand entschieden, dass ich keinen Jungen als Protagonisten für meinen Roman nehme, sondern das Mädchen Aina, das im Camp wohnt. Der Name bedeutet ›das Leben‹. Und dazu hat auch Madeleine beigetragen. Sie hat mit Aina gesprochen und sie gefragt, was sie gern einmal werden möchte. Ärztin, sagte sie, und Madeleine hat ihr zugeredet, fleißig zu sein in der Schule. Ich finde, das passt in meine Geschichte. Ich habe Frank, dem Leiter des Camps, den Auftrag gegeben, ein ganz besonderes Auge auf Aina zu haben. Er hat es versprochen, und er will mir von Zeit zu Zeit Informationen über ihre Fortschritte zuschicken. Nehmen wir noch etwas oder bist du satt?« Er schaut auf Patricks Teller, der blitzblank geputzt ist. So blank, dass man sich darin spiegeln könnte.

»Ich nehme noch einen Nachtisch. Eine Waffel, wenn es das hier gibt, und danach einen Kaffee.«

Guillaume winkt der Kellnerin und bestellt. »Zweimal Waffeln mit Vanilleeis und zwei Kaffee.«

»Kommt sofort«, sagt sie übereifrig, dreht sich um und läuft los.

»Die muss wirklich neu sein im Business. Ich bin gespannt, wenn ich nächste Woche meinen Schreibplatz hier einrichte, ob sie dann immer noch so eifrig bei der Sache ist. Der Eifer nützt sich in diesem Job doch recht schnell ab.«

»Du willst hier schreiben?«

»Ja, in der Wohnung ist es zu still, totenstill, und du weißt ja, dass ich Leben beim Arbeiten um mich brauche. Ist doch bei dir nicht anders?«

»Kann ich nachvollziehen.«

Es dämmert, als Guillaume sich von Patrick verabschiedet.

Der klopft ihm auf die Schulter. »Mach's gut, alter Freund, und genieß deine Liebe.«

»Danke, dass du dir Zeit genommen hast, mein Gejammer anzuhören.« Sie umarmen sich, bevor jeder in seine Richtung verschwindet.

Die Begegnung

Die Arbeit im ›Indiana Café‹ ist anstrengend. Meistens kommt Charlotte erst weit nach Mitternacht nach Hause. Dagegen war das bisschen Servieren bei Mario ein Spaziergang.

Und sie fühlt sich noch immer nicht angekommen in ihrem neuen Job. Die Kollegen sind so weit nett und lassen sie in Ruhe. Noch immer hat sie panische Angst vor Berührungen, vor allem vor männlichen. Die einzige Kollegin behandelt sie wie Luft. Da sie aber nicht plant, ewig hier zu servieren, stört sie das wenig.

Den einen der beiden Männer, die sie heute bedient hat, hat sie schon einmal gesehen. Sie ist sich sicher, kann ihn aber nirgends hintun.

»Du kannst nach Hause gehen, Charlotte«, ruft Sandro ihr zu. »Ich mache den Rest und schließe dann ab.«

»Danke«, ruft Charlotte zurück, holt ihren Mantel und die Tasche aus dem Spind. »Bis morgen, oder hast du morgen frei?«

»Nein, ich bin auch hier. Schönen Abend.«

Sandro ist der netteste von den Kollegen. Er hat ihr geholfen, sich mit den Abläufen, die recht stramm sind, zurechtzufinden. Den Chef, Monsieur Milande, hat sie seit ihrem Anstellungsgespräch nie mehr gesehen.

»Er hat noch zwei weitere Restaurants in der Stadt«, klärte Sandro sie auf. »Es sind Restaurants der gehobenen Klasse, die liegen ihm mehr am Herzen. Das Indiana läuft von allein.«

Ein kalter Wind fegt durch die Rue de la Gaité. Nur vereinzelt sind noch Menschen unterwegs, und die eilen wie Charlotte mit hochgezogenen Schultern und gesenktem Kopf nach Hause.

Ihre Gedanken sind immer noch bei den beiden Männern. Sie kommt einfach nicht drauf, wo sie den Jüngeren von den beiden gesehen hat. »Ist doch egal, Charlotte«, schimpft sie sich und eilt weiter.

Endlich! Mit klammen Fingern schließt sie die Haustür auf. Den Briefkasten lässt sie heute außen vor. Es ist doch immer die gleiche Enttäuschung. Keine Antwort oder eine Absage auf die Bewerbungsschreiben, die sie immer noch verschickt. Die Hoffnung auf eine Anstellung in einem Theater als Schneiderin schwindet von Tag zu Tag mehr. Doch sie will nicht aufgeben. Noch nicht.

In der Wohnung ist es warm. Zum Glück.

Anfang Januar ist sie bei Cécile ausgezogen und lebt nun wieder in der eigenen Wohnung.

»Willst du das wirklich?«, fragte Madame Bernard. »Du kannst bei uns bleiben, solange du möchtest.«

»Es ist Zeit, dass ich selbstständig werde«, antwortete Charlotte und bedankte sich herzlich für die Gastfreundschaft.

Die Beine tun ihr weh und den Rücken spürt sie nicht mehr. Charlotte brüht sich einen Tee und während sie ihn in kleinen Schlucken trinkt, muss sie wieder an die beiden Männer denken. Weshalb, verdammt, gehen ihr diese beiden Typen nicht aus dem Kopf? Was ist los mit ihr? Morgen erwartet sie ein weiterer anstrengender Tag. Sie sollte besser schlafen, als über zwei Männer nachzugrübeln.

Am nächsten Tag ist die Hölle los im ›Indiana Café‹. Charlotte hat kaum die Schürze umgebunden und Block und Bleistift eingesteckt, da winken mehrere Gäste gleichzeitig, um bedient zu werden. Sie hetzt hin und her.

Sie, Sandro und noch ein Kellner, den sie hier noch nie gesehen hat, sind allein für dreißig Tische zuständig. Zum Glück läuft an den Billardtischen noch nicht viel. Ein paar ältere Herren, die aber mit Getränken versorgt sind und vorläufig keine weiteren Wünsche haben.

»Wo sind denn alle?«, fragt Charlotte, als sie am Tresen eine Bestellung aufgibt. Normalerweise sind am Nachmittag mindestens sechs Kellner anwesend.

»Krank, Grippe oder was Ähnliches«, gibt der Kellner zur Antwort.

»So plötzlich? Gestern waren sie doch noch alle gesund.«

»Das kann schnell gehen. Es soll eine ganz außergewöhnliche Grippe sein. Mehr weiß ich auch nicht.«

Charlotte eilt zu einem Tisch, an dem ungeduldige Gäste warten, dass sie die Bestellung aufnimmt.

Nach zwei Stunden hätte sie eigentlich das Recht auf eine Viertelstunde Pause. In Anbetracht der Situation lässt sie die aber aus.

Die Tür öffnet sich. Der ältere Herr von gestern betritt den Raum. Charlotte begrüßt ihn.

»Haben Sie meine Anfrage für die Tischreservation bekommen?«

»Was meinen Sie?«

»Ich habe gestern Abend noch eine Mail geschrieben, dass ich für heute gerne an dem Tisch dort hinten sitzen möchte.«

Charlotte schüttelt den Kopf. »Ich habe nichts gesehen. Wann haben Sie denn die Mail geschrieben?«

»So gegen Mitternacht.«

»Um die Zeit kontrolliert niemand mehr die Mails. Aber wie ich sehe, ist der Tisch, an dem Sie sitzen möchten, noch frei. Folgen Sie mir bitte.«

Nachdem er sich gesetzt hat, zieht er umständlich einen Laptop aus der Tasche und legt ein Notizbuch dazu.

Charlotte trippelt von einem Fuß auf den anderen. Sie hat weiß Gott alle Hände voll zu tun. Sandro und der andere Kellner fliegen förmlich zwischen den Tischen.

Endlich hat der Gast sich eingerichtet, greift nach der Karte und studiert sie eine halbe Ewigkeit.

Sandro winkt ungeduldig. Charlotte zuckt entschuldigend mit den Schultern.

Schließlich scheint er etwas gefunden zu haben. Er hebt den Kopf. »Bringen Sie mir bitte ein Bier.« Er gibt ihr die

Karte zurück. »Ich kann später noch etwas zum Essen bestellen.«

»Kommt sofort.« Charlotte schlängelt sich an den Stühlen vorbei an den Tresen. »Weshalb zum Teufel müssen ausgerechnet heute so viele Gäste da sein«, murmelt sie und schiebt die Bestellung über die Theke.

»Keine Ahnung. Vielleicht, um dich zu ärgern«, feixt Sandro.

Am späteren Nachmittag wird es ruhiger. Charlotte hat Zeit zum Durchatmen. Der Gast mit dem Laptop scheint mit seinen Gedanken weit weg zu sein. Er tippt, ohne den Kopf auch nur einmal zu heben. Was er wohl schreibt?

In dem Moment schaut er auf. Er winkt für ein weiteres Bier. Innerhalb zwei Stunden zwei Biere!

Starke Leistung, denkt Charlotte grinsend und stellt das frische Getränk auf den Tisch. »Darf ich fragen, was Sie schreiben?«

»Natürlich. Ich arbeite an einem Roman.« Charlotte hat wohl ein dummes Gesicht vor Staunen gemacht, denn er ergänzt, »eine Geschichte, die in Madagaskar spielt und von einem kleinen Mädchen handelt, das dort in einem Camp aufwächst, weil seine Familie es nicht ernähren kann, und das sich hocharbeitet.«

»Klingt wie ein Märchen.«

Er betrachtet sie. »Märchen können manchmal Wirklichkeit werden. Man muss nur daran glauben.«

Charlotte hebt die Schultern. »Ich glaube nicht daran. Für mich gibt es keine Märchen mehr.«

»Das finde ich schade. Sie sollten die Hoffnung trotzdem nicht aufgeben.«

»Ich muss weiterarbeiten.«

»Gehen Sie nur. Ich muss auch weitermachen, sonst wird mein Roman niemals fertig.«

Die Zeit bis zum Feierabend verfliegt in Windeseile. Als Charlotte in den Mantel schlüpft und die Strickmütze aufsetzt, sitzt der Schreiberling immer noch am Tisch und tippt. Charlotte schüttelt den Kopf. Sie begreift das nicht.

Aber es soll Menschen geben, die sich ihre Zeit in Bistros vertreiben. Cécile hat das irgendwann mal gesagt und sie muss es wissen. Sie weiß alles oder fast alles.

Die Genugtuung

»Hast du es schon gehört?« Cécile rutscht vor Aufregung auf die vordere Stuhlkante, nimmt hastig einen großen Schluck Cola. So hastig, dass sie sich dabei verschluckt und eine ganze Weile kein Wort sprechen kann.

»Das kommt davon.« Charlotte grinst. »Aber sag, was soll ich gehört haben?«

»Dein Theater ist geschlossen. Habe ich vorhin in der Zeitung gelesen.« Immer noch hustend, zieht Cécile eine zerknüllte ›Le Parisien‹ aus der Tasche und legt sie auf den Tisch. »Da, lies!«

Das Kleintheater an der Rue de la Gaité musste geschlossen werden. Der Besitzer, Monsieur Damoi, ist in Geldschwierigkeiten geraten. Weswegen ist noch nicht klar, doch es besteht der Verdacht auf Veruntreuung. Er ist vorläufig festgenommen. Die Untersuchungen laufen noch. Wir werden weiter darüber berichten.

»Dann ist Yvonne jetzt arbeitslos. Die Arme.« Charlotte schiebt die Zeitung beiseite.

»Sei froh, dass du nicht mehr dort arbeitest. Du hast wenigstens noch deinen Lohn erhalten. Yvonne wird sehr wahrscheinlich nichts mehr von ihrem Geld sehen.«

Charlotte starrt auf den Tisch, fühlt, wie die Scham sie erneut überrollt.

Jetzt hat Damoi die verdiente Strafe erhalten. Doch ihr ist damit immer noch nicht geholfen. Vermutlich wird sie seinetwegen, seiner Beziehungen wegen, weiterhin in keinem Theater mehr eine Anstellung findet. Sie seufzt.

»Sag doch etwas.«

»Was soll ich sagen? Ich habe immer noch keine Stelle, arbeite in einem Bistro zu einem miesen Lohn, mit dem ich kaum über die Runden komme. Und ich habe keine Ahnung, weshalb ich mit meinem Abschluss keine neue Anstellung finde. Sämtliche Theater, die ich angeschrieben habe, schmeißen die Tür zu. Aber so schnell gebe ich nicht auf.« Sie seufzt und lächelt dann. »Übrigens habe ich letzte Woche ein Kostüm für Desdemona, die weibliche Hauptfigur in ›Othello‹ entworfen. Nächste Woche fertige ich das Schnittmuster an. Jetzt habe ich wirklich eine sehr schöne Auswahl zusammengestellt. Wenn ich sie nur jemandem zeigen könnte!«

Cécile streicht ihr über die Hand.

»Du findest irgendwann eine neue Stelle. Daran glaube ich fest. Magst du zur Premiere von unserer Theateraufführung kommen?«

»Klar. Wann ist die?«

»Nächsten Monat. Molière, ›Der eingebildete Kranke‹ wird gespielt.«

»Und welche Rolle hast du?«

Cécile grinst. »Das verrate ich nicht, das musst du selbst herausfinden.«

»Darf ich jemanden mitbringen?«

»Klar, ich reserviere dir gern Regiekarten, ich krieg sie ja billiger. Um zehn Euro die Karte.«

»Dann bring ich Yvonne mit.« Charlotte steht auf. »Ich muss gehen. Hab noch ein paar Dinge zu erledigen. Du bist nicht böse deswegen?« Sie umarmt ihre Freundin. »Ich melde mich wieder, wenn ich mal mehr Zeit habe. Aber im Moment, du weißt schon.«

»Schade. Ich bleibe noch. Ein paar Kolleginnen von der Schauspielschule kommen später dazu. Ich hätte dich gern vorgestellt.«

»Ein andermal, okay?« Charlotte schlüpft in ihre Jacke und wirft Cécile eine Kusshand zu. »Ich mag dich.«

Sie verschwindet hastig nach draußen. Paris, die Stadt der Liebe, kann eine verdammt harte Stadt sein.

Mit schnellen Schritten und hochgezogenen Schultern eilt Charlotte in Richtung Bd. Edgar Quinet. Die Straße glänzt regennass.

Als sie die Eingangstür aufschließt, steigt der Geruch nach Pommes aus dem Bistro in ihre Nase. Er lässt Kindheitserinnerungen in ihr aufsteigen. Sie sieht Maman vor sich, wie sie die heißen Pommes frites aus der Fritteuse in eine Schüssel umfüllte und in der Küche mitten auf den Tisch stellte. Dann wurde ihr erlaubt – und nur dann – die heißen Fritten mit den Fingern aus der Schüssel zu fischen und in die Ketchup-Soße zu tunken. Es war köstlich.

Zwei Stufen auf einmal nehmend, stürmt Charlotte nach oben und schließt die Tür hinter sich. Seit der Sache mit Damoi hängt sie reflexartig die Sicherheitskette davor.

Fröstelnd schält sie sich aus dem Mantel, schlüpft in die warmen, mit Lammfell gefütterten Puschen. Ein Geschenk, das sie sich vor Weihnachten selbst gemacht hat.

Zum Kochen hat sie keine Lust. Seit dem schrecklichen Abend muss sie sich sowieso zum Essen zwingen. Nur als sie bei Cécile wohnte, hatte sie etwas mehr Appetit.

Im Wohnzimmer sinkt sie erschöpft auf einen Stuhl. Charlotte hat geschwindelt, Céciles Begeisterung wegen der bevorstehenden Theateraufführung hat sie genervt. Ob sie jemals aufhören wird, um die vertane Chance zu trauern, Schauspielerin zu werden?

Geistesabwesend blättert sie in einer Zeitschrift, die auf dem Tisch liegt. Nichts als belanglose Beiträge über Mode, Make-up und die große Liebe, die das Leben einer jeden Frau lebenswerter macht. Ätzend! Charlotte schmeißt das Magazin in eine Ecke. Sie steht auf und tigert durch das kleine Zimmer. Anschließend geht sie ins Bad, um sich die Hände zu waschen. Eingefallene Wangen, müde Augen blicken ihr aus dem Spiegel entgegen. Sie streicht die Haare nach hinten. Ihr Aussehen wird nicht besser dadurch.

»Ich bin ja eh nicht auf der Suche nach der großen Liebe. Die existiert nur in den Hochglanzmagazinen«, sagt sie zum Spiegelbild.

In der Küche sucht sie nun doch den Kühlschrank nach etwas Essbarem durch. Alles, was sie findet, ist gähnende Leere. Sie wird jetzt nach unten ins Bistro gehen und sich eine Portion Fritten bestellen.

Seit dem Vorfall war sie nur noch einmal bei Mario gewesen. Damals, als sie ihm die Flyer gebracht und darum gebeten hat, sie bei ihm auslegen zu dürfen. Bei dieser Gelegenheit hat sie ihn gefragt, ihr ein Arbeitszeugnis auszustellen. Seine herablassende Art hat sie sehr gestört und sie hat sich geschworen, niemals mehr auch nur einen Fuß in dieses Bistro zu setzen. Doch die Lust, noch mal in ihre Kindheitserinnerung einzutauchen, ist zu groß. Eine wohlige Wärme umfängt Charlotte im Bistro. Alle Tische sind besetzt.

Mario kommt auf sie zu. »Auch wieder einmal hier? Ich habe deine Flyer ausgelegt, wie von dir gewünscht, aber es scheint, dass kein Mensch Interesse daran hat. Willst du sie wieder zurückhaben?«

Charlotte schüttelt den Kopf. »Nein, ich möchte nur eine Portion Pommes mit Ketchup. Mir ist heute nach Junkfood.«

Mario betrachtet sie mit einem süffisanten Lächeln. »Kommt sofort, Mademoiselle.«

Blöder Arsch, denkt Charlotte, auch du bekommst einmal eine Strafe für dein aufgeblasenes Getue. Was für eine Strafe er bekommen sollte, darüber ist sie sich nicht im Klaren. Nachdem sie die Pommes gegessen hat, steht sie auf und geht gemessenen Schrittes an die Theke, nimmt die Flyer und steckt sie in die Manteltasche. »Ich habe sie nun doch eingesteckt«, sagt sie mit unbeweglichem Gesicht, »das Geld für die Pommes liegt auf dem Tisch. Schönen Abend noch.« Damit marschiert sie hinaus.

Zwei Männer und die Erkenntnis

Guillaume denkt über die junge Bedienung nach. Ihre Augen sind traurig, sie ist gewiss keine Kellnerin von Berufs wegen. Die Kellnerinnen, die er kennt, sind alle aus anderem Holz geschnitzt. Er kann sich zwar nicht erklären, woran es liegt, aber er ist sich sicher, dass sie diesen Job nur aushilfsweise macht. Ich werde sie fragen, wenn ich das nächste Mal dort schreibe, nimmt er sich vor.

Er fährt den Computer hoch. Will ein ganzes Stück vorwärtskommen, das hat er jedenfalls geplant. Konzentriert liest er den Text durch. Ändert ab und zu etwas.

Das Handy summt. Nicht jetzt. Er schiebt es weg und korrigiert weiter. Gar nicht schlecht. Mit hinter dem Kopf verschränkten Armen lehnt er sich zurück.

Die junge Kellnerin geht ihm nicht aus dem Kopf. Ihre traurigen Augen haben ihn komplett in den Bann gezogen. Die schmale, fast schmächtige Gestalt. Sie könnte seine Tochter sein. Er hätte sie nach ihrem Namen fragen sollen. Blödsinn! Sonst benimmt er sich auch nicht so … so komisch.

Guillaume wendet sich wieder seinem Text zu und das Handy meldet sich erneut.

»Verdammt.« Er drückt auf den Knopf.

Es ist Patrick. »Störe ich?«

»Ja«, brummt Guillaume.

»Tut mir leid, aber ich möchte etwas mit dir besprechen. Geht es heute Abend?«

»Ja, wo?«

»Was ist dir denn über die Leber gelaufen?«

»Nichts, ich bin nur aus meinem Text geholt worden. Jemand meinte, er müsse mit mir telefonieren, und ich hasse es, gestört zu werden, wenn ich schreibe.«

»Ui, das ist ein Statement. Du musst dir halt eine Sekretärin zulegen, die dich vor jeder Störung schützt. An der Ecke der Rue de la Gaité gibt es ein kleines Bistro. Die haben ab sechs Uhr ›Happy Hour‹. Wir könnten uns dort auf einen Drink treffen.«

»Okay, ich werde da sein.« Guillaume drückt die Verbindung weg. Was Patrick wohl so Wichtiges mit ihm besprechen will? Er schiebt den Gedanken weg, wird es schon erfahren.

Und plötzlich ist sie da, die Muse. Guillaume fällt in einen Schreibrausch, wie er ihn schon seit einiger Zeit nicht mehr erfahren hat. Er spaziert über staubige Straßen, trinkt in einer armseligen Hütte Schafsmilch und unterhält sich mit einem kleinen Mädchen, das von einem besseren Leben träumt.

Punkt sechs Uhr betritt Guillaume das Bistro ›La Liberté‹. Er schaut sich um. Es ist etwas heruntergekommen, aber trotzdem sauber. Ausladenende Korbstühle, auf denen Kissen liegen. Die ganze Einrichtung mutet irgendwie vorsintflutlich an. An der einen Wand ein überdimensionaler Screen, auf dem die BVMTV-News in Dauerschleife laufen. Drei Kellner wieseln geschäftig zwischen den Tischen herum und servieren Drinks in sämtlichen Farben. Einer von ihnen kommt und fragt, ob er noch jemanden erwarte.

Guillaume nickt und der Kellner führt ihn an einen Tisch, rückt den Stuhl zurecht und drückt ihm die Getränkekarte in die Hand.

Die Auswahl ist riesig. Am Ende bestellt er einen Caipirinha. Das intensive Schreiben hat durstig gemacht.

»Hallo, alter Freund.« Patrick klopft ihm auf die Schulter. »Danke, dass du dir so kurzfristig Zeit genommen hast.« Er zieht einen Stuhl vom Nebentisch heran und setzt sich.

»Was hast du auf dem Herzen?«

»Ich bestelle erst, und danach erzähle ich dir die Geschichte. Sie wird etwas länger werden.« Patrick winkt einem vorbeieilenden Kellner. »Das Gleiche bitte«, er zeigt auf den Caipirinha.

»Ich bin ganz Ohr.« Guillaume nimmt eine Erdnuss und spült mit dem Drink nach.

Nachdem der Kellner den zweiten Cocktail gebracht hat, lehnt sich Guillaume zurück. »Nun?«

»Wo soll ich anfangen. Du weißt, dass ich mit meinen Berichten über sexuelle Angriffe an Frauen regelmäßig im ›Figaro‹ berichten wollte. Am Anfang lief es ziemlich gut. Ich erhielt von verschiedenen Frauen aus allen Altersgruppen direkt oder indirekt Informationen dazu und habe darüber berichtet. Die Namen der Betroffenen blieben natürlich anonym.« Patrick zeichnet mit dem Finger kleine Ringe auf das Tischtuch. »Mit einem Mal ging die Informationsflut zurück. Ich machte mir keine Gedanken darüber. Denn ich glaube, dass dieses ›MeToo‹ kein Gedöns ist, wie es manchmal heißt, da ist was dran, und ich wollte mit meinen Beiträgen vor allem die Frauen sensibilisieren, sich zu outen. Denn nur so«, er winkt ab, »du weißt schon. Seit dieser Woche habe ich einen neuen Vorgesetzten. Einen der alten Sorte. Behäbig, schlicht, konservativ und einfach altmodisch in seinem Denken und seinem Tun.«

Er leert das Glas in einem Zug und winkt dem Kellner für Nachschub.

»Nun, ich will es kurz machen, er hat mir die Beiträge gestrichen. Das sei doch schon längst überholt, nicht mehr aktuell und eh übertrieben. Frauengeschwätz. Genau diese Worte hat er gebraucht.«

»Das ist übel. Was gedenkst du zu tun?«

»Weitermachen natürlich. Jetzt erst recht. Denn ich glaube nicht, dass es überholt ist. Das ist aktueller denn je. Die Frauen, die davon betroffen sind, haben Angst, es öffentlich einzugestehen. Weiß der Teufel, weshalb. Aber wo soll ich diese Berichte nun publizieren?«

»Unter einem Pseudonym in anderen Zeitungen. Zum Beispiel in ›20-Minuten‹ oder ›Le Parisien‹. Die Zeitungen werden auch gelesen.«

»Da bin ich mir nicht so sicher, dass sie von den richtigen Leuten gelesen werden, respektive, dass es etwas bewirkt.«

»Dann könnte ich es für dich tun.«

»Wie denn?«

»Indem du mir deine Berichte zukommen lässt, auch unter einem Pseudonym, und ich es in die Hände von ›Le Monde‹ weiterleite. Ich finde auch, dass dieses Thema nicht fallen gelassen werden darf, und helfe dir gern dabei.«

»Du bist ein Kumpel. Danke dir. So werde ich es machen.« Er strahlt.

»Kannst du mir verraten, weshalb dir dieses Thema so sehr am Herzen liegt?«

»Ja, kann ich. Eine Bekannte, nun etwas mehr als eine Bekannte«, Patrick lächelt verlegen, »wurde vergewaltigt. Auf die schlimmste Art. Von drei Männern. Zehn Stunden lang. Abwechselnd. Sie war knapp zwanzig. Heute ist sie in der Psychiatrie, weil sie dieses Erlebnis nie verarbeitet hat. Geistig umnachtet. Ein Wrack. Verstehst du?«

»Hat man diese Kerle gefunden?«

»Ja, und sie wurden verhaftet und zu einer Gefängnisstrafe verurteilt. Drei Jahre, wenn ich mich recht erinnere. Heute sind sie wieder auf freiem Fuß. Das hat meiner Freundin nicht geholfen. Drei Jahre nur und ihr ganzes Leben ist zerstört. Damals habe ich mir geschworen, etwas dafür zu tun. Die Menschen aufzurütteln und vor allem nicht wegzuschauen. Ich möchte, nein, ich wünsche mir, dass die Politik mehr dafür tut. Viel härtere Strafen zum Beispiel. Unser Präsident ist auf dem Weg dazu, aber es ist für ihn nicht das wichtigste Thema.« Patrick hat sich in Rage geredet. »Ich finde es dermaßen unwürdig, wie Frauen generell auch heute noch als Menschen zweiter Klasse eingestuft und behandelt werden. Überall. Sie bekommen weniger Gehalt, sie bekommen selten eine Stelle in den oberen Etagen, auch wenn sie besser sind als die Männer, und sie werden zurück an den Herd gedrängt, sobald Kinder da sind.«

»Nun mach mal 'nen Punkt. Das ist heute nicht mehr so. Die Politik hat schon viel für die Frauen getan. Kindertagesstätten zum Beispiel sind für alle erschwinglich und vor allem vorhanden.«

»Ja, für Paare, die beide arbeiten müssen, weil sie sonst finanziell nicht über die Runden kommen. Die bekommen zuerst einen Platz in der Kita. Die anderen müssen warten oder sich anders organisieren. Frankreich ist da auch nicht besser. Schon mal was von der Großmutterbetreuung gehört?«

»Du bist ganz schön in Fahrt, aber es hat sich doch einiges getan inzwischen. Also ganz besonders in Bezug auf Frauenförderung«, sagt Guillaume, »du hast vollkommen recht. Lass uns aber schnell eine Pizza bestellen, ich habe Hunger. Wir können gleich weiter darüber diskutieren.«

Während sie die Pizza essen, wird Patrick etwas ruhiger. »Entschuldige meinen Ausbruch, aber manchmal brodelt es in mir, ich kann die soziale Ungerechtigkeit nicht ausstehen. Wann kommt übrigens Madeleine zurück?«, wechselt er das Thema.

»Morgen Abend. Und deine Standpauke von neulich hat geholfen.« Guillaume grinst. »Sie kann nur zwei Tage in Paris bleiben. Der nächste Kongress findet in Genf statt. Aber die beiden Tage will ich genießen.«

»Wofür Standpauken doch gut sein können.« Nun grinst auch Patrick.

»Also, mein Freund, es bleibt dabei. Du schickst mir die Berichte und ich leite sie weiter, damit die Frauen endlich eine Plattform bekommen«, sagt Guillaume zum Abschied.

Die Air-France aus London landet pünktlich. Guillaume nimmt Madelaine zärtlich in den Arm. »Bist du müde oder magst du noch zu mir nach Hause kommen?«

Madeleine nickt. »Ich komme zu dir. Übermorgen muss ich schon wieder weg.« Sie schmiegt sich an ihn.

Bei einem Glas Wein erzählt Guillaume von Patricks Problemen und was sie geplant haben. »Ich bin absolut der Meinung, dass noch viel zu wenig für betroffene Frauen getan wird.«

»Das haben wir schon mal besprochen, Chérie, und ich finde es auch wichtig, das Thema nicht unter den Tisch zu wischen.« Sie trinkt ihr Glas aus. »Aber Patrick und du, ihr könnt das nicht ändern. Da muss mehr getan werden. Politik, Fernsehen, du weißt, was ich meine. Und immer wieder informieren. Das ist ein langer Prozess und ich möchte nicht wissen, in wie vielen Familien Übergriffe vorkommen. Die Dunkelziffer ist gerade dort sehr hoch.« Sie gähnt. »Lass uns schlafen gehen.«

Guillaume legt den Arm um ihre Taille. »Ne me quitte pas«, flüstert er. »Ich liebe dich.« Madeleine schmiegt sich an ihn.

Sie könnte meine Tochter sein

Mit dieser Frau verbringe ich meinen Lebensabend noch auf dem Flughafen, fährt es Guillaume durch den Kopf, während er Madeleine in die Abflughalle des Charles de Gaules Flughafens begleitet und denkt an die beiden vergangenen Tage. Sie vergingen wie im Traum. Im Bett. Sie liebten sich, kuschelten und redeten, liebten sich wieder. Erst am Abend besuchten sie ein Restaurant in der Nähe. Anschließend gingen sie in einen Club. Madeleine hatte ihr Können aus ihrer Table-Dance-Zeit nicht vergessen. Im Gegenteil. Guillaume sah aus dem Augenwinkel, wie neidisch die Männer auf sie, das ungleiche Paar, schauten, das sich zur Musik bewegte, als wären sie allein auf der Tanzfläche.

»Pass auf dich auf, Chérie«, flüstert Madeleine, ehe sie sich in der Warteschlange zum Check-in anstellt. Ihr Kuss ist lang und sehr intensiv.

»Werde ich, versprochen. Und du, vergiss mich nicht.«

Ihr helles Lachen klingt durch die Halle. Die Leute um sie herum werden aufmerksam. Manche lächeln, andere blicken konsterniert weg.

Auf dem Weg zurück in die Stadt fährt Guillaume bei seiner einstigen Redaktion vorbei. Die Hektik nimmt ihn sofort in Beschlag, als er eintritt.

Seine ehemalige Sekretärin springt auf. »Monsieur, willkommen. Schön, dass Sie uns wieder einmal besuchen.«

»Ist Maurice im Haus?«, er nimmt den Kaffee, den sie ihm eilfertig eingeschenkt hat, mit einem Lächeln entgegen.

»Sie haben Glück, er ist soeben zurückgekommen. Ich melde Sie an.« Sie geht ans Telefon und nickt ihm dann zu. »Er erwartet Sie.«

Maurice kommt mit ausgestreckten Armen auf ihn zu. »Was verschafft mir die Ehre?«

»Ich war gerade in der Gegend und dachte, ich will mal sehen, wie es euch allen so geht.«

»Gut, gut. Du fehlst, Guillaume. Ich finde es immer noch schade, dass du uns verlassen hast. Und was machst du so?« Maurice nimmt zwei Gläser und öffnet die Whiskeyflasche. »Auch einen?«

Guillaume schüttelt den Kopf. »Ist noch zu früh. Ich will dich nur schnell etwas fragen.«

»Raus mit der Sprache, aber setz dich doch, auch wenn du gleich wieder gehen musst.« Der ironische Ton ist nicht zu überhören.

»Bist du interessiert an Beiträgen, die das Thema sexuelle Aggression an Frauen behandelt? Wenn ja, ich wüsste jemanden, der solche Beiträge schreibt. Ich würde sie dir gerne schicken.«

Maurice nimmt einen Schluck. »Hm, gute Frage. Im ›Figaro‹ sind schon solche Themen behandelt worden. Wir haben sie auch manchmal hier veröffentlicht.«

»Falls du Interesse daran hast, kannst du entscheiden, ob in der Online-Version oder in der Print-Version. Ich finde dieses Thema wichtig.«

»Macht der ›Figaro‹ es nicht mehr?«

Guillaume zuckt die Schultern. »Keine Ahnung.«

Maurice schaut Guillaume nachdenklich an. »Ich weiß nicht so recht. Wir können es ja austesten, wie die Artikel bei den Lesern ankommen. Am besten wäre die Online-Abteilung. Schick mir mal ein paar von den Texten. Ich gebe dir dann Bescheid.« Maurice steht auf und streckt Guillaume die Hand entgegen. »Komm bald wieder vorbei. Mit oder ohne Texte.«

»Danke schön.« Guillaume ist auch aufgestanden. »Du bekommst das Gewünschte.« Er ist doch kein so schlechter Kerl, denkt er und eilt nach unten. Den Lift lässt er stehen. Treppen halten jung.

Es ist vier Uhr nachmittags, als Guillaume endlich im ›Café Indiana‹ ankommt.

Er geht zu seinem reservierten Tisch, setzt sich und packt Laptop und Notizbuch aus.

Die Kellnerin scheint nicht da zu sein. Schade! Gern hätte er mit ihr geplaudert. Irgendwas in ihr glimmt, da ist ein Leuchten unter der Blässe, der Müdigkeit, und er weiß einfach, da gibt es etwas Spannendes. Nach kurzer Zeit versinkt er in seiner Geschichte. Er blendet den Lärm um sich herum aus. Wie in früheren Zeiten kann er inmitten von Trubel bestens schreiben.

»Monsieur.« Guillaume blickt auf. Vor ihm steht die interessante Bedienung. »Was darf ich Ihnen bringen?«

»Oh, ich habe Sie vorhin gar nicht gesehen, dachte, Sie hätten heute frei. Bringen Sie mir einen Kaffee.«

Als sie das Gewünschte vor ihn hinstellt, bittet er sie, sich zu setzen. Zögern. Doch dann folgt sie seiner Aufforderung.

»Möchten Sie auch etwas?«

Sie schüttelt den Kopf.

»Darf ich mich vorstellen? Mein Name ist Guillaume Rakoto. Mein Vater war gebürtiger Madagasse, meine Mutter Pariserin, und ich bin in Paris aufgewachsen. Darf ich fragen, wie Sie heißen?«

»Charlotte … Charlotte Petit.«

»Wie lange arbeiten Sie schon hier?«

»Seit Januar.« Die Worte kommen zögerlich aus ihrem Mund.

Er geht auf Angriff über. »Sie sind keine gelernte Kellnerin, habe ich recht?« Das macht er immer, wenn seine Gesprächspartner zurückhaltend sind. Damit hat er in der Vergangenheit immer Erfolg gehabt. So auch heute. »Da ist doch mehr, was ist es?«

Charlotte schüttelt den Kopf, doch nach kurzem Schweigen bröselt es aus ihr heraus. Dass sie nach der Modeschule als Näherin in einem Theater gearbeitet habe. Dann ihren Job verlor und jetzt hier sei.

»Ich muss Geld verdienen, ich habe niemanden, der mich unterstützt.«

»Das tut mir leid.«

Traurige Augen schauen ihn an.

»Ich hatte früher viel mit dem Theater zu tun. Vielleicht kann ich Ihnen helfen.«

Charlotte schüttelt den Kopf. »Ich habe mich überall beworben, wo ich eine Chance sah, aber habe nur Absagen bekommen.« Sie schweigt kurz, sagt dann: »Ich weiß grad nicht, warum ich das Ihnen erzähle, aber ja, da ist mehr.« Plötzlich fliegt ein Lächeln über ihr schmales Gesicht, ein Lächeln wie ein Aufleuchten. Es verschwindet schnell, sie senkt den Blick. »Ach, egal.«

»Wir sollten mal darüber sprechen. Aber nicht hier. Irgendwo in einem anderen Bistro«, sagt er, doch sogleich wird Charlottes Ausdruck abweisend; der Vorhang fällt.

»Ich glaube nicht, dass Sie mir helfen können. Warum auch?« Sie steht auf. »Ich muss weitermachen. Sonst verliere ich diese Stelle auch noch.«

Guillaume schaut ihr nach, als sie mit hängenden Schultern an den Tresen geht. Armes Mädchen. Aber wenn er sich etwas in Kopf gesetzt hat, dann bleibt er dran. Und er hat es sich in den Kopf gesetzt, dieser jungen Frau zu helfen. Er hat das Leuchten unter allem gesehen. Als Journalist verbeißt er sich gleich darin, er wusste doch, dass in der jungen Frau etwas steckt, was hervorgeholt werden muss.

Drei Tage später. Guillaume hat sich mit Patrick im ›La Liberté‹ verabredet. Er steuert auf einen der wenigen freien Tische zu und bestellt einen Kaffee. Patrick ist noch nicht da. Zwei junge Frauen betreten das Café. Die eine lacht fröhlich, die andere lächelt. Das ist doch Charlotte?

Guillaume setzt sich aufrecht hin und betrachtet die beiden aus dem Augenwinkel. Sie lassen sich an einem Tisch unweit von ihm nieder. Charlotte sitzt mit dem Rücken zu ihm. Sie scheint ihn nicht zu bemerken.

»Nun sei doch nicht so miesepetrig. Seit dem Abend damals bist du echt langweilig geworden«, hört er die andere junge Frau sagen. »Ich habe was zu feiern. Nämlich meine erste richtige Hauptrolle. Die Angelique, Tochter des eingebildeten Kranken, eine sehr romantische Figur, und der Text war leicht in mein Hirn zu kriegen. Ich spendiere dir …«, der Rest geht im Lärm einer eben hereingekommenen Gruppe junger Männer unter.

»Hallo.« Patrick klopft ihm auf die Schulter und setzt sich.

»Hallo, mein Freund. Schau, da drüben sitzt die junge Kellnerin vom ›Indiana‹. Sie ist keine gelernte Kellnerin, du hattest recht. Sie war in einem Theater als Schneiderin angestellt und ist arbeitslos geworden.«

»Ach ja? Und deswegen wolltest du mich treffen, um mir das zu sagen.«

Guillaume lacht. »Nein, ich wollte mit dir darüber sprechen, wie wir weitermachen. Maurice ist interessiert an deinen Artikeln. Vorerst. Er will sie sehen.«

Patrick verschränkt die Hände hinter dem Kopf. »Sehr gut, vielen Dank. Ich werde sie dir schicken, wie abgemacht unter einem Pseudonym. Ist er mit damit auch einverstanden?«

»Er hat nichts Gegenteiliges gesagt.« Wieder schielt Guillaume zu den beiden jungen Frauen hinüber.

Charlotte scheint im Moment etwas lockerer zu sein. Jedenfalls gestikuliert sie mit den Händen. Beide Frauen haben Cocktails vor sich stehen.

»Was interessieren dich die beiden denn so sehr?«, fragt Patrick.

»Charlotte, so heißt die Kellnerin, die keine ist. Die andere muss eine Freundin sein.«

»Hey Alter. Bist du neu verliebt?«

»Nein, nein, aber dem Mädel möchte ich gerne helfen. Ich kann dir auch nicht sagen, weswegen.« Er schüttelt den Kopf. »Sie könnte meine Tochter sein. Und meine Tochter würde ich nicht gerne traurig sehen. Für sie würde ich alles tun, damit sie glücklich ist. Diese junge Frau trägt ein Geheimnis mit sich rum, ein Geheimnis, das sie traurig macht. Ich möchte sie knacken, kennst ja meine Neugier auf besondere Menschen.«

»Wie geht es Madeleine?«, lenkt Patrick ab, er scheint sich zu langweilen.

»Gut. Sie kommt bald aus Genf zurück. Wir genießen die Tage, die wir zusammen sein können.«

»Kannst du mir sie einmal vorstellen?«

»Wir könnten zusammen essen gehen, wenn sie da ist.«

»Ich bin gespannt auf diese Frau.« Er zwinkert Guillaume zu. »Entschuldige, ich muss noch etwas erledigen.

Ich schicke dir meine Beiträge und du leitest sie an Maurice weiter. Und wenn du von Frauen erfährst, die sich outen möchten, jederzeit. Ich weiß zwar, dass sie das nicht gern tun, weil sie sich schämen oder Angst haben oder beides, aber das Thema ist wirklich wichtig und darf unter keinen Umständen versickern.«

»Du kannst auf mich zählen.«

Sehnsucht nach dem Leben

Die vergangenen Wochen waren von Freude und Kummer gezeichnet. Das ›Indiana‹ musste schließen.

Charlotte hat nie erfahren, weswegen. Einmal hieß es aus Hygienegründen, dann wieder wegen angeblicher Steuerhinterziehung.

Hinter vorgehaltener Hand munkelten die Kollegen, das ›Indiana‹ diene dem Boss als Abschreibposten, damit er nicht so viele Abgaben für seine gut gehenden Edel-Lokale berappen müsse. Er sei erwischt worden.

Jedenfalls ist Charlotte wieder arbeitslos.

In den letzten Wochen hat sie ein kleines bisschen Vertrauen zu Guillaume aufgebaut und begriffen, dass er ihr gern helfen möchte, dies aber nur kann, wenn sie sich ihm offenbart, doch dazu ist sie noch nicht bereit.

Er kam oft ins Café, sie plauderten. Charlotte erzählte ihm von ihren Entwürfen und Guillaume bat sie, sie ihm zu zeigen. Ein paar Tage später brachte sie ihre Mappe mit. Er war absolut hingerissen von ihrer Kreativität.

»Kind, du bist einfach eine große Kostümbildnerin«, rief er und schlug sich auf den Mund. »Verzeihen Sie, der Überschwang, ich hätte Sie nicht duzen dürfen.« Charlotte, beseelt von seinen Komplimenten zu ihren Entwürfen, kicherte.

»Sie sind doppelt so alt wie ich, sagen Sie ruhig du zu mir.«

Heute sitzen Guillaume und Charlotte bei ›Ernest‹ an der Rue de Rivoli, Ecke Rue de la Monnaie. Es dauerte, bis Charlotte sich bereit erklärte, mit Guillaume auszugehen. Am Ende hat sie eingewilligt.

Es ist Frühling, die Frauen tragen leichte bunte Kleider. Sie lächeln und flirten, auch die Männer hasten nicht mehr mit hochgezogenen Schultern zum nächsten Meeting. Der Frühling in Paris hat ein ganz spezielles Flair.

Eine Kellnerin legt die Speisekarte auf den Tisch.

Charlotte macht große Augen, als sie das Angebot und die Preise sieht.

»Such dir was aus, du musst nicht auf den Preis schauen.«

Sie senkt den Kopf und studiert lange. Dann schaut sie auf. »Ich habe keine Ahnung, was ich nehmen soll.«

»Ich kann dir die Bowl mit Gemüse und Fleisch empfehlen. Die bestelle ich für mich.«

»Dann nehme ich die auch.« Sie legt die Karte auf den Tisch zurück.

»Wann ist jetzt noch mal die Theateraufführung mit deiner Freundin?«

»Nächsten Samstag. Wollen Sie mitkommen? Yvonne, eine andere Freundin, kommt auch mit. Es gibt genug Karten, hat Cécile gesagt. «

»Kannst du bitte für mich auch eine besorgen? Ich würde dieses Stück gern sehen. Weißt du, ich bin ein begeisterter Theater- und Opernfreund. Ich habe mal für die Kulturabteilung bei ›Le Monde‹ gearbeitet.«

Charlotte schaut ihn kritisch an. Guillaume möchte zu gerne wissen, was sie jetzt denkt. Es ist so schwer, an sie heranzukommen. Obwohl ihr Panzer bereits einige Risse bekommen hat.

»Mach ich«, sagt sie schließlich. »Ich bringe sie mit, wir können uns ja vor der Vorstellung treffen.«

Die Kellnerin stellt die beiden Bowls auf den Tisch. Schweigend essen sie.

Guillaume bricht als Erster das Schweigen. »Kannst du mir nicht sagen, was dich außer deiner Arbeitslosigkeit noch bedrückt? Ich fühle, dass da noch mehr ist, und ich möchte dir gerne helfen. Du bist eine hübsche junge Frau, du könntest meine Tochter sein, und Väter sehen ihre Töchter nicht gerne traurig. Verstehst du?«

Charlotte starrt angestrengt aus dem Fenster. Die Hände auf den Knien zu Fäusten geballt. Sie presst die Lippen zusammen. Mit einem Ruck steht sie auf. »Ich muss auf die Toilette.«

So plötzlich, wie sie verschwunden ist, so plötzlich steht sie wieder vor ihm. Sie setzt sich. Schaut ihn an und auf einmal laufen dicke Tränen über ihre Wangen.

»Nicht doch.«

Sanft streicht er über Charlottes Hand.

»Ich schäme mich so«, presst sie hervor. »Ich kann das …«, sie wischt die Tränen von den Wangen. »Ich möchte wieder leben.«

Die Kellnerin tritt an den Tisch. Guillaume gibt ihr ein Zeichen, »nicht jetzt«, flüstert er und wendet sich Charlotte zu. »Du kannst wieder Freude am Leben haben, wenn du rauslässt, was dich so sehr bedrückt.«

Charlotte ballt die Fäuste. »Ich kann nicht. Verstehen Sie das?«

»Ich will dich zu nichts drängen, was du später bereuen würdest. Aber ich bin immer für dich da. Wenn du sprechen möchtest, hier ist meine Karte. Du kannst mich jederzeit anrufen.«

»Danke«, flüstert Charlotte. »Vielen Dank. Ich möchte jetzt gehen.«

Guillaume winkt der Kellnerin und bezahlt. »Kann ich dich noch irgendwohin begleiten?«, fragt er, als sie das Restaurant verlassen haben.

»Nein danke. Ich nehme die Metro.«

Guillaume wartet bereits am Eingang des Kleintheaters, als Charlotte mit Yvonne eintrifft. Sie begrüßt ihn weniger zurückhaltend, aber immer noch etwas scheu.

»Wer ist das?«, flüstert Yvonne, als sie hinter ihm die breite Treppe hinaufgehen.

»Ich habe ihn im ›Indiana‹ kennengelernt, er schreibt einen Roman, war Journalist bei einer großen Zeitung«, flüstert Charlotte zurück.

»Er schaut gut aus. So imposant.«

»Er ist ganz nett. Aber komm jetzt, wir suchen unsere Plätze. Ich bin so aufgeregt, als würde ich selbst spielen.«

Charlotte sucht nach den Plätzen. Nummer dreißig und einunddreißig in der Reihe zwanzig steht auf ihren Tickets. »Super, hier werden wir eine gute Sicht auf die Bühne haben.« Charlotte nimmt Yvonnes Hand und zieht sie durch die Stuhlreihen. Es ist ziemlich eng. Guillaumes Platz ist eine Reihe hinter ihnen.

Das Theater füllt sich mit schwatzenden Menschen.

Der Vorhang öffnet sich und urplötzlich wird es ruhig im Saal. Schauspieler in traumhaften Kostümen mit vielen Rüschen und Schleifen, auf den Köpfen Hüte mit Federn, bevölkern die Bühne.

Charlotte atmet tief durch und versinkt im Rausch des Sehens. Achtet nicht auf die Worte, die Kostüme sind es, die sie in den Bann ziehen.

Und plötzlich wird ihr bewusst, dass dieser Traum, solche Gebilde zu kreieren, ausgeträumt ist. Obwohl sie nach dem Gespräch mit Céciles Mutter so überzeugt war, dass sie es schaffen kann, wenn sie sich nur Mühe gibt. Das ist vorbei. Sie wird immer eine Aushilfskellnerin bleiben, im besten Fall richtig angestellt werden oder, mit viel Glück, in irgendeiner Änderungsschneiderei arbeiten. Tiefes Elend überkommt sie.

Applaus rauscht auf. Der Vorhang senkt sich und wird gleich wieder hochgezogen für einen weiteren Beifallsorkan. Nachdem fünf Vorhängen bleibt er unten.

Die Zuschauer drängen unter eifrigem Plaudern an die frische Luft.

»Habt ihr Lust auf einen Drink?«, fragt Guillaume. »Ich kenne in der Nähe einen hübschen Club mit fantasievollen Drinks und guter Musik.«

»Ich muss nach Hause.« Yvonnes Gesicht wird von einem Schatten überzogen. »Mutter ist noch auf der Arbeit und meine jüngeren Geschwister allein.«

»Schade, und du, Charlotte?«

»Auf mich wartet niemand. Aber …« Sie stockt.

»Ein Taxi wird dich danach nach Hause bringen.«

Es ist das erste Mal, dass Charlotte in einem Club ist. Dunkelrote bequeme, mit Samtstoff überzogene Sessel. Gedämpfte Musik aus einer Jukebox. An der Bar hantiert ein Barmann mit allerlei Bechern, Besteck und Mixern, Flaschen, Obst und Eiswürfeln.

»Ich empfehle dir eine Margarita. Sie ist nicht zu schwer, ich möchte dich ja nicht betrunken machen.« Guillaume lächelt sie an.

»Was ist das?« Charlotte runzelt die Stirn.

»Das wird aus Limettensaft, Orangenlikör und Tequila, das ist Agavenschnaps, gemixt. Der Rand des Glases wird mit Salz bestreut. Ich nehme das auch. Schmeckt herrlich erfrischend.«

Als die beiden Cocktails auf dem Tisch stehen hebt Guillaume das Glas. »Auf dich und deine Zukunft.«

Charlotte nippt und leckt sich die Lippen. »Ich denke, ich habe keine Zukunft mehr, jedenfalls nicht die Zukunft, von der ich träume.« Sie stößt die Worte hervor. »Aber ich habe mich damit abgefunden, ich gebe auf.«

»Und ich habe mich entschlossen, dir zu helfen. Ich habe dir erzählt, dass ich als Journalist sehr viel mit dem Theater zu tun hatte, und dass ich heute noch gute Beziehungen zum Theater habe.«

»Ja und? Das wird mir nicht helfen. Mein Ruf …« Sie bricht abrupt ab.

»Dein Ruf ist das eine, dein Diplom das andere und deine großartigen Entwürfe noch mal was anderes. Ich kenne deinen Ruf nicht, ist mir auch egal, der kann so schlecht nicht sein. Dein Können, das ist wichtig.«

Guillaume öffnet die Tür des Taxis, das Charlotte nach Hause bringen soll. Er streicht leicht über ihren Arm. »Denk daran, ich bin immer für dich da. Du hast meine Karte. Ruf an. Jederzeit. Oder komm einfach vorbei.«

Guillaumes Worte hallen noch lange in Charlotte nach. Sie versucht, sie zu unterdrücken. Unruhe macht sich in ihr breit. Wenn sie ihr Problem noch nicht einmal Cécile, ihrer besten Freundin, verraten hat, wie soll sie sich gegenüber einem Mann outen? Die Scham überflutet sie jedes Mal erneut, wenn sie daran denkt. Nachts kommen die bösen Träume zurück, von denen sie gedacht hat, dass sie sie in den untersten Winkel ihres Herzens vergraben hat. Ich will wieder leben. Diese Worte beherrschen ihr ganzes Denken.

Eine Woche später lassen Guillaumes Worte ihr immer noch keine Ruhe. Es ist gegen zehn Uhr abends. Sie zieht die Visitenkarte aus der Tasche. Kurz entschlossen ruft sie ein Taxi und stürmt die Treppe hinunter. Vor der Tür tigert sie unruhig auf und ab, als fürchte sie ihren Mut.

Nach dreißig Minuten hält ein Wagen.

Charlotte steigt ein. »Zum Boulevard Montparnasse Nummer 171 bitte.«

Der Chauffeur schaut kurz nach hinten, bevor er losfährt. Als Charlotte aussteigt und ihm das Geld in die Hand drückt, betrachtet er sie neugierig.

Sie dreht sich um. Das Haus, in dem Guillaume wohnt, gehört zu den luxuriösen Wohnhäusern, in denen gut situierte Leute wohnen. Jetzt wird ihr klar, weshalb der Chauffeur so schaute, als sie ihm die Adresse nannte.

Zaghaft drückt sie die Klingel. Nichts. Sie betätigt sie erneut. Der Mut verlässt sie, da hört sie Guillaumes Stimme aus der Gegensprechanlage.

»Du?«, fragt er erstaunt, die Eingangstür öffnet sich automatisch. Charlotte geht langsam die Treppe hinauf. Plötzlich ist sie sich nicht mehr so sicher, das Richtige zu tun.

»Komm herein.« Er führt sie in den Salon.

Schüchtern setzt sich Charlotte in einen der Sessel.

»Willst du was trinken? Ich habe noch Wein oder lieber einen Kaffee, Tee oder …?«

»Nein, danke. Ich möchte Ihnen was sagen.«

Guillaume setzt sich ebenfalls.

Und nun sprudelt es aus Charlotte heraus. Die Worte überschlagen sich. Sie erzählt von ihrem Onkel, der sie unsittlich berührt hat, als sie zehn war. »Er hat mich aufgefordert, mit seinem Penis zu spielen und … und in den Mund zu nehmen«. Ihre Stimme erstickt. Sie schlägt die Hände vor das Gesicht. Ihr Körper bebt.

Guillaume schweigt.

Nach einer Weile erzählt sie von Damoi, der Vergewaltigung, dem Kampf mit ihm und seinem Schwur, dass sie niemals und nirgendwo mehr eine Stelle finden würde. »Und das ist eingetreten«, endet sie mit brüchiger Stimme.

Guillaume greift nach ihrer Hand. Im ersten Moment will Charlotte sie ihm entziehen, lässt es dann.

»Du armes Ding. Hast du ihn angezeigt? Hast du deinen Onkel …?« Er springt auf und läuft im Zimmer auf und ab.

»Ich schäme mich so. Niemand wird mir glauben.« Ein Flüstern nur.

»Deshalb musst du dich doch nicht schämen. Dir ist Schreckliches widerfahren, du kannst nichts dafür.« Erneut schweigt er, runzelt die Stirn, ehe er sagt: »Ich habe einen Freund, einen Journalisten. Der schreibt über solche Ereignisse. Natürlich bleiben die Namen der Betroffenen anonym. Er will damit die Gesellschaft und die Politik aufrütteln. Ganz besonders die Politik, damit in dieser Hinsicht mehr unternommen wird. Und die Verursacher für ihre Gräueltaten gerichtlich belangt werden. Weißt du eigentlich, wie vielen Frauen Ähnliches wie dir widerfährt?«

Charlotte hebt bebend die Schultern.

»Du musst es nicht heute entscheiden. Ich geb dir seine

Karte. Ruf ihn einfach an, wenn du so weit bist. Er ist ein sehr netter Mann und absolut vertrauenswürdig.«

Charlotte steckt die Karte in die Tasche und steht auf. »Ich habe Ihre Zeit schon viel zu lange in Anspruch genommen.«

»Nein, nein, ich bin froh, dass du dich entschlossen hast, es mir zu erzählen. Ich ruf jetzt ein Taxi.«

Guillaume begleitet sie zur Tür. Als sie bereits im Treppenhaus steht, ruft er ihr zu: »Fast hätte ich etwas vergessen. Komm doch morgen Nachmittag zum ›Chez Papa Bastille‹ am Boulevard de la Bastille 40. So um vier Uhr. Ich möchte etwas mit dir besprechen.«

Charlotte schaut ihn an, nickt und geht langsam hinunter. Als sie ins Taxi steigt, wirft sie nochmals einen Blick hinauf. Das Licht im Salon, wo sie vor fünf Minuten saß, brennt immer noch.

Aus heiterem Himmel

Guillaume sitzt mit der Direktrice der Opera Bastille, Madame Benoi, im ›Chez Papa Bastille‹ an einem Tisch auf der Terrasse. Es ist Nachmittag. Die Brasserie hat eben erst geöffnet und es ist noch ruhig.

Madame Benoi hat eine Tasse Tee vor sich. Silbergraue, streng zurückgenommene Haare, im Nacken zu einem lockeren Knoten gebunden. Ihr Gesicht ist mit feinen Fältchen überzogen. Auf den Lippen schimmert ein dezentes Gloss. Die blauen Augen sind ungeschminkt.

Guillaume schaut auf die Uhr. Wo bleibt Charlotte? Hat sie es sich anders überlegt? Ist ihr etwas passiert?

In diesem Moment kommt sie angerannt. Außer Atem bleibt sie am Tisch stehen. »Entschuldigung, die Metro.«

»Schon gut. Setz dich. Darf ich vorstellen, Madame Benoi, Direktrice an der Opera Bastille.«

»Sehr erfreut.« Charlotte runzelt die Stirn.

»Setz dich. Was möchtest du trinken?«

»Ein Glas Wasser.« Sichtlich neugierig betrachtet sie Madame Benoi.

Ein Kellner stellt das Glas Wasser auf den Tisch.

Guillaume räuspert sich. »Charlotte, ich habe dir erzählt, dass ich gute Beziehungen zum Theater habe. Ich habe vor ein paar Tagen Madame Benoi kontaktiert.« Er nimmt einen Schluck Bier. »Madame ist zuständig für die Kostüme und würde gern deine Entwürfe sehen.« Umständlich zieht Guillaume das Handy aus der Hosentasche. Er blickt kurz darauf und legt es dann auf den Tisch. »Auch deinen Bachelor möchte sie gern sehen.«

»Ich bin immer auf der Suche nach jungen Talenten und Guillaume hat Sie mir wärmstens empfohlen. Sobald ich Ihre Unterlagen gesichtet habe, melde ich mich.« Madame Benoi stellt die Teetasse auf den Tisch. »Ich muss jetzt gehen. Danke für Ihre Empfehlung, Guillaume.« Sie reicht ihm die Hand. Dann wendet sie sich Charlotte zu: »Ich erwarte Ihre Unterlagen, dann sehe ich weiter.«

Mit offenem Mund starrt Charlotte hinter ihr her.

»Das … das haben Sie für mich getan?«, fragt sie.

»Ja, das habe ich für dich getan. Weil ich an dich glaube und weiß, dass du eine große Zukunft vor dir hast.«

»Also haben Ihnen meine Arbeiten tatsächlich so gut gefallen?«

Guillaume lächelt. »Ich lüge nicht. Niemals. Abgesehen davon bin ich ein alter Mann, der schon viel erlebt hat und auch einige Menschenkenntnisse in einem langen Leben gesammelt hat. Deshalb glaube ich auch an dich, denn du hast den nötigen Biss, es zu schaffen. Bist du nun zufrieden?«

»Ja, oh ja. Vielen Dank, dass Sie an mich glauben.« Charlotte steht auf und umarmt ihn.

Sachte streicht er über ihre Hand. »Väter glauben immer an ihre Töchter.« Er lächelt. »Du könntest meine Tochter sein. Ich habe mir immer eine Tochter gewünscht, und das mit dem ›Sie‹, das lassen wir jetzt.« Er winkt dem Kellner. »Zahlen bitte. Alles zusammen, auch den Tee der Dame.«

In Charlottes Kopf wirbelt es. Vor ein paar Tagen noch gab es keinen Ausweg aus ihrer Misere, und heute? Heute hat sie Aussicht auf eine Anstellung in einem großen Theater, und sie hat sich endlich jemandem geöffnet, die ganze Last, die sie mit sich herumgetragen hat, muss sie jetzt nicht mehr allein tragen.

»Ich muss zum Flughafen, meine Freundin abholen. Sie hat mir eben eine Nachricht geschickt. Ihr Flieger kommt früher als geplant. Du meldest dich bei mir, sobald du mehr weißt.«

Das Outing

Das Erste, was Charlotte auffällt, ist eine alte Druckmaschine, die im Empfangsraum des ›Figaro‹ steht. Wie ein mächtiges Ungeheuer steht sie da.

An der Rezeption fragt Charlotte mit leiser Stimme nach einem Patrick Cohen.

»Sind Sie angemeldet?«

»Nein. Monsieur Guillaume Rakoto hat mir die Adresse gegeben, ich soll mich bei Monsieur Cohen melden.«

»In welcher Angelegenheit?«

In dem Augenblick betritt eine junge Dame mit einem Stoß Akten unter dem Arm den Anmelderaum. Sie legt den Stapel auf den Tisch und flüstert der Empfangsdame etwas ins Ohr. Beide nicken.

»Also, in welcher Angelegenheit möchten Sie mit Monsieur Cohen sprechen?«

»Das kann ich Ihnen nicht sagen.«

»Dann kann ich Sie auch nicht anmelden. Er ist ein viel beschäftigter Mann.«

»Dann komme ich ein anders Mal wieder, wenn er nicht so beschäftigt ist.« Mit hängenden Schultern geht Charlotte auf den Ausgang zu.

In diesem Moment öffnet sich die Lifttür und ein junger Mann eilt an den Empfang.

»Ich erwarte noch eine Sendung aus den USA. Ist das Paket schon eingetroffen?«

»Nein, aber hier ist jemand, der Sie sprechen möchte.« Sie nickt in Richtung Charlotte. »Ein Monsieur Rakoto hätte sie geschickt.«

Der junge Mann betrachtet Charlotte überrascht. »Oh, Sie sind die Kellnerin aus dem ›Indiana‹, nicht wahr? Wie heißen Sie?«

»Charlotte Petit.«

»Kommen Sie doch mit in mein Büro.« Er weist ihr den Weg zum Lift. »Bitte informieren Sie mich, wenn das Paket da ist, ich komme es dann holen«, ruft er der Empfangsdame zu, bevor sich die Lifttür schließt.

Charlotte betrachtet ihn von der Seite. Das also ist Patrick Cohen. Auch sie hat ihn schon gesehen. Nicht nur im ›Indiana‹, auch bei Mario. Der Schreiberling. Ihr wird mulmig. Diesem Journalisten soll sie ihre Geschichte erzählen? Sie hat sich unter Guillaumes Freund einen älteren Herrn vorgestellt. Einen wie Guillaume, abgeklärt und verschwiegen.

»Wir sind da.« Patrick hält die Lifttür für sie auf und geht durch ein Großraumbüro. Etliche Damen und Herren tippen Texte oder Telefonieren. Es brummt wie in einem Bienenstock. Die angespannte Hektik ist beinahe greifbar.

»Hier entlang.« Monsieur Cohen öffnet die Tür und komplimentiert Charlotte in einen Raum, dessen Wände aus Glas sind.

»Bitte setzen Sie sich doch.« Er schließt die Tür und schiebt ihr einen Stuhl hin. »Was kann ich für Sie tun?«

In ihrem Kopf wirbeln die Gedanken. Sie schaut ihn an.

Blaue Augen, die sie neugierig mustern. »Wie geht es Ihnen?«, fragt er nun.

Wahrscheinlich, weil sie den Mund nicht aufbekommt. Sie spürt, wie sie errötet. »Nun, danke der Nachfrage. Es ist so, Guillaume hat mich zu Ihnen geschickt, er meint, dass Sie meine Geschichte interessiert.«

Sie atmet tief durch. Jetzt ist es raus.

»Ja?«

»Er sagte mir, dass Sie mit meiner Geschichte anderen Frauen helfen können.«

»Vielleicht. Wenn Sie sie mir verraten, dann kann ich Ihnen sagen, ob ich helfen kann.«

Charlotte schließt die Augen. »Ich bin sexuell ... ich bin vergewaltigt worden«, sagt sie und erzählt erst zögerlich, doch dann fließen die Worte aus ihr heraus. Sie spricht von ihrer Angst. Von ihrer Scham. Von ihren Träumen, die sie immer noch heimsuchen. Am Ende fühlt sie sich ausgelaugt. Ihre Hände zittern, ja, ihr ganzer Körper bebt. Sie kämpft mit den Tränen.

Patrick hat sie mit keinem Wort unterbrochen. Er lässt einen Bleistift durch die Hände gleiten.

»Danke, Mademoiselle Petit«, sagt er leise, »dass Sie sich mir anvertraut haben. Wie sehr müssen Sie gelitten haben. Mit ihrer Aussage können Sie auch anderen Frauen helfen. Dafür werde ich persönlich sorgen. Solche sexuellen

Übergriffe dürfen nicht mehr passieren.« In seiner Stimme schwingt Zorn.

»Was geschieht denn jetzt?«

»Wenn Sie einverstanden sind, werde ich einen Bericht über das schreiben, was Sie mir anvertraut haben. Dieser Bericht wird in verschiedenen Zeitungen veröffentlicht, natürlich ohne Ihren Namen zu nennen.« Er legt den Bleistift auf den Schreibtisch. »Eine Kopie geht an das Innenministerium zur Kenntnisnahme. Monsieur Macron hat großes Interesse, dass solche Attacken geahndet werden. Sie können mit Ihrem Outing anderen Frauen helfen, es Ihnen gleichzutun.«

Langsam fällt die Anspannung von Charlotte ab.

»Glauben Sie mir«, sagt Patrick mit zorniger Stimme, »es gibt noch viel zu tun in dieser Angelegenheit. Gewalt an Frauen, sei es sexuelle oder häusliche Gewalt, die Dunkelziffer ist groß, darf nicht hingenommen werden! Genau deswegen habe ich beschlossen, die Öffentlichkeit darüber zu informieren.« Er nimmt den Telefonhörer in die Hand und bestellt zwei Kaffee. »Sie brauchen mir nicht sofort zu sagen, ob ich über Ihre Geschichte schreiben darf. Wenn ja, dann müssten Sie ein Formular unterzeichnen. Das eilt aber nicht. Lassen Sie sich ruhig Zeit. Sie können mich jederzeit anrufen, wenn Sie so weit sind.«

Eine Sekretärin bringt die dampfenden Kaffeetassen, stellt sie auf den Schreibtisch und verschwindet.

Schweigend trinkt Charlotte und wieder wirbeln die Gedanken. Kann sie ihm vertrauen? Sie kennt ihn nicht.

Auch wenn er ein offenes Gesicht hat, das will noch lange nichts heißen. Sie stellt die leere Tasse zurück und steht auf. »Ich werde es mir überlegen. Danke, dass Sie sich die Zeit genommen haben. Ich melde mich.«

Patrick begleitet sie zum Lift. Es ist das erste Mal seit langer Zeit, dass sich Charlotte neben einem Mann wohlfühlt.

Das ›La Liberté‹ ist gut besucht. Fröhliche Menschen und mittendrin Charlotte mit ihrer Freundin.

Cécile schaut sie besorgt an. »Du bist so still. Fehlt dir etwas? Bist du krank?«

Charlotte verneint. Sie winkt einem Kellner und bestellt zwei Glas Champagner.

»Ist bei dir der Wohlstand ausgebrochen?«

»Nein, aber wir müssen etwas feiern.«

»Erzähl, mach es nicht so spannend.«

»Ich habe die Aussicht auf eine Stelle an der Opera Bastille. Gestern habe ich die Unterlagen an die Direktrice geschickt. Madame Benoi, so heißt sie, hat gesagt, dass sie junge Talente fördern will.«

»Aber das ist ja wunderbar!« Enthusiastisch steht Cécile auf und umarmt ihre Freundin. »Ich drück dir alle Daumen. Oh, ich bin so froh.«

Charlotte lächelt. »Und ich erst.« Sie nimmt einen Schluck Champagner. »Guillaume Rakoto, ein ehemaliger Journalist bei der ›Le Monde‹, hat seine Beziehungen spielen lassen.«

Sie erzählt, wo sie ihn getroffen hat. Wie sie ins Gespräch gekommen sind. Und ganz zum Schluss klärt sie Cécile über jenen Abend auf, an dem sie nicht zum vereinbarten Treffen erschienen ist.

Cécile, die immer schnell etwas zu sagen weiß, bleibt stumm. Starrt ihre Freundin mit offenem Mund an. Alles Blut ist aus ihrem Gesicht gewichen.

»Und jetzt?«, flüstert sie nach einer Weile.

»Ich habe mich heute geoutet. Ein Freund von Guillaume schreibt zu diesem Thema in der Zeitung. Ich war bei ihm und habe ihm meine Geschichte erzählt, auch die über meinen Onkel.«

»Deinen Onkel?«

»Das ist schon lange her.«

»Und jetzt?«

»Er wird diesen Bericht veröffentlichen, sobald ich das Okay gegeben habe.«

»Das hast du noch nicht getan?«

»Nein, ich wollte es mir überlegen.«

»Was gibt es da zu überlegen? Du gehst sofort zu diesem Journalisten und gibst ihm deine Einwilligung.« Cécile hat sich richtig in Rage geredet.

Ganz die Alte, denkt Charlotte und sagt: »Klar gehe ich hin, ich wollte mir nur alles noch mal durch den Kopf gehen lassen. Weißt du, es ist kein leichter Schritt, seine eigene Geschichte aufgeschrieben zu sehen, besonders eine solche.« Dann sieht sie Cécile an, fasst nach ihrer Hand. »Es tut mir leid, dass ich dir nicht früher davon erzählt habe. Ich konnte einfach nicht, ich habe mich so geschämt.«

»Ich weiß, Charlotte, hätte ich wohl auch nicht können. Jetzt ist es ja raus, ich bin sehr froh deswegen. Es wird dir besser gehen, ganz bestimmt.«

Das Date

So traumlos hat Charlotte schon lange nicht mehr geschlafen. So leicht und frei hat sie sich schon lange nicht mehr gefühlt.

Heute Morgen will sie Maman auf dem Friedhof besuchen. Sie ist schon ein paar Wochen nicht mehr dort gewesen.

Auf dem Weg kauft sie eine weiße Lilie im Topf. Das Grab sieht ziemlich vernachlässigt aus. Jemand hat einen Blumenstrauß in die Vase gestellt. Rosen, die traurig die vertrockneten Köpfe hängen lassen. Sie nimmt die Rosen heraus und stellt den Topf mit den Lilien auf den Stein.

»Es wird alles gut, Maman.« Sie setzt sich auf die Bank gegenüber dem Grab. »Ich habe eine Stelle im Theater. Ich kann in zwei Wochen dort anfangen. Und weißt du was, meine erste Aufgabe ist, ein Kostüm für ›Othello‹ zu entwerfen. Ist das nicht wunderbar?«

Von fern dringt das Rauschen des Stadtverkehrs an ihre Ohren. Sie bleibt noch eine Weile sitzen und genießt die Stille des Friedhofes und die Zufriedenheit, die sich in ihr ausbreitet.

Dann schlendert sie durch die Rue de la Gaité. Damois Theater ist immer noch geschlossen. Die Plakate hängen zerrissen im offenen Schaukasten. Schmutz und alte Werbeflyer liegen vor dem Eingang, der durch dicke Gitterstäbe vor Einbruch geschützt ist. Vergangenheit.

Heute Abend ist Charlotte mit Patrick verabredet. Sie wollte ihn in der Redaktion treffen, doch er hatte keine Zeit. »Ich bin den ganzen Tag unterwegs. Können wir uns irgendwo treffen und zusammen etwas essen? Wie wäre es in bei ›Huguette‹ an der Rue de Seine. Kennen Sie das Bistro? Ich reserviere einen Tisch.«

Noch zwei Stunden. Sie kleidet sich besonders sorgfältig. Ein knöchellanges Kleid, selbst entworfen und genäht aus einem feinen Leinenstoff, dunkelrot. Dazu Slingpumps mit mittelhohem Absatz. Nur noch etwas Make-up und ein rosa Lippenstift. Leise summt sie ein Lied.

Die Metro ist wie immer um diese Zeit voll mit Menschen, die es eilig haben, nach Hause zu kommen. Auch auf dem Gehsteig sind viele unterwegs. Die Luft ist weich.

Patrick ist noch nicht da, ein Kellner eilt herbei und fragt nach ihren Wünschen.

»Ein Monsieur Cohen hat einen Tisch reserviert. Ich kann ihn aber nirgends sehen.«

»Folgen Sie mir, Madame.« Der Kellner geleitet sie an einen Tisch im hinteren Teil des Bistros. »Was darf ich Ihnen bringen?«

»Ich warte, bis Monsieur eingetroffen ist.«

»Bitte sehr. Hier ist schon mal die Karte.« Er legt die Speisekarte auf den Tisch und entfernt sich leise.

Charlotte schaut sich um.

Von außen sieht das Bistro leicht antiquiert aus. Das Innere ist modern, einfach und klar strukturiert. Sie schnuppert. Ein angenehmer Fischgeruch, vermischt mit allerlei Gewürzen und Zitrone streift ihre Nase. Sie nimmt die Karte zur Hand. Findet ein üppiges Fisch- und Krustentierangebot.

Patrick stürmt ins Lokal. »Entschuldigen Sie meine Verspätung. Mein Chef!«

»Jetzt sind Sie ja da.«

»Was möchten Sie? Einen Wein oder …?«

»Einen Wein, vielleicht.« Sie lächelt.

Patrick bestellt. Er zieht ein Formular aus der Mappe. »Das müssten Sie noch unterschreiben. Danach kann ich den Text schreiben. Bevor ich ihn veröffentliche, bekommen Sie ihn nochmals zum Gegenlesen. Einverstanden?«

Irgendetwas hat sie sprachlos gemacht, sie kann nur nicken. Ist es der Mann, der vor ihr sitzt, ist es der Bericht, den er schreiben und somit das, was ihr zugestoßen ist, an die Öffentlichkeit bringen wird? Sie weiß es nicht. Aber sie fühlt, dass heute etwas anders mit ihr ist. Stumm nimmt sie das Formular und unterschreibt.

»So, nun können wir zum gemütlichen Teil übergehen.« Patrick Cohen lehnt sich entspannt zurück. »Mögen Sie Austern? Die haben hier eine gute Auswahl.«

»Das habe ich noch nie gegessen.«

»Dann würde ich vorschlagen, wir probieren es einfach mal.« Er winkt dem Kellner, »zwölf Austern, die gewölbten, und die Größe Nummer drei.«

Charlotte macht große Augen, als der Kellner die Austern auf einer Platte mit zerschlagenem Eis auf den Tisch stellt.

»Ich mache es Ihnen vor, ist gar nicht schwer.« Patrick nimmt eine Auster, beträufelt sie mit Zitronensaft, um danach den Inhalt geräuschvoll zu schlürfen. »Schmeckt herrlich erfrischend nach Atlantik, Sonne und Wind. Probieren Sie einfach mal.«

Charlotte tut es ihm nach. Zuerst schaudert sie etwas, als sie das glibberige Austerninnere auf ihrer Zunge spürt. Dann aber explodieren tausend Geschmackserlebnisse, sie spürt das Meer, den Sand und den Wind, hört das Rauschen der Wellen.

»Und?«

»Herrlich, ganz wunderbar.«

Nachdem die Platte leer ist, das Weinglas auch, nimmt Patrick ihre Hand. »Ich danke dir für dein Vertrauen.«

Charlotte nickt verwirrt. Seine Hand fühlt sich warm und kräftig an.

»Darf ich dich Charlotte nennen? Ich bin froh, dass ich dich kennenlernen durfte.« Er betrachtet sie eine Weile. »Was du für unglaubliche Augen hast …«

Charlotte weiß nicht, was sie antworten soll, und schweigt.

»Ich muss jetzt leider gehen.« Er lächelt gequält, winkt dem Kellner und begleicht die Rechnung. »So sehr ich meinen Beruf liebe, in einem solchen Moment hasse ich ihn. Aber übermorgen hätte ich mehr Zeit und bis dann steht auch mein Bericht. Kannst du um acht Uhr in der ›Closerie des Lilas‹ sein?«

»Wo ist das?«

»Am Boulevard Montparnasse. Dort hat Hemingway seine Texte geschrieben.« Einen Wimpernschlag lang treffen sich ihre Blicke.

Als sie auf der Straße stehen, nimmt er erneut ihre Hand. »Ich danke dir.« Schnell dreht er sich um und verschwindet in der Menge.

Die beiden Tage schleichen dahin. Charlotte kann sich auf nichts konzentrieren.

Immer wieder tauchen Patricks blaue Augen vor ihr auf. Ihre Augen nannte er wunderbar. Das kann sie zurückgeben. Noch nie hat sie ein Mann mit so viel Achtsamkeit behandelt, Guillaume ausgenommen. Und noch nie hat sie sich in der Nähe eines Mannes so geborgen gefühlt. Als er sie zum Lift begleitet hat, fühlte sie das zum ersten Mal.

Pünktlich steht sie im Entree der ›Closerie des Lilas‹.

»Monsieur Cohen lässt ausrichten, dass er in etwa zehn Minuten hier sein wird.« Der Kellner, der in seinem Frack eher einem Butler ähnelt, geleitet Charlotte an einen Tisch auf der gedeckten Veranda. »Bitte sehr.« Er rückt den Stuhl zurecht. »Was darf ich Ihnen bringen? Oder möchten Sie lieber warten, bis Monsieur Cohen auch eingetroffen ist?«

»Ich warte, danke schön.«

Der Kellner verschwindet.

Hier hat Hemingway also seine Romane geschrieben. Ein Glasdach, durch das man die Sterne funkeln sehen kann. Blumenkübel. Teppiche, die die Schritte dämpfen. Die Tische sind mit weißem Leinen eingedeckt. Auf jedem Tisch stehen eine Kerze und ein kleiner Blumenstrauß. Kellner eilen flink hin und her und bedienen lautlos die Gäste. Die Tische sind durch große Kübel mit exotischen Pflanzen getrennt. Wie in einem Separee.

»Bitte sehr«, es ist der Kellner von eben, der Patrick an den Tisch führt. »Ich bringe Ihnen gleich die Karte.« Wieder eine leichte Verneigung, bevor er verschwindet.

»Ich bin schon wieder zu spät. Kannst du mir verzeihen? Das Journalistenleben. Ich weiß, das tönt abgedroschen.« Er hebt bittend die Hände.

»Ich verzeih dir.« Ein Lächeln huscht über Charlottes Gesicht. Wie leicht ihr das Du über die Lippen kommt, als kenne sie ihn schon lange.

Patrick setzt sich und legt den Bericht vor sie hin. »Du sollst ihn zuerst lesen. Er ist nicht sehr lang. Danach können wir uns den Köstlichkeiten hier widmen. Das heißt, wenn du einverstanden bist.«

»Bin ich.« Sie beugt den Kopf über den Text, liest. Als sie fertig ist, hat sie Tränen in den Augen. »Es ist fürchterlich, es kommt alles wieder hoch. Hört denn das nie mehr auf?«

»Mit der Zeit wird der Schmerz verschwinden. Bist du einverstanden mit dem Text? Darf ich ihn so veröffentlichen?« Er streicht ihr sachte über die Hand.

»Ja, darfst du. Und ich hoffe, dass er den Frauen, die Ähnliches erlebt haben, wirklich helfen kann.« Sie lässt die Hand auf dem Tisch liegen.

»Das denke ich. Jeder Bericht, jedes klitzekleine Outing machen Mut. Und je mehr Texte dieser Art in den Zeitungen erscheinen, desto eher werden Frauen und ihr Umfeld damit konfrontiert. Das nennt man Schneeballeffekt. Und ich hoffe, dass auch die Politik sensibilisiert wird. Lass uns bestellen.«

Er streicht erneut sanft über ihre Hand.

»Wie wäre es mit einem Glas Champagner? Ich würde eine leichte Vorspeise vorschlagen, einen Salat mit Entenherzen vielleicht und danach als Hauptspeise«, er nimmt die Karte, »ein Kalbsfilet mit Morcheln und einer Gemüsegarnitur. Über das Dessert sprechen wir später.«

»Ich bin mit allem einverstanden. Ich habe noch nie in meinem Leben in einem solch noblen Restaurant gesessen.«

»Ich bin auch nicht jeden Tag hier. Aber heute ist es etwas ganz Besonderes. Mit dir zusammen hier zu sitzen, das bedeutet mir viel, mehr als du glaubst.«

Charlotte senkt den Kopf.

Er soll nicht sehen, wie verlegen sie seine Worte machen. Er soll ihre Augen nicht sehen. Sie fühlt, dass die viel verraten würden. Er soll …

Der Kellner bringt den Champagner.

»Zum Wohl, Charlotte, auf deine Zukunft, auf unsere Zukunft.«

Sein Blick ruht intensiv auf ihr, sie spürt, wie die Röte in ihr Gesicht steigt. »Ich habe dich noch gar nicht nach deinem Beruf gefragt.«

»Ich habe seit Kurzem eine Stelle als Kostümbildnerin in der Opera.«

Und sie erzählt ihm, dass Guillaume ihr den tollen Job vermittelt hat. Sie erzählt ihm von ihrem gescheiterten Versuch, Schauspielerin zu werden. Sie erzählt ihm vom Tod ihrer Mutter, von Cécile, ihrer besten Freundin. Sie breitet ihre Vergangenheit vor ihm aus. Ist erstaunt über sich selbst. So umfassend hat sie sich noch niemandem anvertraut.

Patrick unterbricht sie mit keinem Wort. Aber während sie erzählt, nimmt er ihre Hand und küsst die Fingerspitzen.

Charlotte erschauert. Doch nicht vor Ekel. Es ist ein Gefühl von Wärme, Vertrauen, ja, und sie wagt fast nicht, es zu denken, von Leidenschaft?

Während sie essen, erzählt Patrick über sich. Dass er schon immer Gefallen daran gefunden hat, Menschen zu interviewen. Bereits in der Schule ist ihm klar geworden, dass er einmal Journalist werden möchte.

»Darauf habe ich dann hingearbeitet.« Er erzählt von seiner Kindheit. »Ich bin in einer mittelständigen Familie aufgewachsen. Sehr behütet. Wir waren nicht reich, aber auch nicht arm. Mein Leben ist nicht aufregend. Es plätschert dahin, doch ich bin nicht unglücklich. Und jetzt habe ich dich getroffen. Was für ein unglaubliches Glück.«

Charlotte kann nicht antworten, so sehr durchströmen sie Patricks Worte. Sie sieht ihn an und ihre Blicke treffen sich. Da weiß sie, dass auch sie wieder glücklich sein kann, sich ihre Sehnsucht nach dem Leben erfüllen wird.

Ein Jahr danach

Charlotte und Patrick treten aus dem Kirchentor, nachdem die Gäste vor ihnen die Kirche verlassen haben und nun ein Spalier bilden. Sie jubeln, werfen Reiskörner und Papierschlangen. Lachend läuft das Paar hindurch. Charlotte rafft die Rüschen des Hochzeitskleids hoch, um nicht draufzutreten.

Der Pfarrer kommt zu ihnen und gratuliert. »Ich wünsche Ihnen alles Gute auf dem gemeinsamen Weg, den Sie nun gehen.« Mit Tränen in den Augen bedankt sich Charlotte.

Als Charlotte Cécile sagte, dass sie und Patrick heiraten würden, blieben ihrer Freundin für einen Moment die Worte weg, was äußerst selten vorkommt. Dann aber umarmte sie Charlotte.

»Ich wünsche dir alles, alles Gute. Nun bist du angekommen, nun kannst du all das Böse hinter dir lassen, vergessen.«

»Vergessen wohl nicht ganz«, antwortete Charlotte, »aber tief in meinem Herzen vergraben. Und du, wann ist es bei dir so weit?«

»Das wird noch dauern. Ich habe keine Zeit zum Heiraten.«

Charlotte schmunzelte. »Wenn der Richtige kommt, wirst du Zeit haben.«

Am Morgen vor der kirchlichen Trauung fand die standesamtliche Trauung im Gemeindehaus von Montparnasse statt. Cécile und Guillaume waren Trauzeugen. Als der Bürgermeister, ein stattlicher Mann, ihnen die Heiratsurkunde überreichte, sah Charlotte aus dem Augenwinkel, wie Guillaume nach Madeleines Hand griff.

Nach dem gemeinsamen Mittagessen besuchten sie zusammen mit den Trauzeugen das Restaurant ›Closerie des Lilas‹, dort, wo sich Charlotte und Patrick getroffen hatten, dort, wo Charlotte das erste Mal gefühlt hatte, dass ihre Sehnsucht nach Leben erfüllt werden würde.

Nach dem Essen fuhren die beiden Freundinnen in Charlottes Wohnung.

»Das Kleid ist der Hammer. Du bist wirklich eine famose Stylistin. Patrick wird Augen machen. Er hat dich in dieser Robe doch noch nicht gesehen?«

»Aber nein! Das würde Unglück bringen. Hilfst du mir, die Knöpfe im Rücken zu schließen?«

Charlotte drehte sich vor dem Spiegel. Eine junge Frau, mit strahlenden Augen schaute sie an. »Und jetzt noch die Haare. Kannst du das?«

»Oh ja, ich habe zu Hause geübt.« Cécile nahm die feine Perlenkette, verflocht sie mit Charlottes Haaren.

Die beiden waren bereits an der Tür, da stoppte Charlotte. »Die Blumen, ich hätte fast meinen Strauß vergessen.«

»Hier ist er.« Cécile überreichte ihr das Rosenbouquet. Rosafarbene kleine Rosen zusammengebunden als Biedermeierstrauß.

Das Spalier löst sich auf. Die Gäste verteilen sich auf dem Vorplatz der Kirche.

Guillaume kommt auf das Brautpaar zu. Er nimmt Charlotte in den Arm. »Ich wünsche dir alles, alles Gute, nun bist du angekommen«, sagt er und dann zu Patrick: »Wenn du sie nicht gut behandelst, bekommst du es mit mir zu tun, merk dir das, mein Freund«, er grinst ihn an. »Und nach eurer Hochzeitsreise machen wir weiter mit unseren Artikeln zu den sexuellen Übergriffen, es warten noch viele Interviews auf uns.«

»Selbstverständlich, Guillaume, langsam greift unsere Arbeit.«

»Kommt, lasst uns auf das Brautpaar anstoßen!«, ruft Yvonne. Sie steht vor einem Tisch, auf dem die Champagnerflaschen in mit Eiswürfeln gefüllten Kübeln stehen.

Charlotte und Patrick bedienen sich. Zwei Gläser stoßen an. Zwei Augenpaare versinken ineinander.

Charlotte stellt das Glas auf den Tisch, dreht sich und wirft den Brautstrauß nach hinten.

»Oh nein!«, ruft Madeleine, die das Bouquet aufgefangen hat.

»Oh doch.« Guillaume nimmt sie in seine Arme. »Das Schicksal hat gesprochen. Nun kannst du nicht mehr zurück.« Alle klatschen.

Nachdem der Champagner ausgetrunken ist, nimmt Patrick Charlottes Hand und führt sie zu einem mit Blumen geschmückten Auto. Sie steigen ein. Langsam fährt der Wagen die Straße hinunter.

»Ich liebe dich«, sagen beide zugleich.

Danke

Ich hoffe, dass ich Ihnen, liebe Leserin, lieber Leser, mit meinem Buch ein paar schöne Stunden verschafft habe und ich freue ich mich, über ein Feedback. Schreiben Sie mir einfach eine Mail an dahms94@gmail.com

Wenn Sie mehr über mich lesen wollen, besuchen Sie mich auf meiner Hompage: www.verena-dahms.com und falls Sie mögen, können Sie auch meinen Newsletter abonnieren, der natürlich vollkommen gratis und ohne Verpflichtungen Ihrerseits ist. Ich serviere Ihnen kleine Häppchen von meinen Geschichten und was sich sonst noch in meiner neuen Heimat in Südwestfrankreich. https://verena-dahms.com/newsletter.
Sie finden mich natürlich auch auf meiner Facebook-Seite: https://www.facebook.com/V.Dahms.

*

Weshalb ich diesen Roman geschrieben habe.

In den letzten Monaten habe ich in den Medien immer öfter über sexuelle Aggressionen gelesen. Es waren Aggressionen innerhalb der Familie, im Beruf, in den Schulen, beim Sport und auf den Straßen. Es waren verbale

Aggressionen und auch übergriffige Aggressionen. Die Betroffenen waren Frauen jeden Alters, aber meistens handelte es sich um jüngere Frauen, Mädchen manchmal. Ich bin sicher, dass die Pandemie auch ihren Teil dazu beigetragen hat, und deshalb habe ich eine Geschichte darüber geschrieben, denn meine Geschichten sollen nebst der Unterhaltung auch zum Denken anregen.

Wie es angefangen hat:

Im November 2021 sass ich im Café Odessa, auf der Terrasse, im Quartiere Montparnasse bei einem Glas Wein. Es war einer dieser noch recht milden Novemberabende, die es manchmal in Paris gibt. Das Café war bis auf den letzten Platz besetzt. Da sah ich einen älteren Herrn, mit einer Tageszeitung unter dem Arm, die Straße überqueren. Er sah sehr gepflegt aus, war aber lässig gekleidet, und wie ein Blitz überkam es mich, das ist meine Figur für meinen nächsten Roman. Die Figur ›Guillaume‹ ist entstanden.
Zuerst wollte ich einen Roman nur über ›Guillaume‹ schreiben (ein Journalist, der neben seinem Job noch Romane schreibt), aber als Frauenroman-Autorin entschloss ich mich kurzerhand, die Geschichte auf einer weiblichen Figur aufzubauen.
Schnell zog ich meinen Notizblock hervor, den ich immer in meiner Handtasche dabei habe, und skizzierte meine weibliche Figur, ›Charlotte‹, die Protagonistin. Zierlich,

etwas schüchtern, aber ihre blauen Augen strahlen, wenn sie glücklich ist.

Die Figuren und meine Geschichte sind frei erfunden. Authentisch sind allerdings die Orte, Plätze und Bistros, Restaurants etc. Nachdem ich das Manuskript fertig geschrieben hatte, war ich noch mal in Paris und habe einige der Orte, Plätze, Bistros und Restaurants besucht. So auch das legendäre Restaurant ›La Closerie des Lilas‹, in dem eine der letzten Szenen in meinem Buch stattfindet.

In der Entstehungszeit des Buches haben mich viele Leute unterstützt.
Mein Dank geht an Elsa Rieger. Ihre klugen Anmerkungen haben dieses Buch besser und dichter gemacht.
Danke auch an meine Autorenfreundin Enya Kummer. Sie hat mir gerade am Anfang Mut gemacht, dieses Buch mit dem nicht so leichten Thema zu schreiben. Und sie war es auch, die am Ende mit der Lupe nach den ach so kleinen und fiesen Fehlerteufelchen geforscht hat, die meistens übersehen werden.
Danke auch an meine wundervolle Coverdesignerin, DaylinArt. Sie versteht es immer wieder, dem Buch ein Gesicht zu geben. Danke, danke, danke.

Und nicht zuletzt geht mein Dank auch an Manfred Dahms, meinen Lebenspartner. Er unterstützt mich während des Schreibens, indem er mir zuhört und mich

aufbaut, wenn ich mal wieder verzweifelt bin und am liebsten alles hinschmeißen möchte.
Ich danke dir für deine Geduld.

Meine Bücher

Mein bevorzugtes Genre sind Frauenromane. Mal tiefsinnig, mal heiter, mal mit Liebe gewürzt. Nur einmal bin ich in die Rolle von einem Mann geschlüpft. Vielleicht werde ich das noch einmal tun.
Diese Bücher finden Sie bei Amazon unter folgendem Link:
https://www.amazon.de/Verena-Dahms/e/B011IOM838?ref=sr_ntt_srch_lnk_1&qid=1618120964&sr=8-1

Eine Frau kämpft für ihren Traum
1956 flüchtet Anna Horvath zusammen mit ihren Eltern vor den sowjetischen Truppen aus Ungarn in ein Bergdorf in der Schweiz. Sie wächst in zwei Welten auf. Ein Zwiespalt entwickelt sich in ihr. Wo gehört sie hin? Ist Ungarn ihre Heimat oder die Schweiz, ihr neues Zuhause? Anton, ein Nachbarjunge, hilft ihr, im Dorf Fuß zu fassen, im Laufe der Zeit entwickelt sich Zuneigung, ja, Liebe. Doch Anna bleibt getrieben, rastlos, schafft es nicht anzukommen. In ihrer Not entdeckt sie zunächst das Zeichnen, dann das Malen. Damit findet sie ihre Bestimmung, ihr Glück – eine andere Art von Heimat. Ein Kunstagent wird ihr Mentor, sie verlässt das Bergdorf, und später erlangt Anna durch die internationale Anerkennung als Kunstmalerin endlich Akzeptanz. Aus dem Flüchtlingskind von

einst wird eine gefeierte Persönlichkeit. Besessen malt Anna bis zur Selbstaufgabe, verkraftet dadurch Schicksalsschläge, in die sie sich hineinmanövriert hat, und obwohl sie immer wieder an Anton, ihre Jugendliebe denkt, schiebt sie ihn und das Leben selbst beiseite.

Ob sie jemals erkennt, dass die Liebe zu einem Menschen wertvoller ist als die Leidenschaft zur Kunst?

Deine Küsse schmecken wie frische Erdbeeren
Ein herrschaftliches Weingut in der Dordogne im Südwesten von Frankreich kurz nach dem Zweiten Weltkrieg.

Amélies innigster Wunsch ist es, Medizin zu studieren. Doch ihr Leben als Tochter eines Weingutbesitzers ist vorgezeichnet. Nach erbitterten Diskussionen mit ihren Eltern willigen diese endlich ein. Sie bekommt als eine der wenigen Frauen einen Studienplatz an der Universität in Bordeaux. Mit einem Doktortitel kehrt sie zurück und übernimmt eine Landarztpraxis.

Auf einem Weinfest begegnet ihr Alexandre, ein Erntehelfer. Sie fühlt sich von seiner Unbekümmertheit angezogen, er bewundert ihre Intelligenz. Trotz sozialer Unterschiede kommen sie einander näher. Es entwickelt sich eine Liebe, die nicht sein darf. Alexandre verschwindet aus Amélies Leben, ohne dass sie ihn jemals vergessen kann. Jahre später begegnen sie sich erneut ...

Ein Roman über eine selbstständige Frau, die sich den gesellschaftlichen Zwängen der damaligen Zeit widersetzt.

Sie nannten mich Joe, ein Leben für die Musik
Ich habe alles gewagt. Und verloren. Sitze mit Obdachlosen in der Kälte, zittere. Nicht weil ich friere. Weil ich Stoff brauche und nicht weiß, woher nehmen. Komponieren? Da kann ich nur lachen, ich bin leer, total leer. Bis auf einen haben mich alle Freunde verlassen, meine Rockband ist zersplittert. Ich bin am Ende. Einst ein Star der Berliner Musikszene, jetzt Abschaum. Als es losging, dass Melodien aus mir raus, endlich raus wollten, schmiss ich meinen Job als Jurist. Tag und Nacht habe ich wie verrückt komponiert. Um wachzubleiben, schluckte ich kleine weiße Pillen, mehr und mehr, Speed und Kokain folgten, jetzt sitze ich wieder da am Berliner Drogentreffpunkt, nach Entziehungskur, nach der Liebe, nach der Musik.

Ein Roman über Musik, Ruhm, Gier, tiefen Fall und – neuer Hoffnung vielleicht ...

Claire traut sich
Es gibt Schuhe, für die das Taxi erfunden wurde.

Claire ist Standesbeamtin. Tagein, tagaus hat sie verliebte Paare vor Augen. Und das, obwohl sie nach einer großen Enttäuschung die Nase gestrichen voll von Männern hat. Nie wieder!, schwört sie und meldet sich im »Club der Eheverweigerer« an.

Auch ihre Freundin Renate wünscht sich mehr Pepp in ihrem bereits öden Eheleben und lenkt sich mit Partys ab.
An ihrem vierzigsten Geburtstag kauft sich Claire ein paar sündhaft teure lila High Heels. Mit diesen Schuhen will sie am Abend auf der Party, die Renate für sie organisiert, in einen neuen Lebensabschnitt stöckeln.
Dort begegnet ihr Richard, ein bekannter Scheidungsanwalt. Frisch getrennt schaut er sich wieder in der freien Wildbahn um. Sehr angetan von Claire lädt er sie zu einer Bergtour ein.
Und Renate? Die wäre einem amourösen Abenteuer mit Richard nicht abgeneigt.
Wer jetzt denkt, das amüsante Liebeskarussell ist damit schon erzählt, der irrt.
Denn wie es im Leben so ist, es kommt alles anders als gedacht.

Sarah will hoch hinaus
Wenn du glaubst, nichts geht mehr ...

Die Enddreißigerin Sarah, eine ehrgeizige EDV-Expertin, fällt in ein tiefes Loch, als ihre Firma die Kündigung ausspricht. Das bringt Sarah, die ohnehin schon unter Beziehungsangst leidet, sich aber einredet, überzeugter Single zu sein, an andere, bisher unbekannte Ängste: die um ihre Existenz.

Aus der Hoffnung, durch den Eintritt in eine Basler Fasnachtsclique die richtigen Leute kennenzulernen, um endlich den Sprung ganz nach oben zu schaffen, wird nichts, außer im Elfenkostüm zu pfeifen, aber sie lernt den charmanten Modedesigner Mischa kennen, der eine wichtige Rolle in ihrem Leben einnimmt.

Leistungsorientiert ein Leben lang, scheint sie nun zum alten Eisen zu gehören, als sie sich auf Arbeitssuche macht, die nichts als Absagen bringt. Letzter Strohhalm ist eine Stelle als Bürofachkraft, die ihr angeboten wird. Aus Verzweiflung sagt sie zu, obwohl sie todunglücklich damit ist. Ihr Freund Mischa und der ehemalige Arbeitskollege Bruno, für den Sarah mehr ist als Kollegin, raten ihr zur Selbstständigkeit. Nach einigem Zögern wagt sie den Schritt und wirft die Bedenken um die finanzielle Sicherheit über den Haufen.
Es ist ein neuer, ihr völlig fremder Weg mit Höhen, Tiefen und herben Rückschlägen, die sie an den Rand der Verzweiflung bringen. Bei ihren Eltern und ihrer Schwester, denen Sarah eher distanziert begegnet, findet sie kein Verständnis. Aber es gibt drei Männer, die Sarah zur Seite stehen und an sie glauben.

Eine lebensbejahende Geschichte über die Kraft der Freundschaft, der Liebe und das Vertrauen in sich selbst.

Elodie: Liebe auf den zweiten Blick
Ein Neuanfang mit Hindernissen

Mitte vierzig steht Elodie, ohne abgeschlossene Ausbildung, vor den Trümmern ihres Lebens. Lange wohlbehütet in der Ehe mit dem begüterten, aber dominanten älteren Mann, muss sie gehen. Eine junge Striptease-Tänzerin nimmt ihren Platz ein.

Im brodelnden, munteren Paris trifft Elodie die Einsamkeit wie ein Fausthieb, sie weiß nicht, wie sie weitermachen soll. Ihre beste Freundin macht ihr einen Vorschlag, wie sie sich beruhigen und neu organisieren könnte. Elodie nimmt das Angebot an und findet sich in einem heruntergekommenen »Paradies« in der Dordogne wieder. Lange fremdelt sie, das Dorfleben, die Menschen und ihre Lebensart sind ihr nicht geheuer. Trotzdem folgt sie der Einladung zum Feuerwehrfest und lernt dort einen Schriftsteller kennen, der sie fasziniert.

Dann gibt es da noch Yves, der sich bisher ums Haus gekümmert hat. Er wirkt mürrisch, verschlossen, doch er hilft ihr bei den Reparaturen des Paradieses. Allmählich mag sie diesen Fels von einem Mann. Sie kommen sich näher, doch dann erlebt Elodie einen heftigen Schock.

Wird Elodie auf die Frage, worauf es im Leben wirklich ankommt, eine Antwort finden?

Printed in Poland
by Amazon Fulfillment
Poland Sp. z o.o., Wrocław

41945963R00176